Monika Zenker

Traum

der

Wahrheit

Bibliografische Information der Deutschen Nationalbibliothek:
Die Deutsche Nationalbibliothek verzeichnet diese Publikation in der
Deutschen Nationalbibliografie; detaillierte bibliografische Daten sind im
Internet über http://dnb.dnb.de abrufbar.

Lektorat: Tanja Mehlhase
Coverdesign: Ronny Libor

Herstellung und Verlag: BoD – Books on Demand, Norderstedt

ISBN: 978-3-7519-7179-9

Franzis Blick schweifte über den im Morgentau erwachenden Vorgarten, auf der die ersten Blumen die ganze Kraft in die reifenden Knospen ihrer Blüten legten. Im selben Moment verließen ein 7-jähriger Junge mit labberiger Kleidung und sein 9-jähriger Bruder in Jeans und Rollkragenpulli das Haus. Sie bekamen von ihrer Mutter auf dem Weg zur Schule noch einen Kuss mit. Anders als gewöhnlich drückte sie sie noch einmal und sagte: »Passt bitte gut auf euch auf, versprecht ihr mir das?«

»Aber Mama, das tun wir doch immer!« Der kleinere Junge schaute seine Mutter mit großen Augen an, als spürte er, dass etwas anders war. Doch er sagte nichts, drehte sich beim Gehen nur noch zweimal zu seiner Mutter um.

Franzi sah den beiden nach. Reglos stand sie noch eine ganze Weile im Türrahmen, obwohl beide schon lange nicht mehr zu sehen waren.

Sie hatte alles gut vorbereitet und wusste, dass ihr Mann Holger pünktlich gegen Mittag zu Hause sein würde, wenn die beiden aus der Schule kamen. So würden sie in kein leeres Haus kommen. Sie wären nicht allein.

Die Tür fiel ins Schloss und Franzi ging in ihr Schlafzimmer, um ein paar Sachen zu packen, die sie für ihre weite Reise brauchen würde. Sie griff nach den Koffern auf dem Schrank, legte zwei nebeneinander auf das Bett und stellte einen Rucksack, den sie vom Dachboden geholt hatte, daneben.

Franzi drehte sich um und öffnete den Schrank, der mit Schiebetüren versehen war. Als sie auf ihre Sachen in einer Hälfte ihres ehelichen Kleiderschranks schaute, sah sie, dass die komplette Vergangenheit, ihre Vergangenheit, in diesen Regalen einsortiert war. Kleidung, die sie lange nicht mehr getragen hatte, die aber an viele Ereignisse erinnerte. An die Jahre, in denen sie, sich selbst suchend, umhergeirrt war. Manche Stücke hatte sie gekauft, aber nie getragen, weil der Anlass für sie wieder einmal ausgefallen war. Während sie mit einem feucht schimmernden Blick am Schrank lehnte, zog diese Zeit wie ein Film an ihr vorüber.

Was war in all den Jahren passiert, dass sie so unendlich hatte versagen lassen? Wie oft hatte sie ihre Kinder unter vielen Vorwänden im Stich gelassen und wie oft hatte sie ihren Mann vernachlässigt, nur um sich mit Selbstmitleid zu beschäftigen? Wo war die starke Frau, die er mal geheiratet hatte, wo war die Mutter, die für ihre Kinder immer ein offenes Ohr haben sollte? Wie lange hatte sie dieses Haus, ihr Heim, nicht verlassen, das sie sich so schön, wie es nur möglich war, einzurichten versuchte? Es wurde Zeit, dass sie anfing, ihren Alltag wieder in die Hand zu nehmen, um einen Weg zu finden, der ihr die Kraft geben würde, wieder an diesem Leben teilhaben zu dürfen.

Jahrelang hatte sie darüber nachgedacht, was ihr so viel Mut und Kraft geben könnte, sich aus diesen Mauern zu befreien. Irgendwann hielt sie an dem Gedanken fest, es müsste die Sehnsucht sein – die Sehnsucht nach einem traumhaft schönen Land. Da hatte sie es endlich begriffen. Sie würde noch ein einziges Mal ihre Familie im Stich lassen, um dieses Land zu besuchen. Um zu zeigen, wie stark sie sein konnte, um sich selbst zu beweisen, dass die Angst sie nicht besaß, sondern dass sie diese Angst besiegen würde.

Sie fing an, die Sachen, die sie sich in den letzten Tagen schon in einer Ecke des Schrankes bereitgelegt hatte, in die Koffer und den Rucksack zu packen. Es war einfache Kleidung, denn sie würde sich nicht in einem Nobelhotel aufhalten, sondern dorthin reisen, wo der Staub das Land regierte. Jeans, Pullis, ein paar Tops und auch das Übliche an Kleinigkeiten, die man bei sich haben sollte. Sie musste nur noch die Utensilien aus dem Bad zusammenraffen und dann alles ins Auto packen. Den Kofferraum füllte sie mit Lebensmitteln, die sie in den letzten Wochen schon nach und nach, von ihrem Mann hatte mitbringen lassen, ohne dass er etwas gemerkt hatte. Was lebenswichtig war, und das durfte sie auf keinen Fall vergessen, war Wasser. Wasser zum Waschen hatte sie in große Flaschen gefüllt und eine Kiste Mineralwasser trug sie auch noch hinaus und stellte sie zu allem anderen.

Hoffentlich bemerkten die Nachbarn nichts von all diesen Aktivitäten, denn sie wollte nicht, dass ihr Mann morgen auf offener Straße Rede und Antwort stehen musste.

Nur dieses eine Mal sollte er noch von ihr enttäuscht sein, dann würde sie hoffentlich wieder die sein, die er mal gefragt hatte, ob sie das ganze Leben mit ihm teilen wollte.

Sie hatte im Vorfeld schon ins Sparbuch geschaut, dass etwas Geld, das sie nun brauchte, auf der Bank für sie zur Verfügung stand. Es würde die erste Hürde von vielen sein, denn wie lange hatte sie keine Bank mehr von innen gesehen? Wie lange war es her, dass sie Menschen auf der Straße so offen begegnet war? Würde sie es schaffen, ihre innere Angst, eigentlich die Angst vor sich selbst, vor ihrem eigenen Versagen, zu besiegen? Sie konnte es nicht sagen, aber sie würde darum kämpfen.

Als alle Gegenstände, die sie für ihre weite Reise brauchte, verstaut waren, ging sie noch einmal zurück, um einen letzten Blick in ihr Haus zu werfen. Es war ein beklemmendes Gefühl, dieses Haus, in dem sie die letzten Jahre, trotz ihrer selbstgewählten Gefangenschaft, so unsagbar glücklich gewesen war, für lange Zeit aufzugeben. Ihr Blick verschleierte sich, als sie in Gedanken ihre Kinder sah, die nach ihrer Mama riefen, und ihren Mann, der nur einen Zettel finden würde, den sie mit lieben Worten des vorübergehenden Abschieds beschrieben hatte. Mehr würde es nicht brauchen, denn er musste gespürt haben, wie sie die letzten Monate mit sich selbst gerungen hatte. Sie hoffte, dass er sie verstehen und ihr nach ihrer langen Reise verzeihen würde.

Franzi schloss die Haustür und ging zu dem Auto, das Holger, ihr Mann, ihr zu ihrem letzten Geburtstag vor die Tür gestellt hatte. Er wollte ihr damit zeigen, dass sie die Möglichkeit hätte zu fahren, wenn sie sich dazu in der Lage fühlte, und nicht fragen zu müssen, wann er Zeit hätte. Denn sie musste die wenigen Gelegenheiten nutzen, in denen sie sich wohlfühlte, um wieder ein normales Leben zu beginnen. Dass sie es nun nutzen würde, um ihr komplettes Leben einmal auf links zu drehen, damit hätte er in seinen kühnsten Träumen bestimmt nicht gerechnet.

Der erste Schritt, der ihr diese Reise erst ermöglichen würde, war, dass sie ihr Geld auf der Bank entgegennehmen musste. So fuhr sie in das kleine Städtchen und parkte vor dem riesigen Gebäude mit den vielen Glasscheiben. Ein Blick von draußen in das Gebäude bestätigte ihre Vermutung, dass um diese Zeit noch nicht viele Kunden die Bank betreten hatten. Das sah sie mit Erleichterung, aber dennoch hielt eine aufkommende Übelkeit an. Sie strich sich mit der flachen Hand über den Bauch, atmete einmal tief durch und machte sich selbst Mut: *Da musst du hinein, sonst ist hier schon dein Traum zu Ende.*

Zögernd ging sie auf den Eingang zu. Die Glastüren öffneten sich automatisch und mit ein paar Schritten über den grauen Gummibelag war sie hindurch. Sie schlossen sich hinter ihr wieder und das Geräusch ließ sie den Blick zurückwerfen, wobei ihr Herz anfing zu rasen. Jetzt nur nicht schwach werden, sie brauchte dieses Geld, sonst könnte sie nicht fahren.

Gestärkt von den eigenen Gedanken ging sie zum Schalter, den sie vor Jahren das letzte Mal gesehen hatte. Ein älterer, gut aussehender Mann sagte lächelnd: »Guten Morgen Frau Sommer, was kann ich für Sie tun?«

Sie war etwas irritiert; hatte sie sich in den letzten Jahren nicht verändert? Woher kannte dieser Mensch ihren Namen? War er früher schon in der Bank, oder sogar aus ihrer Nachbarschaft? Es erstaunte sie, denn das würde bedeuten, dass sie doch noch zur »Gesellschaft« gehörte. Man kannte sie noch, sogar mit ihrem Namen.

Sie schaute ihn an und reichte ihm mit einem mulmigen, unsicheren »Guten Morgen« ihr Sparbuch unter der Glasscheibe des Schalters hindurch. Dann gab sie ihm den Betrag an, den sie gern von ihm erhalten würde. Der Mann sah auf ihr Guthaben und war sofort beschäftigt. Er tippte etwas in seinen Computer, dann schrieb er in ihr Buch.

Sie aber fühlte sich von den wenigen Menschen in der Bank beobachtet. War es nur ein Gefühl oder hatte sie mit irgendeiner Geste dazu aufgerufen, die Blicke auf sie zu richten? Es fühlte sich an, als würde sie jeden Moment den Boden unter den Füßen verlieren, denn ihre Knie waren nichts anderes mehr als der Wackelpudding, den sie am Sonntag zur Nachspeise gegessen hatte.

Der freundliche Bankbeamte, an dessen Brust sich ein Schildchen mit dem Namen »Herr Birkner« befand, lenkte die Aufmerksamkeit wieder auf sich. »Schauen Sie bitte«, sagte er, da er den Betrag abzählen wollte. Franzi betrachtete die Geldscheine in seiner Hand, was sie ein wenig ruhiger werden ließ, da es sie von ihren vorherigen Gedanken ablenkte. Sie zählte die einzelnen Scheine mit. Der Bankbeamte legte sie, nachdem er ein zustimmendes Nicken gesehen hatte, in die Schalterlade und schob sie ihr zu. Sie griff nach dem Geld und steckte das Bündel in ihre Tasche, die sie mit in die Bank genommen hatte. Auch das Sparbuch lag dabei, das Franzi mit einem kurzen Blick zu Herrn Birkner ebenfalls aufnahm. Sie murmelte noch ein: »Auf Wiedersehen«, und ging auf den Ausgang zu.

Als sie draußen stand und sich die Türen hinter ihr schlossen, fielen tausend Kieselsteine vor ihre Füße. So befreiend war das Gefühl nicht mehr in dem Gebäude zu stecken und es gleichzeitig geschafft zu haben. Nur noch ein paar Meter bis zum Auto und das Abenteuer konnte beginnen.

Ihr wurde bewusst, dass es ein langer Weg sein würde, den sie nun vor sich hatte, aber war sie nicht schon unendlich weit gekommen …

… Franzi wachte aus ihrem Traum auf und realisierte, dass sie auf ihrem Sofa lag. Sie hörte die Kinderstimmen und ihr Mann beugte sich über sie, um ihr einen Kuss zu geben, da er gerade von der Arbeit nach Hause gekommen war. Hätte sie nicht noch ein paar Stunden schlafen können, um ihren Traum bis zu Ende träumen zu können? Es war so unendlich schön gewesen, den Weg zu gehen, und war es auch nur in einem Traum von einem Traum.

20 Jahre später

Franzi hatte in den letzten Jahren die Unterstützung von Psychologen angenommen. Sie hatten ihr Leben komplett auf den Kopf gestellt, aber alle Gespräche hatten nicht den erwünschten Erfolg gebracht. Die Angst war geblieben. Kuren wären möglich gewesen oder der Gang zu einem Verhaltenstherapeuten, aber mit zwei schulpflichtigen Kindern, in einem kleinen Ort schwer umsetzbar. Sie wurde die Angst nicht los. Die Angst, die sie zu diesem unscheinbaren Menschen machte, der sich in den eigenen vier Wänden versteckte und nur selten die Nase aus der Tür hielt.

Franzi hatte in ihren Augen so oft versagt. Immer wenn sie an der Seite ihrer Lieben stehen sollte, blieb ein Platz leer. Die Ausreden, wenn man das so nennen konnte, wurden immer einfallsreicher und das Gewissen immer schwerer. Sie konnte sich selbst am allerwenigsten verzeihen, dass sie nicht die Kraft aufbrachte, die Angst zu überwinden, sich ihr zu stellen. Freunde sagten ihr, dass es normal wäre, Angst zu haben. Aber sie konnte mit dieser Angst nicht umgehen. Sie hasste es, wenn sie ihren Körper nicht im Griff hatte und er zuweilen das Kommando übernahm.

Wie so oft stand Franzi am Fenster und betrachtete den ganz kleinen Teil der Welt, der sich ihr durch die Scheibe eröffnete. Plötzlich spürte sie eine große Sehnsucht danach, auch am Leben teilzuhaben, was sie dazu bewegte, den Traum, den sie seit vielen Jahren in sich trug, in die Tat umsetzen zu wollen.

Das Auto war in den Jahren um einen Modelltyp gestiegen und ihre Kinder fuhren mittlerweile damit umher, damit es bei ihren wenigen Fahrten nicht einrostete.

Jetzt oder nie, sie musste den Schritt wagen.

Franzi hatte das 52. Lebensjahr bereits erreicht und knüpfte da an, wo ihr Traum damals auch begonnen hatte, mit dem Unterschied, dass ihr Gewissen ruhiger war, weil sie keine kleinen Kinder zurückließ. Die Vorbereitungen dauerten nur wenige Tage und zur Bank musste sie nicht mehr direkt, wobei sie gern gewusst hätte, ob man sich noch an sie erinnern würde.

Sie hatte das kleine blaue Auto in die Einfahrt gestellt, die durch ein paar Büsche vor Blicken geschützt war und räumte den Kofferraum voll. Schrieb ein paar Zeilen an ihren Mann und blickte, wie damals in ihrem Traum, noch einmal auf ihr kleines Reich zurück.

Bis zur Bank waren es nur ein paar Meter und sie war schnell erreicht. Franzi nahm die Karte, um sich das Geld aus dem Automaten zu ziehen.

Ein Vorteil war, dass die Gebrauchsanweisungen in Deutschland immer bis ins kleinste Detail neben dem Schlitz standen. So war es ein Leichtes, einen Automaten zu bedienen, den man in seinem Leben noch nie gesehen hatte.

Franzi war erleichtert, nicht fragen zu müssen, denn das wäre ihr peinlich gewesen. Eine Situation, die sie unter allen Umständen vermeiden wollte, damit ihr Plan nicht schon an der ersten Hürde scheiterte und sie den Rückzug antrat. Sie nahm das Geld mit klopfendem Herzen und zitternden Knien aus dem Fach und war froh, dass alles so reibungslos klappte. Schaute sich verlegen um und ging mit gesenktem Kopf zum Auto zurück. Nur nicht auffallen, nicht dass sie noch jemand ansprach.

Das Auto war vollgetankt, da ihr Mann immer dafür sorgte, dass sie nach Herzenslust hätte starten können. Auch die Fahrtüchtigkeit wurde regelmäßig in der Werkstatt überprüft, so sollte es keine Probleme geben, dass sie vielleicht am nächsten Ortsschild schon, bei der ersten Panne aus der Bahn geworfen wurde.

Franzi hatte sich die Welt in den vergangenen Jahren durch das Internet ins Wohnzimmer geholt, indem sie Reiseblogs gelesen oder sich die schönsten Fotos rund um den Globus angeschaut hatte. So war es für sie auch ein leichtes gewesen, eine geeignete Fahrstrecke zu recherchieren. Sie hatte nicht lange gebraucht, da es in der heutigen Zeit nur einen Klick benötigte, einmal um die Welt zu reisen. Ganz wichtig war bei der Auswahl der Route gewesen, dass sie auf keine Autobahn oder Mautstraße auffuhr, denn davor hatte sie am meisten Angst. Die Bundesstraßen sollten erst einmal Übung genug sein. Die Strecke, die sie ausgedruckt und als Block zusammengeheftet hatte, lag neben ihr auf dem Beifahrersitz. So konnte sie jederzeit zugreifen und wusste, wohin ihr Weg führen würde.

Franzi sah auf ihren Zettel und merkte, wie sie zunehmend verspannte. Wieder einmal kämpfte sie mit sich selbst, nachdem sie schon bis zur Bank gekommen war: *Du hast so viel geschafft, komm fahr nach Hause. Erzähl stolz, was du gemacht hast, und lass den Quatsch.*

Jetzt brauchte sie den Tritt, den sie sich selbst laut gab: »Los, das packst du! Fahr doch einfach erst einmal los!« Dabei schaute sie in den Spiegel, gab Gas und verließ den Parkplatz in Richtung Stadt.

In Kassel musste Franzi am Herkules vorbei, dem Wahrzeichen dieser Stadt. Bis heute zeugten Residenzen und Schlösser, darunter insbesondere das Schloss Wilhelmshöhe und die Löwenburg, von der Baukunst des 17. und 18. Jahrhunderts. Seit dem 23. Juni 2013 zählte der Bergpark sogar zum Weltkulturerbe der UNESCO.

Aber dafür hatte sie jetzt keine Zeit. Sie fuhr um die Innenstadt herum und bekam immer schlechter Luft, da sich ein größer werdender Steinbrocken auf ihren Brustkorb legte. Sie wäre gern zügig durch die Stadt gefahren, aber es war wie ein Alptraum, da jede Ampel in einem grellen Rot aufleuchtete.

Franzi fuhr langsam an die Ampeln heran und die Autos parkten sie links und rechts zu. Das war der Moment, wo sie am liebsten aus dem Auto gesprungen wäre. Sie versuchte, nicht zu den anderen Straßenteilnehmern zu schauen, das würde sie einschüchtern, da sie vielleicht erkennen könnten, dass sie diesem Straßenverkehr nicht gewachsen war.

»Da musst du jetzt durch, bleib ganz ruhig … gaaanz ruhig, es geht gleich weiter«, machte sie sich immer wieder Mut und sah sich selbst dabei im Spiegel an. Den Fuß auf dem Gaspedal und die Handbremse mit der Hand umschlungen, in einer Situation, die sich auf alle Körperteile übertrug und die Anspannung unerträglich machte. Die Erholung kam dann direkt nach der Ampel. Rot war zwar ihre Lieblingsfarbe, aber hier hatte sie eher etwas Beklemmendes.

Endlich, die Wilhelmshöher Allee, sie wusste, das Geschlängel durch die Baustellen und Ampeln hatte fast ein Ende. Der Herkules war auf der Anhöhe am Ende der Straße zu sehen und sie atmete tief durch. Franzi setzte sich im Sitz entspannt auf, da sie eher vor dem Lenkrad gekauert und in verkrampfter Haltung versucht hatte, diesem engen Verkehrschaos Frau zu werden.

Wenn in diesem Moment jemand gefragt hätte, was es für sie für ein Gefühl wäre, dann hätte sie es mit einer Kiste verglichen.

Sie fühlte sich wie in einer Box gefangen, die sich zusammenpresste und wieder entfaltete. Es war wie ein Ein- und Ausatmen, und so fühlte sich Franzi auch im engen Straßenverkehr, die immer Luft holte, wenn die Ampel auf

Grün schaltete.

Genau das galt es zu bewältigen und jetzt hatte Franzi das Gefühl, dass sie gerade über einen riesigen Berg gefahren war. Da würden aber noch viele kommen und die galt es, alle zu überqueren.

Langsam fuhr sie durch die Straßen und fand nach und nach die Straßenschilder, die ihr die Richtung nach Werbetal wiesen. Kein langes Warten mehr, sondern ein zügigeres Fahren. Wieder zwanzig Kilometer weiter und von der Heimat entfernter. Die innere Stimme, die sie zum Umdrehen bewegen wollte, war noch ein bisschen stärker geworden. Franzi war gerade mal zwei Stunden unterwegs, aber im Inneren fühlte es sich an, als würde sie seit heute Morgen im Dauerlauf durch Gassen sprinten. Sie war müde, geschlaucht und hatte Sehnsucht danach, einfach das Auto abzustellen, um sich mit ein wenig Schlaf zu verwöhnen.

»Nein«, schalt sie sich selbst, »das machst du jetzt nicht! Du kannst noch gut ein paar Stunden weiter fahren, schau, was du schaffst, wenn du nicht deinem inneren Schweinehund nachgibst!«

Franzi fiel eine Geschichte ein, die am Anfang ihrer gemeinsamen Sommer in der Familie passiert war.

Ihr Mann hatte im Atlas die Route für den Sonntagsausflug herausgesucht und sie hatte ihm dabei zugesehen.

»Schatz, sag mal, warum planst du das immer so akribisch genau? Lass uns doch einfach mal aufs gerade Wohl ins Blaue fahren.«

Er hatte sie angesehen und gemeint: »Die nächste Tour darfst du fahren und ich genieße zur Abwechslung mal die Landschaft.«

Das war ein Wort und ein paar Tage später stand die nächste Tour auf dem Plan. Natürlich auch mit einem Ziel vor Augen.

Franzi hatte vorab den Atlas aufgeschlagen und sich die grobe Richtung angeschaut. Sonntags früh räumten sie das Picknickkörbchen und alle Utensilien für einen schönen Sonntagsausflug in das Auto. Sie freute sich darauf, ihre Lieben durch die Landschaft zu schaukeln und mittags an einem schönen Plätzchen zu überraschen.

Es war Mittag und sie waren seit circa drei Stunden unterwegs. Die Landschaft war abwechslungsreich, auch ein Bach oder Fluss war mal links oder rechts der Straße zu sehen gewesen. Die Kinder fingen an unruhig zu werden und fragten: »Mama, wie weit ist es denn noch?« Sie gab ihnen auch prompt die Antwort: »Wir sind gleich da.«
Holger schaute sie von der Seite an und sie schaute zurück.
»Was ist?« Den Blick richtete sie wieder auf die Straße.
»Wo wolltest du denn hin?«, fragte er und zog die Augenbrauen hoch.
»Ich möchte zur Diemel Talsperre, die müsste doch jetzt irgendwo kommen.«
Er hatte sich das Lachen nicht verkneifen können.
»Vielleicht hättest du dir den Weg aufschreiben sollen, dann wärst du nicht drei Stunden um den Herkules herumgefahren. Wir sind gerade mal zwanzig Kilometer von zu Haus entfernt und befinden uns im Habichtswald.«
Sie hatte ihn angeschaut und grinsend gemeint: »Der ist doch auch sehr schön, dann machen wir halt hier unser Picknick!«

Franzi lächelte bei der Erinnerung und blieb noch einen kleinen Moment ruhig sitzen, bevor sie auf ihren Block schaute, um festzustellen, in welche Richtung sie weiter fahren würde.
Sie musste auf die L3084. Diese Straße schlängelte sich am Edersee entlang. Es war ein schöner Ausblick, den sie ab und zu riskierte, ohne dabei die Fahrbahn außer Acht zu lassen. Sie

musste sehr aufpassen, denn die Strecke war kurvenreich. Vorsichtig, aber nicht zu langsam war sie unterwegs, so staute sich hinter ihr kein Verkehr, was sie nervös gemacht hätte. Noch ein paar Kilometer und sie wäre in Herzhausen. Der Ort Herzhausen war bekannt für die Hügelgräber aus der Bronzezeit.

Franzi konnte sich noch gut daran erinnern, wie sie das erste Mal von ihnen gehört hatte. Dass sie sich, beim Betreten der Gräber, wirklich auf einem Friedhof befunden hatte, konnte sie erst gar nicht glauben. Sie dachte kurz darüber nach: *Wie alt werden diese Gräber wohl sein? Schon erstaunlich, was für Funde heute dokumentiert werden. Ob man unsere Generation auch in Zukunft geschichtlich beschreiben wird.*

Sie würde darin wohl nicht vorkommen und das Grübeln über den Sinn des Lebens brachte nicht wirklich etwas; sie wollte den Augenblick einfach genießen und sich an dem erfreuen, was sie hatte. Zumindest war das ihr Vorsatz, denn diese ganzen Grübeleien hatten sie ja erst in diese verzwickte Situation gebracht. Immer zu hinterfragen, ob es richtig war, was sie tat. Versuchen, einer Norm zu entsprechen. Dabei war sie es selbst, die sich diese Norm aufgebürdet hatte und immer genau das tat, was sie dachte, dass man von ihr verlangte, oder es zumindest versuchte. Mit dem Ergebnis aber nie zufrieden war und sich dabei selbst im Weg stand.

Die Hügelgräber bestaunte Franzi heute aber nicht, sondern sie führte ihren Weg fort und fuhr in Richtung Frankenberg ab. Es war schon nach Mittag, als sie hinter Frankenberg in einen kleinen Waldweg einbog und sich an den mitgenommenen Broten bediente.

Die Wagentür stand weit offen und ihre Beine baumelten seitlich vom Fahrersitz herunter. Die Sonne schien auf sie herab und die Wärme der Strahlen erreichte sie. Der heiße Kaffee aus der Thermoskanne, den sie heute Morgen noch frisch gebrüht hatte, war eine richtige Wohltat. Kalt war ihr nicht, aber sie hatte eiskalte Hände und Füße. Ihr Körper reagierte auf die Anstrengungen der letzten Stunden. Leichte Kopfschmerzen sagten ihr, dass sie nicht mehr lange fahren konnte und sich überlegen musste, wie sie die Nacht verbrachte. Sollte sie sich ein kleines Zimmer suchen oder doch lieber im Auto übernachten?

Allein der Gedanke daran, heute Abend in einem fremden Quartier schlafen zu müssen, ließ ihren Puls schneller schlagen und ihr Körper verkrampfte sich. Ein Zimmer würde voraussetzen, dass sie sich mit Menschen umgab, die sie nicht kannte. Aber wollte sie nicht genau das lernen? Sich in der normalen Welt zurechtfinden? Wie jeder andere Mensch normal leben?

Ein Platz unter freiem Himmel an einem Waldrand täte es auch, aber könnte sie dort schlafen? Würde sie nicht aus Angst die ganze Nacht auf Geräusche hören und dabei kein Auge schließen? Die Gedanken wirbelten in ihrem Kopf und brachten sie zu keinem Ergebnis. Sie entschied sich, noch ein bisschen weiterzufahren, um später spontan zu entscheiden, was sich als Lösung anbot.

So packte sie die Reste des Mittagsimbisses wieder in die Tasche und setzte sich ans Steuer ihres kleinen Wagens. Fuhr rückwärts auf die Fahrbahn aus dem Waldweg heraus, die Straße entlang Richtung Allendorf. Franzi wusste von früheren Ausflügen, dass man hier zu den Stedefelsen wandern konnte. Vergletscherungen noch aus der Eiszeit herrührend. Ein Blick zum Block, dann richtete sie ihr Augenmerk wieder auf die Fahrbahn und bestätigte sich selbst mit einem Nicken, dass sie die richtige Strecke nutzte, denn sie fuhr auf der B253 in Richtung Biedenkopf.

Auf diesem Abschnitt gab es links und rechts der Fahrbahn

Wald, soweit das Auge reichte. Es war schon später Nachmittag, denn sie war nicht gerade zügig gefahren und von der Anstrengung des Tages war sie auch mehr als kaputt. Nachts zu fahren wollte sie vermeiden, da sie nachtblind war. Also fasste sie den Plan, sich in die Büsche zu schlagen und erholsame Augenpflege zu betreiben.

Franzi bog in einen kleinen Seitenweg ein und fuhr langsam den Waldweg entlang, um einen Platz zu suchen, an dem sie ihr Auto abstellen konnte. Sie hatte Glück und sah nach kurzer Wegstrecke ein Schild, das einen Parkplatz auswies. Es war ein schöner Platz, der zum Waldrand hin an einer Lichtung lag.

»Na, wer sagt es denn«, sprach sie zu sich selbst. Sie parkte am letzten Eck dieses kleinen Platzes, um nicht gleich aufzufallen, falls noch jemand um diese Uhrzeit einen Spaziergang machen würde.

Es war schon ein einsames Plätzchen, aber Einsamkeit war sie gewohnt. Sie schaute eine Weile durch die Windschutzscheibe in den Wald und sah, wie er nach und nach dunkler wurde. Bestaunte die Größe und Form der Stämme, die zu riesigen Bäumen in den Himmel ragten. Der Wald war gut gepflegt, denn es lag kaum Bruchholz herum. Zumindest nicht dort, wo sie gerade ihren Blick umherschweifen ließ. Es tat gut, einfach nur so dazusitzen und die Ruhe zu genießen. Ein bisschen mulmig war ihr schon, denn je dunkler es wurde, desto mehr knackte es im Gehölz.

Franzi verriegelte das Auto von innen. Auf der Fahrerseite öffnete sie die Scheibe einen winzigen Spalt, da sie irgendwo gelesen hatte, dass man ersticken könnte, wenn man das nicht tat. Wäre sie jetzt zu Hause, würde sie ihren Mann oder das Internet befragen, da sie es nicht genau wusste. Aber besser so, als dass sie morgen in der Frühe blau angelaufen im Sitz hockte.

Die Dunkelheit hatte das Auto umhüllt. Franzi griff zur

Rückbank nach einer Decke, die sie am Morgen noch mit in das Auto geräumt hatte, da sie sich kannte und genau gewusst hatte, dass sie nicht in ein kleines Hotel gehen würde.

Sie breitete die Decke über sich aus und drehte den Sitz ein wenig nach hinten. Dabei musste sie schmunzeln, da sie das das letzte Mal als Jugendliche gemacht hatte, um mit einem Jungen zu knutschen.

So wirklich warm war es unter der Decke nicht und sie hatte Bedenken, dass sie, da die Nächte auch im Frühsommer kühler waren, über Nacht frösteln würde.

Als sie es sich einigermaßen gemütlich gemacht hatte und versuchte, die Augen zu schließen, hatte sie die Bilder des Tages noch einmal vor sich. Franzi erlebte die Fahrt erneut und ihr Pulsschlag passte sich den Streckenabschnitten an. Sie spürte sogar wieder die Enge in ihrer Brust, als sie an die Ampeln dachte. Die Gedanken wirbelten von rechts nach links, um auch jede Minute des Tages und der Nacht genau zu betrachten. Aber weit kam sie nicht, da die Anstrengung des Tages doch ihren Tribut zollte und sie während des Denkens einfach einschlief.

Die Brücke

Franzi war überrascht, als sie die Augen aufschlug, da ihr die Morgensonne direkt in die Augen schien. Das hatte sie lange nicht mehr erlebt, eine ganze Nacht durchschlafen, ohne durch die Gegend zu geistern. Noch dazu musste es anhand des Sonnenstandes schon etwa 9 Uhr sein. Sie lächelte, weil es sich bestätigte, als sie auf die Uhr am Armaturenbrett sah. Das gab es doch gar nicht! Sie fühlte sich trotz des unbequemen Schlafplatzes munter und ausgeruht. Warf die Decke auf den Rücksitz und erkundete, wo sie überhaupt gelandet war.

Sie machte die Tür auf, um sich erst einmal zu strecken. Stieg aus und riss die Hände weit nach oben. Wie beim Aufwärmen, in kreisenden Bewegungen mit den Hüften und mit Elan runter in eine Kniebeuge.

»Holla, autsch«, da machte sich das Alter bemerkbar. Die eingerosteten Knie waren nicht mehr so federnd wie noch mit 20 und sie blieb in der Hocke sitzen. Nur einen kleinen Moment, um die Kniescheiben auf die Anstrengung vorzubereiten.

»Jetzt bin ich ganz meschugge«, sagte sie zu sich selbst, drehte den Kopf einmal in jede Richtung, ob sie auch niemand beobachtete. Nahm dann den Türgriff zu Hilfe, als sie sich sicher fühlte, dass sie allein war, um aus der Hocke wieder in den Stand zu gelangen. Danach ging sie ein paar Schritte, da das wohl die bessere Morgengymnastik für ihren sportlich etwas vernachlässigten Körper war.

Sie griff nach der großen Plastikflasche mit dem Wasser, den Kulturbeutel und verzog sich für ein paar Minuten in die Büsche, um nicht die ersten Wanderer zu erschrecken, wenn sie ihnen mit weißem Schaum vor dem Mund begegnete. Lächelte bei dem Gedanken und sah die Zeitung schon schreiben: Wanderer fanden tollwütige Frau auf Parkplatz.

So schlimm war sie gar nicht, klar, ab und zu ein wenig zickig, aber an sich ganz zutraulich.

Als sie wieder aus dem Gebüsch kam, hatte sie ein Liedchen auf den Lippen, sah ihre Familie vor ihrem inneren Auge und dachte: *Vielleicht hätten wir viel früher schon einmal campen sollen, um im Wald aufzuwachen. Ich fühle mich wie neu geboren.*

Es war an der Zeit für ein frisches Tässchen Kaffee. Franzi griff nach der Thermoskanne, die im Kofferraum lag und schraubte sie auf. Sie blinzelte in den leeren Hohlraum der Kanne, um sich zu versichern, dass sich dort kein Besucher eingenistet hatte. Den Blick warf sie in jede Kanne oder Tasse, aus der sie trank, da sie vor Jahren bei einem Kaffeeplausch mal eine Langbeinschnake im Mund gehabt hatte und versuchte, solch ein Erlebnis ein weiteres Mal zu vermeiden. Es sollte ja Menschen geben, die so etwas als Fleischeinlage geltend machten, aber ihr wurde allein bei dem Gedanken übel und ein eiskalter Schauer durchlief sie.

Sie kramte ein wenig in dem Auto und zog einen Wasserkocher heraus, dazu ein Kabel. Drehte eine Wasserflasche auf und füllte etwas davon in den Behälter hinein, natürlich mit prüfendem Blick. Dann schloss sie das Kabel am Zigarettenanzünder an und schaltete den Knopf an dem Gerät auf ON.

»Wär doch gelacht, wenn Frau sich nicht zu helfen wüsste«, plapperte sie vor sich hin und schon nach kurzer Zeit hörte sie das Sprudeln des kochenden Wassers in dem Wasserkocher. Der Instantkaffee hatte vor ein paar Tagen auf einem der Einkaufszettel gestanden, die sie ihrem Mann schrieb, und er hatte etwas erstaunt gefragt, was sie damit wollte. Aber um Ausreden war sie noch nie verlegen gewesen und so hatte sie gesagt: »Ich will auch mal wissen, wie so etwas schmeckt«, denn gebraucht hätte sie diesen Kaffee im Haus nicht, da gab es eine funktionierende Kaffeemaschine.

Tasse, Löffel und die Kondensmilch fand sie trotz des Chaos im Kofferraum schnell. Einen kurzen Moment später dampfte es aus der Tasse in ihrer Hand.

Ein Vogel hatte sich auf einen der Holzpfähle an der Lichtung gesetzt. Er schaute neugierig zu ihr herüber. Als Franzi ihn sah, sprach sie den Vogel an.

»Na, woher kommst du denn?« Dabei hob sie die Tasse etwas an und der Vogel nahm Reißaus. Sie schaute auf ihr Getränk und meinte: »So schlecht ist er nun auch wieder nicht!«

Sie genoss diesen Kaffee sogar. Schluck für Schluck und kramte nebenbei in den Stoffbeuteln, in denen sie die Lebensmittel untergebracht hatte. Damit ihr Magen etwas zu tun bekam, suchte sie nach den Keksen, denn wirklich frühstücken tat sie nie.

Sie musste den schönen Platz leider wieder verlassen. Franzi räumte alles in den Wagen zurück und schaute noch einmal auf ihren Zettel mit dem Streckenverlauf. Wieder mit aufkommendem Zweifel: *Mache ich wirklich das Richtige?* Sie konnte die negativen Gedanken aber beiseiteschieben und erinnerte sich lieber daran, wie der Morgen begonnen hatte.

Mit einem kontrollierenden Blick, dass auch keine ihrer Utensilien auf dem Parkplatz liegen geblieben waren, stieg sie ins Auto und steuerte zurück auf die Bundesstraße in Richtung Dillenburg.

Als sie auf die Fahrbahn kam, war die Anspannung sofort wieder da. Sie saß verkrampft vor dem Lenkrad, ihre Atmung war flach und sie spürte eine Schwere auf ihrem Brustkorb, als würden Steine darauf liegen. Ein Gefühl wie eine Last mit sich zu tragen und nicht frei zu sein. Warum eigentlich? Sie konnte doch Auto fahren. Hatte es jahrelang bewiesen und war auch immer mit den PS unter der Haube gut zurechtgekommen.

Sie erinnerte sich an eine Winterfahrt vor vielen Jahren. Sie waren von Innsbruck nach Kassel unterwegs gewesen und Franzi hatte sich mit ihrem Mann beim Fahren abgewechselt. Im Radio war für Bayern ein heftiger Schneefall angesagt worden und kurz hinter der Landesgrenze hatten sie auch schon die dichter werdende Schneedecke gesehen. Sie waren nicht gefahren, sie war mit 30 km/h hinter einer Schlange her getuckert.

Im Kopf schwirrte ihr nur der Gedanke, dass sie die nächsten Stunden gemütlich bei diesem Tempo Zeitung lesen könnte, wenn sie nicht darauf achten müsste, dass der Vordermann auch noch abbremsen könnte.

Sie schaute ihren Mann fragend an. Der kannte sie gut und wusste sofort, was sie wollte, denn die linke Spur auf der zweispurigen Autobahn war leer. Keiner traute sich über die circa 40 cm hohe Welle in der Mitte.

Er meinte: »Du musst nur über die Mitte kommen, wenn du Pech hast, stecken wir fest.« Das war das Zeichen, dass er befürwortete, was sie vorhatte.

Sie ließ etwas Abstand zum Vordermann, was den Hintermann dazu veranlasste, die Lichthupe zu betätigen, weil er dachte, sie wäre eingeschlafen, was bei dem Tempo nicht verwunderlich gewesen wäre. Dann gab sie langsam mehr Gas und beschleunigte, zog leicht das Lenkrad herum, setzte den Blinker und zog das Auto, mit einem Adrenalinstoß im Körper, auf die zweite Spur. Geschafft!

Sie hatte weiter Gas gegeben und war durch den frischen Neuschnee auf einer spurfreien Autobahn mit einigem Tempo an der Schlange vorbeigefahren. Ein Gefühl, das sie beschwingt hatte, das Gaspedal noch ein wenig mehr zu treten. Sie hatte es sich nicht verkneifen können, ihrem Mann zu sagen: »Da sagen sie immer: Frauen und Auto fahren.« Hinter ihr war es auf dieser Spur auch voller geworden, da einige ihrem Beispiel gefolgt waren.

Franzi saß jetzt in diesem Auto und ihr Puls raste, so dass sich kleine Schweißperlen auf ihrer Stirn abzeichneten, nur weil sie auf eine Bundesstraße aufgefahren war. Sie versuchte sich mit ein paar Worten zu beruhigen: »Komm das schaffst du, das machst du schon … ganz langsam ein…«, und ein tiefer Luftzug hob ihren Brustkorb an. Nach einigen Atemzügen spürte sie, dass sich ihr Kreislauf beruhigte, da der Puls ruhiger schlug. Ein wenig half es ihr auch, dass sie sich auf den Verkehr konzentrieren musste.

Nach ein paar Kilometern sah sie das Schild für Dillenburg und diesmal wollte sie nicht einfach vorbei fahren, da sie dieses sehenswerte Städtchen schon immer einmal hatte besuchen wollen. Sie nahm sich heute die Zeit, wobei ihr durch den Kopf schoss: *Würde man mich suchen? Darf ich mich hier so einfach bewegen?*

Sie überlegte kurz und kam selbst zu dem Schluss: »Nein, Blödsinn, wer sucht schon eine erwachsene Frau, die gerade mal zwei Tage weg ist.«

An der Einfahrt zur Stadt stand ein großer Stadtplan. Sie hielt davor am Seitenstreifen an und orientierte sich, wo sie am besten parken konnte. Der Parkplatz an der Uferstraße lag am günstigsten. Nachdem sie sich die Route eingeprägt hatte, stieg sie wieder ins Auto und schon nach ein paar Straßen hatte sie ihn gefunden.

Er war gut gefüllt. Sie schaute links und rechts, um nach wenigen Metern das geeignete Plätzchen anzusteuern. Griffbereit auf dem Rücksitz lag ihr Rucksack und auch ihren Fotoapparat hatte sie beim Bestücken des Autos nicht vergessen. Den nahm sie jetzt mit.

Nach einem kleinen Fußmarsch hatte Franzi die ersten Fachwerkhäuser erreicht. Sie liebte die Bauweise dieser

Gebäude, den Skelettbau und die Lehmschichten, dabei jedes individuell angepasst auf den kleinsten Flächen. Für sie waren es Kunstwerke und deshalb fotografierte sie diese sehr gern.

Sie war gerade dabei, das Objekt im Sucher der Kamera genau in Augenschein zu nehmen, als sie etwas durch die Linse huschen sah. Konnte es aber nicht genau erkennen, weil es zu schnell aus dem Blickfeld verschwunden war.

Da hörte sie: »Hello, can you help me?«

Das fehlte ihr gerade noch, jetzt kam bestimmt einer mit einer Schnittmusterkarte und wollte sich den Weg erklären lassen. Sie hatte nur ein einfaches Schulenglisch gelernt und wirklich darüber nachgedacht hatte sie nicht, wie es werden würde, wenn sie Deutschland verließ.

»Yes, we can help you?« *Wird schon stimmen. Warum sehen die immer mich?*

Franzi schaute sich um und sah, dass außer den beiden Touristen nur noch sie auf diesem Platz stand. »Can you take a picture of us?«, fragte er jetzt.

Sie war erleichtert, sie musste keine wilde Wegbeschreibung abgeben oder mit Händen und Füßen erklären, dass sie keine Ahnung von dieser Stadt hatte, sondern er wollte lediglich ein Bild. *Na, das bekommen wir doch hin.*

Der Tourist drückte ihr die Kamera in die Hand und wies auf den Knopf hin, mit dem sie den Auslöser betätigen sollte. Er stellte sich zu seinem Begleiter in Position und setzte ein liebliches Lächeln auf. Franzi fokussierte die Kamera auf die beiden und machte ein Bild. Der Tourist sprang, nachdem er sah, dass sie auf den Auslöser gedrückt hatte, sofort auf sie zu und schaute in die Bildvorschau mit den Worten: »Wonderful, thank you.« Er nickte immer wieder und ging mit seinem Begleiter des Weges.

Es beschlich sie ein Gefühl der Freude. Freude darüber, dass sie jemandem Fremden hatte helfen können.

Franzi schlenderte, nachdem sie auch das Haus fotografiert hatte, weiter in Richtung Schloss und machte dabei noch das eine oder andere Foto. Lugte durch die Schaufenster und hätte gern ein paar Nippes mitgenommen, aber dafür würde sie jetzt nicht den Platz haben.

Sie betrat, als sie durch die große Fensterscheibe gesehen hatte, dass sich keine Kundschaft darin befand, eine Bäckerei. Mit Herzklopfen und immer wieder dem Blick zur Tür, da sie Angst hatte der Laden würde sich doch noch mit weiteren Kunden füllen, suchte sie sich ein Gebäckstückchen aus und bat die Verkäuferin um ein Pfund Brot. Sie wusste, dass sie noch genug Brotaufstrich in ihrem Auto hatte und so lächelte sie zufrieden, da sie nicht verhungerte. Beim Bezahlen zitterte sie etwas, was von der enormen Anstrengung, in diesem kleinen Laden zu stehen, herrührte, aber das überging sie einfach und ließ keinen negativen Gedanken zu.

Als Franzi den Laden verlassen hatte, zog sie Bilanz. Sie hatte keine Angst vor Touristen gehabt, schlenderte ganz allein durch eine Stadt und sogar das Einkaufen hatte geklappt, was sie am meisten freute. Warum nicht immer so, warum Angst haben vor etwas ganz Normalem?

Sie hatte sich Zeit gelassen und war eine ganze Weile in dieser Stadt umhergelaufen, als sie die Kirchturmuhr sah und die Zeiger schon auf halb zwei standen. Dabei dachte sie: *Na, weit komme ich heute aber nicht mehr.*

Franzi schaute sich um und orientierte sich, um wieder auf den Parkplatz zu gelangen. Es dauerte weitere 20 Minuten, bis sie ihr Auto erreicht hatte. Sie packte die Taschen in den Wagen und setzte die Route fort.

Die B277 fuhr sie entlang nach Haiger, um dann Richtung Koblenz abzubiegen.

Zum Aufatmen machte sie wieder einen kleinen Stopp in einem Wäldchen, um ihre gekauften Gebäckstückchen zu genießen. Sie bereitete sich einen Kaffee zu und setzte sich dann mit diesem Getränk und dem gekauften Gebäck auf den Fahrersitz. Franzi war zufrieden und blickte stolz auf das, was sie heute schon erlebt hatte. *Geht doch, du musst dich nur trauen!*

Das Autofahren ging auch schon ein bisschen besser, der Druck war ein wenig genommen, da sie keine Probleme hatte und es keine Situation gab, die sie in Bedrängnis brachte. Sie wollte nach der Rast auch zügig wieder ans Steuer, um noch ein paar Kilometer zu schaffen.

So war sie etwas später unterwegs und wechselte bei Montabaur auf die B49. Sie hielt weiter die Augen nach den Schildern Richtung Koblenz offen.

Franzi bog ab auf die L127 und blickte auf die Feste Ehrenbreitstein, die das dem Deutschen Eck gegenüber liegende Rheinufer überragte. Da sah sie auch ihn, den Rhein, und sie wusste, dass sie ihn überqueren musste. Dabei machte sich wieder diese Enge bemerkbar, die Box aus der sie nicht entkommen konnte. Eine regulierte Atmung aufrecht zu erhalten, fiel ihr schwer. Die Angst kroch in ihr hoch, die sich auch in dem dichter werdenden Verkehr noch verstärkte. Ihr Herz raste und kleine Schweißperlen funkelten auf ihrer Stirn. Die Autos schlängelten sich vor und hinter ihrem Wagen, bis sie die richtigen Spuren für ihre Weiterfahrt gefunden hatten. Sie versuchte, sich auf die Schilder zu konzentrieren, um ja nicht auf einer falschen Straße zu landen.

Jetzt hätte sie gern die nette Stimme des Navis ihres Mannes gehört, die sie durch diese Stadt führen würde. Aber das hatte sie ihrem Holger nicht antun wollen, dass auch diese Frau ihn vorübergehend verließ.

Sie schaute abwechselnd auf ihren Routenblock und die Straße. Da war sie; die Brücke, die sie auf die andere Seite brachte.

Eine ganz normale, stinklangweilige Brücke, aber eben eine

Brücke. Und genau das machte ihr Angst.

Wenn Franzi auf diese Brücke fuhr, gab es kein Zurück mehr, kein Aussteigen, kein Fortlaufen. Sie musste dann durchhalten bis auf die andere Seite. Die Brücke könnte brechen, genau in dem Moment, wo sie mitten darauf war, oder es würde sie vielleicht ein Erdbeben zerstören, man las ja viel in den Zeitungen. Adrenalin stieg in ihrem Körper an, ihr Magen schaukelte sich langsam in Stimmung und ihr Puls raste. Sie hatte unsagbare Angst und keiner konnte sie ihr nehmen, nur sie allein war dazu fähig. Sie musste nur über diese Brücke.

Hinter ihr wurde gehupt, denn sie war kurz stehen geblieben, das machte sie noch unsicherer. Aber es half alles nichts, wenn nicht jetzt, wann dann? Sie ließ ihr Auto wieder rollen, um zu den anderen Wagen aufzuschließen. Konzentrierte sich nur noch auf die Fahrbahn, um nicht die Brücke im Visier zu haben. Sie folgte einfach dem Auto vor ihr. Die Gedanken ließen ihr keine Ruhe. In wenigen Sekunden liefen Szenarien in ihrem Kopf ab, als hätte sie die Naturkatastrophen der letzten 20 Jahre alle in einem Moment erlebt. Sie sagte sich immer wieder die Atmung vor, damit sie nicht in eine Hyperaktion geriet. »Langsam ein-«, und dabei zog sie einen tiefen Luftzug ein, »und ausatmen«. Sie blies die Luft regelrecht in den Innenraum, so dass die Eule, die am Rückspiegel hing, das Flattern bekam. Als sie endlich das Ende des Brückenbogens sah, sagte sie erleichtert: »Geschafft!«

Sie war auf der anderen Seite. Ihr Körper fuhr wie eine Maschine herunter und nach kurzer Zeit war alles wieder auf Normalleistung. Naja, nicht ganz, denn die Beengung des Verkehrs blieb. Aber das war zu bewältigen, da sie jederzeit rechts ran fahren konnte, um auszusteigen. Am liebsten hätte sie das jetzt auch getan, um jedem, der ihr entgegen gekommen wäre, zu erzählen, dass sie diese Brücke geschafft hatte. Aber das hätte ihr bestimmt auch die Männer mit den weißen Kitteln beschert, denn man hätte sie für bekloppt erklärt.

Wenn man nichts machte, verstand einen keiner, und versuchte man etwas und freute sich, verstand es auch keiner. Die Menschen wussten ja nicht, warum sie das tat. Was sie in diese Situation brachte, die dem Körper alles abverlangte, so dass er sich mit Adrenalin vollpumpte. Sie brauchte keinen Bungee-Sprung, sie hatte den gleichen Adrenalinschub bei einer Brücke.

Franzi fuhr langsam weiter durch die schöne Stadt und dachte sich: *Ich würde doch gern, so schnell wie möglich, wieder eine ruhige Straße fahren.*

Sie schaute auf ihrem Block:
- Links abbiegen auf Löhrstraße
- Rechts abbiegen auf Kardinal-Krementz-Straße
- Rechts abbiegen auf Cusanusstraße
- Weiter auf B9
- Ausfahrt Richtung KO-Karthause/Hochschule
- Auf Simmerer Straße fahren
- Weiter auf K22

Sie hatte es aus dem Internet ausgedruckt und als sie es jetzt las, da fragte sie sich, wie vereinfacht man heute alles handhabte. Alle Worte, die man nicht brauchte, wurden eben weggelassen, das sparte Zeit.

Da war ein Navi doch etwas freundlicher. Wenn der Wagen bei einem Unfall auf dem Dach landete, sagte die freundliche Stimme immer noch: »Bitte wenden Sie!«

Franzi hatte es geschafft und war fast dem Stadtverkehr entkommen. Jetzt nur noch rechts halten und schon kam die Auffahrt zur B327. Dieser Straße würde sie bis morgen früh die Treue halten, denn ein Plätzchen für die Nachtruhe sollte sich in dieser gemütlichen Landschaft finden. Genau das hatte sie nach den Strapazen auch dringend nötig. Sie fühlte sich so erschlagen, als hätte sie den ganzen Tag einen Acker mit dem Spaten umgegraben.

Bei dem Dörfchen Ehr fand sie dann auch eine geeignete Rastmöglichkeit. Natürlich würde sie wieder im Auto schlafen, denn es wäre eine weitere Anstrengung, sich jetzt noch um ein Zimmer zu kümmern, und wohl war ihr dabei auch nicht wirklich.

Da sie den ganzen Tag wenig gegessen hatte, schmierte sie sich erst einmal ein Butterbrot.

Gesättigt nahm sie sich wie am gestrigen Abend die Decke vom Rücksitz, um es sich unter ihr, soweit es ging, gemütlich zu machen. Sie sah heute nicht, wie der Wald in der Dunkelheit verschwand, sondern schloss die Augenlider und stand plötzlich wieder mitten auf der Brücke. Sie suchte verzweifelt, wie sie an ein Ende gelangen könnte. Dabei fing sie an zu laufen und mit jedem Schritt setzte auch ihr Körper intervallartig Hitzeströme ab, bis sie hastig atmend hochschreckte. Sie versuchte an die Bilder des Nachmittags zu denken, als sie die Brücke gemeistert hatte, und sagte immer wieder zu sich selbst: »Du kannst es doch, verdammt, du hast es doch gezeigt, dass du es kannst, jetzt freu dich, du kannst alles, wenn du willst!« Sie sah sich im Spiegel und antwortete diesem Bild: »Ja, dich meine ich, du packst das!«

Viele würden lachen, wenn sie ihr jetzt zuschauen könnten. Aber sie würden auch nicht nachvollziehen können, was es für sie bedeutete, auf einer Straße zu fahren und eine Brücke zu überqueren. Dafür müssten sie das Gefühl kennen, wie es ist, jahrelang aus Angst das eigene Haus nicht zu verlassen.

Es wurde ein langer Abend und immer wieder kamen die Gedanken des Tages zurück. Bis der Schlaf Franzi letztendlich dann doch in seine Arme nahm und ihr zur Ruhe verhalf.

Böse Überraschung

Am nächsten Morgen war Franzi schon früh wach. Sie schaute auf die Uhr im Auto, da sie seit Jahren schon keine mehr am Handgelenk trug. Franzi liebte die Unabhängigkeit, zeitlos zu leben. Dennoch war Pünktlichkeit ein oberstes Gebot, wenn sie einen festen Termin beim Arzt hatte, und da saß sie auch vor der Küchenuhr, um ja nicht zu spät zu starten.

Es war 20 Minuten vor 5 Uhr und die Vögel sangen allerliebst aus allen Ecken des Waldes.

Was für ein zauberhaftes Konzert. Natur pur, das sollte sich jeder einmal gönnen.

Sie hörte in der Nähe einen Bach rauschen und nahm das Angebot, ein schönes, erfrischendes, morgendliches Bad zu genießen, auch dankend an. Kramte aus dem Kofferraum die Badeutensilien hervor. Handtuch, Duschgel, Shampoo und die Kleidung zum Wechseln, wobei sie überlegte: *Hmmm, der Badezusatz hätte bei einem laufenden Bach wohl weniger gebracht, außerdem möchte ich ja den Bach nicht verunreinigen. Der wird sich schon bedanken, wenn er meinen Luxuskörper einmal von den Angstperlen der letzten zwei Tage säubern darf.*

Sie freute sich schon auf die Erfrischung, ihr Gang war leichtfüßig und schnell fand sie den Bach, auch nicht weit vom Auto entfernt. Ein paar Büsche und Sträucher standen am Rand, sehr schön als Deckung vor nicht willkommenen Beobachtern. Es war ein nettes Plätzchen. Sie suchte sich eine kleine Ausbuchtung für die morgendliche Erfrischung. Da, wo der Bach eine beachtliche Tiefe hervorbrachte, genau an der Stelle, wo auch die Büsche etwas dichter standen. Das passte. Franzi legte ihre Kleidung ab und betrachtete vom Rand aus, wie der Bach über kleine Steine seine Wellen schlug. Ihr großer Zeh war der erste, der mit dem Wasser in Berührung kam und sofort zog sie ihn auch wieder heraus. »Puuuuh, ist das kalt!« Sie holte einmal tief Luft, um die Wärme ihres Körpers zu spüren. Aber da half jetzt alles nichts und sie stieg mit den Füßen hinein. »Huuuuhhhh, uhhhhuhh«, rief sie wiederholend, als sie sich langsam das Wasser mit der hohlen Hand über den Körper rinnen lies. *Man gewöhnt sich doch an alles und was einen nicht umbringt …* Sie dachte an ihre Oma, die in solchen Situationen immer einen Spruch auf Lager gehabt hatte.

Nach der Erfrischung zog sich Franzi die neuen Kleidungsstücke an. Sie packte alles wieder ein, um den Platz so zu verlassen, wie sie ihn vorgefunden hatte.

Mit dem ganzen Kram auf dem Arm wollte sie gerade in Richtung Auto gehen, als sie plötzlich ein komisches Quietschen hörte. Eher ein Fiepen wie von kleinen Tierjungen. Sie sah sich um und schaute in die Büsche und Sträucher, konnte aber auf den ersten Blick nichts erkennen. Franzi brachte ihre Utensilien erst einmal an das Auto. Dem wollte sie nachgehen. *Vielleicht eine Igelfamilie, die gerade Nachwuchs hatte?* Sie dachte an alle möglichen Tiere, die sich im Wald bewegten. *Eichhörnchen … wie sahen da wohl die frisch geborenen aus?*

Im Wald gab es viel zu entdecken und schon als Kind hatte Franzi am liebsten in ihm gespielt. Hatte Blumensträuße für Mutti auf den Wiesen am Feldrain gesammelt, oder Mutproben mit ihren Freunden im Wald gemacht. Auch eine Baumhütte hatte sie mit ihren Freundinnen gebaut, aber nicht so stabil, dass sie den ersten Windstoß überlebt hätte. So hatte die Hütte beim nächsten Ausflug zusammengefaltet am Boden gelegen. Man konnte eben nicht alles können.

Am schönsten fand sie, wenn sie im Wald auf Weinbergschneckenjagd ging. Alle, die daran teilnahmen, bekamen einen Ring und sammelten die heraus, die nicht durch den Ring hindurchschlüpfen konnten. Wenn die Tüte oder die

Kiste, die sie bei sich trugen, voll war, brachten sie ihre Ausbeute zum Abnehmer und bekamen pro Kilo ein paar Groschen. Das war viel Geld in ihrer Kindheit. Bei einem Tante-Emma-Laden spendierte man sich dafür Süßigkeiten. Die gab es auch noch einzeln, nicht wie heute immer gleich so viel, dass man Bauchschmerzen bekam, wenn man sich die Tüte nicht einteilen konnte.

Der Tante-Emma-Laden war ein ganz kleiner Laden gewesen, in dem ein gut überschaubares Sortiment seinen Platz gehabt hatte. Leider waren diese Läden nach und nach ausgestorben, denn man war irgendwann lieber durch die großen Lebensmittelstraßen der Geschäfte gehetzt und hatte bei dem Überfluss an Angeboten viel zu viel gekauft.

Jetzt stand Franzi aber in keinem Laden, sondern an ihrem Auto, im Wald und warf die ganzen Dinge, die sie eben noch für ihr Wohlbefinden gebraucht hatte, wieder in den Kofferraum.

Das Fiepen konnte sie nicht mehr hören, da sie sich anscheinend doch zu weit von der Stelle entfernt hatte. Deshalb ging sie wieder in Richtung Bach, um noch einmal zu erspähen, was es mit diesem Geräusch auf sich hatte. Warum hatte sie es während des Badens nicht gehört? Am Bach wurde es wieder lauter, aber hörte sich nicht an, als ob sich kleine Tierkinder freuen würden, sondern eher, als ob sie um Hilfe schrien. Sie schaute sich um. *Was mag das sein?*

»Daaa…«, sagte sie mehr zu sich selbst. Vor sich sah Franzi, was das Geräusch verursachte: einen Leinensack. Es bewegte sich etwas in ihm. Sie kniete sich an das Ufer des Baches und zog den Sack heraus, der sich hinter einem Stein verkeilt hatte. Öffnete den Sack und schaute vorsichtig hinein. Ihr traten Tränen in die Augen, weil das, was ihr gerade gedanklich durch den Kopf gegangen war, nun zur Realität wurde.

Hier hatte jemand Hundewelpen ertrinken lassen wollen. Unschuldige kleine Welpen einfach in einem Sack qualvoll ersaufen lassen, besser konnte man das nicht ausdrücken. Sie holte eins nach dem anderen heraus und sah, dass für die meisten jede Hilfe zu spät kam. Sieben kleine Hunde, wovon vier nicht mehr atmeten. Die Augen hatten sie schon geöffnet und das bedeutete, dass sie schon ein paar Tage alt sein mussten. Drei Augenpaare schauten sie an, als hätten sie alle nur auf einen Menschen gewartet, der sie aus dieser ausweglosen Situation rettete. Aber so lieb sie auch schauten, diese Hundebabys, sie konnte diese Fellknäule nicht mitnehmen. Aber sie hier ihrem Schicksal überlassen, das konnte sie auf keinen Fall. Ihr eigenes Schicksal hatte ihr eine Aufgabe zugedacht und die musste sie meistern, schon im Interesse dieser kleinen süßen, goldigen Findlinge.

Franzi packte den Leinensack und legte die toten Babys hinein. Bei jedem Einzelnen, dem sie noch einmal übers Fell strich, wurde der Kloß im Hals größer und ihr Blick verschleierte sich. Sie musste ein paar Mal Schlucken und wurde wütend, hatte das Bedürfnis, dieser Person, die Meinung zu sagen.

Den Sack mit den toten Welpen stellte sie sich griffbereit hin. Schnappte dabei die anderen drei Fellnasen auf den Arm, die noch nicht weit kamen, da sie nur krabbelten und nicht wirklich agil durch das Leben tapsten. Franzi schaute sich wieder um, ob sie auch nichts vergessen hatte, und ging zurück zum Wagen. Die drei lebenden Welpen machten es ihr nicht leicht, sie zu tragen. Es waren zwar kleine Fellknäule, aber alle auf einem Arm, fühlten sie sich mehr als lebendig an und sie hatte Angst, sie fallen zu lassen.

Franzi war froh, als sie das Auto erreicht hatte. Den Sack stellte sie ab und ließ die Welpen von der Hand auf den Boden gleiten, dann machte sie die Autotür der Beifahrerseite auf und hievte vorsichtig den Leinensack in den Fußraum des Wagens. Holte ihre Decke von der Rückbank und bastelte eine kleine gemütliche Unterlage für die drei Welpen auf dem Beifahrersitz. Sie schaute sich um und nahm ein Hundejunges nach dem anderen auf, um sie in dem provisorischen Körbchen zu platzieren. Sie schloss die Tür, ging um den Wagen herum und stieg selbst auf der Fahrerseite ein.

Franzi wusste genau, was sie jetzt zu tun hatte. Im Gegensatz zu dieser Person, die scheinbar kein Herz im Leibe trug. Sie fuhr aus dem Wald heraus auf die Bundesstraße, steuerte den nächsten Ort an und suchte nach Menschen auf der Straße, die sie ansprechen konnte. Sie spürte nicht einen Funken Unsicherheit, da ihre ganze Aufmerksamkeit den Findlingen galt. Es war Eile geboten, sie hatte keine Zeit erst darüber nachzudenken, ob sie das konnte. Hier musste sie handeln.

Als sie das Dorf erreicht hatte, sah sie eine ältere Frau, die einen Hund an der Leine führte. Sie würde bestimmt wissen, wo man die Welpen abgeben konnte. Franzi setzte den Blinker und parkte am Straßenrand. Stieg aus und trat neben das Auto, ohne die Straße zu überqueren.

»Hallo«, rief sie der Frau über die Straße zu.

Diese drehte sich um. »Meinen Sie mich?« Der Hund knurrte.

»Ja, ich hätte da eine Frage.« Franzi blieb in ausreichendem Abstand zu dem Vierbeiner stehen und hatte auch den Türgriff in der Hand, falls die Frau ihn nicht festhalten könnte. So fühlte sie sich sicherer.

»Können Sie mir sagen, wo ich ein Tierheim finde?«

Die Frau sah aus, als würde sie einen Moment über die Frage nachdenken. »Nein, da kann ich Ihnen nicht helfen«, sagte sie.

Enttäuscht mit einem »Danke« auf den Lippen drehte Franzi sich wieder zu ihrem Wagen um und wollte gerade einsteigen, als sie die Stimme der Frau noch einmal vernahm.

»Warten Sie, nützt es Ihnen etwas, wenn Sie eine Tierklinik ansteuern? Da bekommen Sie bestimmt eine Adresse.«

»Das wär klasse, damit würden Sie mir enorm weiterhelfen.«

Die Frau beschrieb ihr den Weg zur Tierklinik und Franzi setzte sich, nachdem sie sich herzlich bei ihr bedankt hatte, wieder ans Steuer, um die Klinik so schnell wie möglich zu finden.

Es dauerte nicht lange und sie sah das Schild: Tierklinik.

Franzi brachte ihr Auto auf dem Parkplatz zum Stillstand. Ein prüfender Blick auf die kleinen Würmchen in dem Deckenkörbchen sagte ihr, dass bei den Dreien noch alles im grünen Bereich war. Dennoch wollte sie keine Zeit verlieren und sich darum kümmern, dass sie der Tierarzt schnellstens versorgte. Sie stieg aus dem Wagen.

Als sie den Eingang der Klinik fand, betätigte sie die Klingel. Ein Surren deutete an, dass die Tür von innen elektrisch geöffnet wurde. Franzi stemmte sich gegen die etwas schwergängige Tür und drückte sie mit Unterstützung der Schulter auf. Sie fiel hinter ihr wie in Zeitlupe wieder zu. Die Funktion stellte sicher, dass sich kein Tier verletzte, wenn sie etwas länger brauchten, um die Praxis zu betreten. Sie musste nochmals eine kleine Treppe hinauf, nur fünf Stufen, und stand erneut vor einer Tür. Öffnete sie und trat ein. Der Raum war um einiges größer als ihr Wohnzimmer. Allerlei Geräusche kamen von den Tieren, die bei ihren Besitzern am Stuhl saßen oder auf dem Schoß in einem Käfig oder Korb. Franzi erschreckte wegen der vielen Anwesenden kurz. Mitten im Raum war ein Tresen und eine zierliche Frau blickte über diesen zu ihr herüber. Sie schien bemerkt zu haben, dass sie etwas planlos in dem Zimmer stand.

»Kann ich Ihnen helfen?«

Franzi ging zum Tresen, und sagte: »Können Sie mir sagen, wo ich ein Tierheim finde, oder hat der Arzt kurz Zeit?« Sie erzählte der jungen Frau die Geschichte, wie sie zu den Findlingen gekommen war.

Die Frau hinter dem Tresen meinte, wobei man ihr ansah, dass es sie nicht unberührt ließ: »Einen kleinen Moment, bitte.« Sie erhob sich von ihrem Stuhl und ging durch eine Tür neben der Anmeldung.

Natürlich hatte der ganze Warteraum mitgehört und Franzi vernahm, wie es hinter ihr zu heftigen Diskussionen führte. Sie mochte sich gar nicht umdrehen, damit man sie nicht in die Gespräche einbezog. Wieder war sie unbewusst in eine Situation geraten, in der sie sich im Mittelpunkt befand. Ihr Körper reagierte auch prompt mit leichter Übelkeit und ihre Beine zitterten. Sie hatte aber nicht genug Zeit, um sich reinsteigern zu können, da die Frau schon wieder erschien.

Sie kam mit einem großgewachsenen älteren Herrn herein. Die Diskussion, die im Wartezimmer noch anhielt, war abrupt beendet. Alle Blicke waren auf die kleine Gruppe am Tresen gerichtet.

»Dr. Forster; zeigen Sie mir mal ihren Fund!« Er wirkte, als hätte er wenig Zeit.

Franzi drehte sich Richtung Ausgang um und ging voraus. Auf dem Weg zum Wagen schloss sie die Tür des Autos mit der Fernbedienung schon während des Gehens auf. Dr. Forster bemerkte es und überholte sie mit großen Schritten. Er hatte die Tür geöffnet und schaute sich die Welpen in dem provisorischen Körbchen erst einmal an. Griff nach dem Sack und warf einen Blick hinein. Nahm diesen und einen Welpen, wobei er sich zu ihr umdrehte und in ihre Richtung fragte: »Können Sie die beiden anderen mitbringen?«

Sie nickte, nahm die beiden Kleinen und trat mit dem Fuß die Beifahrertür zu. Es war Eile geboten, und Franzi sputete sich, um Dr. Forster folgen zu können. Im Praxiszimmer des Arztes legte sie die zwei Welpen zu dem auf dem Tisch befindlichen.

Diesen hatte Dr. Forster dort abgesetzt und verließ mit dem Leinensack den Raum durch eine weitere hintere Tür. Sie blieb neben dem Tisch stehen und achtete darauf, dass auch keiner der kleinen Rabauken Reißaus nahm. Nach kurzer Zeit kam er zurück. Nahm sich der Welpen an und untersuchte einen nach dem anderen. Sah kurz hoch, in die Richtung, aus der sie aufmerksam zuschaute, was er mit den Hundebabys alles anstellte.

Da die Hundewelpen sich in guten Händen befanden, hätte sie eigentlich gehen können. Oder sollte sie noch warten? Dr. Forster wollte sie mit einer Frage nicht stören, aber diese Situation ließ sie extrem unruhig werden. Die Ungewissheit, nicht selbst bestimmen zu können, was sie jetzt machen sollte, sondern abwarten zu müssen, wie es weiterging, verunsicherte sie. Dabei brauchte sie doch nur zu fragen. Ihre Hände fühlten sich eiskalt an, während in ihrem Körper stromwellenartige Hitzewellen an eine Sommerhitze erinnerten. Sie hätte gern gefragt, aber die Worte waren wie blockiert in ihrem trocken werdenden Mund.

Nein, bitte jetzt nicht eine Panikattacke!

Sie sah unruhig durch den Raum und fixierte die Tür, die ihr die Möglichkeit zur Flucht bieten würde.

»Wollen Sie die Welpen behalten?«, fragte Dr. Forster.

Franzi erschrak, als er sie ansprach. Sie nahm abweisend die Hände hoch: »Um Himmels willen, ich habe gar nicht die Zeit, mich um sie zu kümmern.«

»Wenn ich Ihnen eine Adresse aufschreibe, würden Sie dann die Welpen ins Tierheim bringen? Ich werde die Kleinen dort auch anmelden. Um die anderen kümmere ich mich!« Dabei sah er sie wieder kurz an.

Sie brauchte einen Moment, um sich der Situation bewusst zu werden. Es sprach aber erst einmal nichts dagegen, den Umweg zu machen, und so antwortete sie: »Klar, das mach ich. Dann brauche ich nur eine ungefähre Wegbeschreibung, da ich nicht aus der Gegend bin.«

Franzi war froh, als sie die Welpen, mit Hilfe der Sprechstundenhilfe, wieder in dem provisorischen Körbchen platziert hatte und in ihrem Auto saß. Sie studierte einen Zettel mit der Wegbeschreibung, den die Dame ihr noch in die Hand gedrückt hatte, konnte sich aber nicht wirklich darauf konzentrieren.

Auf was hab ich mich da nur eingelassen? Warum mach ich das? Hatte ich meine Schuldigkeit nicht schon getan? Jetzt auch noch in das Tierheim. Hoffentlich springen da nicht zu viele Menschen rum.

Sie baute sich gedanklich das Grundkonzept der Panik, in die sie dann schlittern würde, nach und nach auf. Schaute unruhig zu den Welpen und startete den Motor, dabei richtete sie den Blick zum Spiegel, um zu schauen, was sich im Heckbereich des Autos tat.

»Mensch, du dumme Urschel, hier geht es nicht um dich, jetzt reiß dich mal zusammen, die Welpen brauchen dich jetzt dringender als die Angst!«, sprach sie zu der Person im Spiegel. Nickte ihrem Spiegelbild zu, als würde sie die Worte annehmen, und begab sich mit dem Auto rückwärts auf die Straße.

Gut zwanzig Minuten später stieg sie an einem großen Grundstück aus und sah auch den Hinweis zu dem Tierheim. Franzi warf einen prüfenden Blick auf die kleinen Welpen, bevor sie den Weg einschlug, der zu einem großen Tor an einer Scheune führte. Ein Konzert von Bellen und Miauen begleitete sie bei den paar Schritten. Sie hatte Angst und je näher sie dem Tor kam, desto langsamer wurde sie. Hunde waren ganz liebe Tiere und sie würde nie einem etwas zuleide tun können, aber sie wusste auch, sie beißen.

Als sie noch ein Kind war, war sie von einem Hund gebissen worden. Es war der Hund ihrer Tante gewesen. Bei dem Versuch, ihm auch ein Leckerli zu reichen, hatte er lieber ihre Hand genommen und seinen Eckzahn direkt in ihren Finger gebohrt. Danach hatte sie zu jedem Hund Abstand gehalten und war lieber in Telefonzellen geflüchtet, als ihnen die Gelegenheiten zu geben, noch einmal an ihr zu knabbern.

Franzi musste bei dem Gedanken an diese gelben Dinger lachen. Wie oft sie dort drinnen gestanden und der Hund an der Scheibe geklebt hatte, konnte sie nicht mehr sagen. Hunde rochen die Angst, und wenn ihr einer gegenüberstand, dann drehte sie sich um und lief. Das Verkehrteste, was man tun kann, hatten ihr die Besitzer immer wieder erklärt. Aber die Angst war stärker und die Telefonzelle sicherer.

Franzi stand vor dem Tor des Tierheims und schaute hinein. Niemand da, den sie hätte rufen können. Die Angst kroch in ihr hoch und schon hatte sie wieder die wildesten Bilder im Kopf, was gleich passierte, wenn ein Hund nicht in seinem Zwinger sein sollte. Sie schätzte die Entfernung zum Auto ab, wusste aber, dass ihre Kondition nicht mehr die einer 15-Jährigen war. Das könnte knapp werden …

»Kann ich dir helfen?«, kam eine Stimme aus einer dunklen Ecke in dem Scheunenhof.

Franzi erschrak und zuckte leicht zusammen. »Ja!« Sie holte erleichtert tief Luft und rief zurück: »Sind die Hunde alle im Zwinger?«

Der Mann, der jetzt auf sie zu kam, nickte. »Klar, die kommen nur raus, wenn sie ausgeführt werden.«

Das war sehr beruhigend zu hören, ihr Körper entspannte etwas und nun brachte sie ihr Anliegen vor. Der Mann hörte sich die Geschichte an, wobei er von Dr. Forster schon vorab informiert worden war, dass eine Frau mit drei Welpen vorbeikommen würde.

»Dann lass uns die Kleinen mal holen. Ich bin übrigens Manni, und wer bist du?«

Verdutzt sah sie ihn an, weil bisher noch niemand hatte wissen wollen, wie sie hieß. »Ich heiße Franziska.«

»Ein schöner Name.« Er sah sie an und fragte: »Was verschlägt dich in diese Gegend?«

»Also neugierig bist du wohl gar nicht«, gab sie jetzt eher schnippisch zurück, da sie auf keinen Fall erzählen wollte, was sie vorhatte.

Am Auto angekommen nahm er zwei der drei Welpen und sagte: »Den schaffst du, oder?«

Sie fand den Scherz, zumindest hielt sie es für einen, zwar sehr frech, aber überging es und antwortete: »Wird schon gehen.«

Franzi betrat hinter Manni das Hofinnere und war erstaunt, wie sauber alles war. Jeder Hund hatte seine Box und die meisten standen an den Gittern. Einige liefen aufgeregt in den Boxen umher und machten mächtig Randale. Manni ging in das Haus auf der anderen Seite des Hofes und sie folgte ihm. Er nahm ihr den Welpen ab und legte ihn zu den beiden, die er in ein Körbchen gesetzt hatte.

»Ich werde mich gleich um die Kleinen kümmern, wenn ich dich wieder sicher hinausbegleitet habe«, hörte Franzi ihn sagen. Auf der einen Seite fand sie es nett, aber die Art, wie er es in den Raum warf, hatte wieder etwas von einem: *Du bist noch zu klein, das schaffst du nicht ohne meine Hilfe.* Sie hätte am liebsten mit dem Fuß auf den Boden gestampft und gesagt: *Ich kann das auch allein.*

Aber sie drehte sich zu ihm um mit den Worten: »Wenn es dir nichts ausmacht, würde ich mir die Hunde gern mal anschauen, die in deinem Tierheim sind.«

»Na klar, komm ich zeig sie dir.« Er stapfte mit seinen großen

Gummistiefeln voraus.

»Da ist ja einer schöner als der andere, wie kann man sich da einen aussuchen?«, sinnierte sie vor sich hin.

Das Bellen der Hunde, an denen sie schon vorbeigelaufen waren, wurde stärker. Fast als wüssten sie, dass sie nicht in ein neues Zuhause kamen. Die Boxen waren verschlossen und so hatte sie auch keine Angst vor ihnen. Es war die vorletzte Box, die sie sich gerade anschauten, da kam ein kleiner Mischling zum Vorschein.

»Was ist das denn für ein kleiner süßer Kerl?« Franzi sah in zwei dunkle Knopfaugen, die aus rötlichem Fell herausstachen. Der Hund spielte mit seinen Augenbrauen und seine Ohren folgten jedem laut. Sie war völlig angetan von ihm. Wie süß kann man schauen, wenn man etwas möchte. Er bellte nicht, er lief nicht umher – er stand auf seinen kleinen vier Pfoten und schaute sie an.

»Das ist eine Dackel-Spitz-Mischung und ein ganz lieber Kerl.«

Franzi schaute zu Manni: »Wie alt ist er denn?«

»Genau kann ich das nicht sagen, aber wir schätzen so knapp ein dreiviertel Jahr.«

Ihr Blick wechselte zwischen dem Hund und dem Pfleger hin und her. Der Mischling stand noch immer am gleichen Fleck. Franzi ging vor der Box in die Hocke und berührte das Gatter. Die Fellnase bewegte sich in ihre Richtung und leckte mit der kleinen Zunge an ihren Fingern, wobei sein Schwanz ganz langsam anfing zu wedeln.

»Na, da haben sich aber zwei gefunden.«

Sie erschrak, *ich kann kein Tier mitnehmen, wie soll das denn gehen? Kann ich die Verantwortung für einen Hund übernehmen? Müsste ich dann nicht mein Vorhaben abbrechen?*

Auf einmal schien ihr alles so sinnlos. Sie würde diesen Blick nie mehr vergessen. Das konnte sie nicht. Sie sah Manni an, der sich das Schauspiel zwischen dem Hund und ihr betrachtet hatte.

»Was muss ich tun, um den kleinen Kerl mitzunehmen?«, fragte sie in seine Richtung.

»Ich brauche deinen Personalausweis sowie eine Unterschrift, dass du dich gut um das Tier kümmern wirst. Zudem ist eine kleine Spende für das Tierheim zu entrichten, um auch anderen Tieren helfen zu können. Wie den Welpen, die du vorbeigebracht hast. Deine Personalien werden an Tasso weitergegeben, denn er ist geschippt und du wirst auch dort als Besitzer eingetragen.«

Franzi sah Manni an und nickte: »Dann machen wir das so! Darf ich ihn rausnehmen?« Dabei blickte sie den am Gatter stehenden Hund an. Als sie zum Riegel griff, der die Tür öffnete, fiepte und wedelte er mit seinem fuchsroten Schwanz, als wüsste er genau, was gerade passierte.

Manni schmunzelte und sagte: »Jetzt weißt du auch, wie man im Tierheim einen Hund aussucht. Nicht die Menschen suchen ihn aus, er sucht sich seinen Besitzer aus!«

Sie konnte nicht anders und musste ebenfalls lächeln. »An dieser Pelznase konnte doch bestimmt noch niemand vorbeigehen, oder?«

Er zwinkerte und antwortete: »Er hat sich bisher für niemanden interessiert und immer nur teilnahmslos in seiner Ecke gelegen. Er war uninteressant für die Suchenden. Dieser Hund hat auf dich gewartet! Glaub mir das.«

Franzi nahm ihn aus dem Gatter und direkt in den Arm. Dabei schleckte er ihr zur Begrüßung einmal über das ganze Gesicht. »Na, das ist aber das Erste, was ich dir abgewöhne! Damit wir uns gleich richtig verstehen.« Ein warmes Gefühl, das durch ihren Körper zog, beschlich sie. Sie dachte auch an ihren Mann, was würde er sagen, wenn sie mit dieser Pelznase nach Hause käme. Sofort durchfuhr sie eine Traurigkeit, und um nicht an diesem Gefühl festzuhalten, lehnte sie sich instinktiv an dem kleinen Fellknäul an. Knuddelte und rubbelte ihm sein Fell.

Der Pfleger hatte alle Papiere ausgefüllt und ihr die Grundregeln erläutert, die beim Umgang mit einem Hund wichtig waren. Sie bekam auch noch einen großen Sack Futter mit auf den Weg. Nachdem die Unterschrift geleistet war, dass Franzi für ihn verantwortlich war, und sie versprochen hatte, gut auf ihn zu achten, durfte sie ihn an der Leine zum Auto bringen.

Franzi freute sich wie ein kleines Kind. Am schönsten war, dass sie in der letzten Stunde nicht einmal an ihre Angst vor Mensch und Tier gedacht hatte. Dass sie einfach nur glücklich war mit diesem kleinen goldigen Hund.

Er bekam den Platz an ihrer Seite zugewiesen.

Die Decke, die sie vorher noch als Körbchen benutzt hatte, verfrachtete sie wieder auf den Rücksitz.

Der Pfleger hatte ihr die Leine als Beigabe mitgegeben. Franzi machte sie im Auto auch nicht ab, sondern verband sie direkt am Halsband mit dem Sicherheitsgurt. Sie musste erst wissen, wie er sich im Auto verhielt, bevor er ohne Leine auf dem Sitz verharren durfte. Wenn er in den Fußbereich springen würde, hätte das eventuell fatale Folgen, auch für andere Autofahrer oder Fußgänger und das wollte sie auf keinen Fall riskieren.

Franzi ging um das Auto herum und stieg ein, startete den Motor und entfernte sich von dem Anwesen. Schaute auf ihren Block mit den Angaben der Strecke und fuhr wieder rechts ran.

»Na, nun haben wir den Salat«, sprach sie in Richtung Hund. »Wegen dir kommt hier alles durcheinander.«

Dieser aber setzte einen so unschuldigen Blick auf und legte den Kopf auf die Pfoten, als wollte er mitteilen, dass es ihm leidtat.

»Schon gut, im Grunde warst du ja nicht der Grund, sondern nur das Ergebnis, das bekommen wir hin, ich muss nur diese blöde Straßenkarte finden.«

Gut, dass ihre Kinder nicht sahen, wie der Heckbereich des Autos aussah, der sich so langsam in eine Rumpelkammer verwandelte. Sie würden bestimmt lachen, weil sie ihnen immer versucht hatte zu erklären, man müsste Ordnung halten.

Sie kramte auf dem Rücksitz und zog unter der Decke und dem Wasserkocher, den sie achtlos in den Bereich gepfeffert hatte, eine Straßenkarte hervor. Die Deutschlandkarte hatte sie sich für den Notfall mitgenommen, falls sie einen Umweg fahren müsste. Nun war sie froh und fand auch recht schnell den Platz, an dem sie sich befanden.

»Okay, ich hab es«, sagte sie mehr zustimmend für sich selbst. Sie legte die Karte beiseite, startete den Motor erneut und brachte den Wagen wieder auf die Straße.

»Da vorn müssen wir einfach hoch, dann sind wir wieder auf der Bundesstraße und der folgen wir bis Kappel. Das sollten wir heute noch schaffen.« Sie lenkte sich ab, indem sie den Hund informierte, wie der Plan aussah. Dieser hatte aber nur ein müdes Gähnen für sie übrig und machte nach der Aufregung erst einmal ein Schläfchen.

Eine Weile war sie schon unterwegs und das Fahren war angenehm ruhig. Es war kaum Verkehr und der Kleine neben ihr auf dem Beifahrersitz schien alles ganz gelassen zu nehmen. Sie sah immer mal zu ihm hin. Er lag so entspannt neben ihr, als fühle er sich wohl und genieße die Fahrt.

Bei Kappel im Hunsrück musste sie sich jetzt links halten und über die L193 weiterfahren. Bäume, soweit das Auge reichte. Was lag da näher, als wieder in ein schönes Waldstück einzubiegen, sich den Wind um die Nase wehen zu lassen und mit ihrem neu gewonnenen Freund einen gemeinsamen

Abendspaziergang zu machen.

Sie hätte auch noch die Möglichkeit, einen Abstecher nach Kirchberg zu machen. Dieser Ort war spätestens nach den Filmaufnahmen für den Film »Die andere Heimat« von Edgar Reitz bekannt. Franzi überlegte einen Moment, aber entschied sich, nicht jetzt, sondern irgendwann einmal mit ihrem Mann hinzufahren, um es sich anzuschauen.

So bog sie in einen der vielen Wege ein, die in den dichten Wald führten. Auch hier hatte sie Glück und fand einen Wanderparkplatz, den sie für heute in Beschlag nehmen würde.

Sie weckte ihren kleinen Freund und fragte: »Na, was ist, wollen wir uns mal umschauen? Du hast doch bestimmt auch etwas zu erledigen.«

Der kleine Rotfuchs auf dem Beifahrersitz reckte sich, da er durch das Ansprechen aufgewacht war. »Ich glaube, ich habe mir einen richtigen Faulpelz geangelt, wenn ich mir dich so anschaue.«

Von ihm kamen wiederum nur ein kleiner Gähnlaut und ein Schwanzwedeln, da er wohl bemerkt hatte, dass sie ihn ansprach.

Franzi hatte in den letzten Tagen nicht wirklich ausreichend Pausen gemacht und etwas zu sich genommen, das wurde ihr jetzt auch bewusst, denn ihr Magen knurrte, als würde er nach Essen brüllen. Auch an Flüssigkeiten hatte sie zwar nebenbei immer mal genippt, aber das hatte niemals ausgereicht. Sie vergaß es einfach durch die Anstrengung der Fahrt. Nahm sich daher vor, zumindest heute ausreichend dafür zu sorgen, dass alles wieder ins Lot geriet.

Sie schaute auf den Beifahrersitz und überlegte laut: »Hund, das ist aber jetzt nicht der beste Name für dich – wenn du mir wegläufst und ich rufe Hund, habe ich bestimmt zehn hier stehen. Lass mal überlegen, da fällt uns doch bestimmt was Besseres ein.«

Die Pelznase neben ihr gab ein zustimmendes Geräusch von sich, als hätte er genau verstanden, was sie ihm mitteilte. Er wedelte mit dem Schwanz und tanzte auf dem Sitz, da er gemerkt hatte, dass er die komplette Aufmerksamkeit seines Frauchens auf sich gezogen hatte. Er fiepte dabei, als würde er singen, und sie sah ihn an, lachte und streichelte ihn bei den Worten: »Ja, ich hab's! Dich nenne ich Fipse.«

Sie überlegte, ob das gut gehen würde, ihn auch ohne Leine rauszulassen. Verwarf es und dachte: *Wir versuchen es einfach mit Vertrauen.*

Laut sagte sie zu ihm, wobei sie ihm den ausgestreckten Zeigefinger vorhielt: »Ich vertrau dir und du enttäuscht mich bitte nicht.«

Franzi machte ihn von Gurt und Leine los, trat ein bisschen beiseite und er sprang heraus. Er hatte die Nase sofort am Boden und war auf Spurensuche. Es dauerte auch nicht lange, bis Fipse die erste Markierung gezielt platzierte. Als er sein Geschäft erledigt hatte, ging er sofort weiter auf Erkundungstour. Sie hatte sich die Leine geschnappt, sollte das mit dem Vertrauen nicht hinhauen. Franzi griff noch nach ein paar Brocken des Futters und steckte sie in die Tasche, bevor sie das Auto verschloss. »Komm Fipse, lass uns ein bisschen laufen!« Sie war erstaunt, dass er sofort reagierte und in ihre Richtung sprang. »Na, das klappt doch gut mit uns beiden!«

Nach einem ausgiebigen Spaziergang und einem wohlbekömmlichen Nachtmahl mit allem, was das Herz begehrte, wollte sie den Abend heute früh ausklingen lassen.

Sie nahm die Decke aus der Unordnung hinter sich und kuschelte sich hinein. Fipse hatte sich auf dem Sitz daneben in eine schöne Rolle gewickelt. Seine Pfoten lagen dabei unter seinem Körper und seine Rute hatte er so platziert, dass sie neben dem Kopf lag. Franzi hatte das Gefühl, dass er sich rundum wohl fühlte.

Sie dagegen dachte noch ein wenig darüber nach, ob sie, wenn sie die Augen schloss, ein Raubtier am Hals haben würde oder ob sie Fipse gänzlich vertrauen sollte. Sie sah ihn an. *Wie kannst du nur wieder zweifeln, statt dich zu freuen, dass du einen der liebsten und süßesten Hunde der Welt neben dir liegen hast.*

Franzi überwand ihre Angst und hoffte, dass er ihre Zweifel nicht mitbekommen hatte. Kurz danach schlief sie ein und der Mond hielt Wache über die beiden.

Der Urlaub

Der Tag begann wieder mit Vogelgezwitscher, einer Katzenwäsche und einem Instantkaffee. Weil Franzi sich vorgenommen hatte, etwas darauf zu achten, dass sie nicht verhungerte, aß sie auch eine Scheibe Brot. Fipse bekam eine Schüssel Wasser und eine große Hand voll von dem guten Futter. Nach dem Aufräumen der benutzten Teile sah sie in den Kofferraum. Es war das reinste Chaos, aber sie machte ihn einfach zu, dann sah sie das Elend nicht mehr. Solange sie noch alles fand, was sie suchte, war die Welt doch in Ordnung.

Heute und morgen reichte der Proviant noch, dann musste sie etwas einkaufen. Beim Blick auf die Benzinanzeige sah sie, dass auch der Tank bis auf ein Viertel leer war und sie ihn in naher Zukunft nachfüllen sollte.

Sie rief nach Fipse, der sich im Wald ein wenig mit den herumliegenden Ästen vergnügt hatte, und nahm ihn, als er angelaufen kam, auf den Arm.

»Na mein Kleiner, jetzt geht unser Abenteuer weiter. Willst du immer noch mit?«

Er leckte ihr am Kinn und sie sah seine Augen. Dann spielte er mit seinen Augenbrauen und winselte, als wollte er ihr etwas sagen.

»Ja, ich lass dich nicht hier, du darfst ja mit.«

Sie brachte ihn auf den Beifahrersitz und schnallte ihn fest. Strich ihm dabei über sein kuscheliges Fell und sagte: »Ich glaube, du bist das Beste, was mir passieren konnte.«

Dann stieg sie auf der Fahrerseite ein und brachte das Auto wieder auf die Bundesstraße. Eine schöne Strecke bis Morbach, dort musste sie aufpassen, da sie auf eine andere Bundesstraße wechseln sollte. Es waren kaum Autos auf der Straße und sie kamen gut voran.

In Birkenfeld sah sie eine Tankstelle, das war die Einladung dem Auto einen Spritschub zu verpassen. Franzi fuhr an die Tanksäulen und merkte beim Aussteigen sofort, wie ihre Beine leicht zu zittern anfingen. Sie drehte sich noch einmal zu Fipse, um sich abzulenken.

»Hundelie, du wartest hier, ich muss mal zu dem Tankwart«, sprach sie beruhigend auf den Kleinen neben sich ein. Wobei er sie besser anbellen sollte, um ihr Mut zu machen, aber er nahm alles sehr gelassen hin.

Fipse sah, wie Frauchen ausstieg. Dabei erhob er sich doch auf seinem Sitz, um zu beobachten, was sie vorhatte. Als sie sich vom Auto entfernte, fing er an zu fiepen, als wollte er sagen: Hey, lass mich nicht allein.

Sie war fast vor der Tür, als eine Hitzewelle in ihr aufstieg.

Franzi holte noch einmal tief Luft, ging hinein und sprach den Mann in dem blauen Anzug an, der ein paar Dinge in die Regale räumte. »Können Sie mir helfen?«

Sie hoffte, dass er umgehend reagierte, denn sie wollte den nach Benzin riechendem Raum so schnell wie möglich wieder verlassen.

Der Mann schaute auf und fragte: »Was brauchen Sie denn?«

Mit einer etwas belegten Stimme, da sie in der Hektik gerade wieder das Atmen vergaß und ihr Mund total trocken wurde, antwortete sie: »Hmm, wie erklär ich Ihnen das? Ich habe ein Auto.«

Er lachte und meinte: »Dass Sie nicht mit dem Dreirad hier sind, sehe ich.«

Franzi wurde noch heißer, das hatte ihr gerade noch gefehlt. *Jetzt macht er sich schon über mich lustig, wo ich noch nicht einmal meine Frage gestellt habe. Ich sollte so schnell, wie es geht hier raus und am besten die nächste Tankstelle nehmen, dann mach ich mich vielleicht weniger zum Affen.* Sagte aber in die Richtung des Tankwarts: »Ich möchte tanken. Da es das Auto meines Mannes ist, weiß ich nicht, was rein gehört.«

»Das haben wir gleich, ich schau mir das mal an«, und der Tankwart war schon aus der Tür, Richtung Auto. Klappte den Tankdeckel auf und sagte: »Da muss Benzin rein, Sie stehen schon richtig, wenn Sie mir den Deckel öffnen, mach ich Ihnen den Tank eben voll.«

Das ist aber nett, dachte sie und war ihm ausgesprochen dankbar und froh, doch nicht die Kurve gekratzt zu haben.

Den Service weitete er noch etwas aus und wusch die Fensterscheiben, während das Benzin durch den Tankrüssel in den Tank des Autos lief.

Es klackte und die Uhr an der Zapfsäule stellte das Laufen des Zählers ein. Der Deckel wurde wieder geschlossen und der Tankwart ging vor, um die Rechnung abzukassieren. Automatisch wurde die Menge des getankten Benzins an die Kasse weitergegeben. Sie legte noch zwei Dosen Cola, eine Schachtel Butterkekse und eine Tüte mit Hundestangen auf die Theke, die der Tankwart mit in die Kasse tippte. Immer noch hörte man die tiefen Atemzüge, die sie inhalierte, um nicht den Boden unter den Füßen zu verlieren.

Der Mann an der Kasse sah sie an und meinte: »Man könnte glauben, Sie sind auf der Flucht, so nervös, wie Sie sind.«

Sie erschrak und sofort war wieder dieser Groll in ihr. *Was bildet der sich ein.* Sie antwortete aber nicht, zahlte und hatte den Kopf gesenkt, was noch mehr danach aussah, dass etwas nicht stimmen würde.

Beim Verlassen des Ladens drehte sie sich noch einmal zu ihm herum und sagte, diesmal mit klarer Stimme, da die Nervosität vor Wut gänzlich verblasst war: »Prägen Sie sich mein Gesicht gut ein, könnte ja sein, dass Sie Recht haben«, und zwinkerte ihm zu.

Der Tankwart stand an der Tür und sah ihr zu, wie sie die Utensilien in den Kofferraum warf und ins Auto einstieg. »Nur weg hier, sonst ruft der echt noch die Polizei!« Sie schaute Fipse dabei an, der auf dem Beifahrersitz einen Tanz aufführte, als wäre sie Tage fort gewesen.

»Ist ja gut, mein Kleiner, aber für eine Knuddelrunde haben wir jetzt keine Zeit, wir müssen erst flüchten. Gleich werden wir rasten und es dann ausgiebig nachholen.« Sie strich ihm noch schnell einmal über sein kleines Köpfchen und startete den Motor, um von diesem Gelände zu fahren. Fipse legte sich brav wieder auf den Sitz, als ob er jedes Wort verstanden hätte.

Ein paar Kilometer weiter löste sie auch ihr Versprechen ein, machte den Gurt des Hundes los und er sprang sofort auf ihren Schoß. Fipse stand mit seinen zwei Hinterbeinen auf ihren Oberschenkeln und krallte die Vorderpfoten an die Schultern, dabei schlenderte seine Nase suchend in ihrem Gesicht herum.

»Nicht, lass das, baaah!« Sie wischte mit der Hand über die Stelle, die er eben noch liebevoll abgeschleckt hatte. Kaum war eine Ecke trocken, wurde auch direkt die nächste liebevoll genässt. Sie machte die Tür der Fahrerseite auf und befreite sich von der Wäsche, da er die Einladung rauszuspringen sofort annahm.

Der kleine Spaziergang tat beiden gut, denn die Bewegung war angenehm nach den vielen Stunden im Autositz. Weil sie auch nachts nicht wirklich in einer entspannten Querlage schlief, spürte sie ihre Knochen.

»Das macht dir Spaß, dass du so frei umherspringen kannst«, sagte sie in Richtung Fipse und warf ein Stöckchen, dem er nachsprang.

Franzi dachte plötzlich auch an ihren Mann und fragte sich, was er jetzt wohl machte. Schob den Gedanken daran aber schnell beiseite, um ihr schlechtes Gewissen nicht in Wallung zu bringen.

Fipse tollte im Laub des Waldes, und wenn sie ihn rief, kam er auch prompt zurück. So als würden sie schon jahrelang ein eingespieltes Team sein. Die Zeit verging rasend schnell und da heute noch ein wenig Strecke bewältigt werden sollte, kehrten sie zum Auto zurück.

Franzi schnallte Fipse, nachdem er noch einmal aus der Wasserschüssel geschlabbert hatte, wieder an, weil es doch am sichersten war. Sie selbst hatte sich die Cola gegriffen, sie angetrunken und die Büchse für später in die Ablage gestellt. Sie startete den Wagen und bewegte ihn erneut auf die Fahrstrecke.

Franzi hatte den Block im Visier, weil es einen Wechsel der Bundesstraßen gab. Die Fahrbahn wurde an dieser Stelle auch voller, da sie ein Autobahnkreuz erreicht hatten und die auf- und abfahrenden Autos sich einreihten.

Die Strecke verlief an der Nahe, einem Nebenfluss des Rheins weiter. Sehen konnte sie heute nur wenig, denn es hatte angefangen zu regnen. Die Tropfen platschten auf die Windschutzscheibe und Unbehagen machte sich in ihrem Inneren breit. Nicht nur der Verkehr, die Straße und der Himmel waren jetzt gegen sie. Auch Fipse bewegte sich sehr unruhig auf seinem Sitz.

»Nicht jetzt, wir waren doch erst. Bitte mach mich nicht auch noch kirre, ich bin sowieso schon nervös und muss mich auf den Verkehr konzentrieren.« Sie schaute kurz nach rechts zu dem kleinen Pelz auf dem Sitz.

Fipse schaute zurück, als würde er jede Bewegung von seinem Frauchen genau studieren.

»Komm, vertrau mir, ich mach das schon.« Dabei war sie sich selbst nicht so ganz sicher, ob sie es schaffen würde. Sie spürte im ganzen Körper diese Unruhe, als ob die kleinen Nervenbahnen anfingen zu tanzen. Franzi hatte kaum Sicht und ihre Fahrweise war jetzt sehr ängstlich, das merkten auch die anderen Autofahrer, da sie ihr Tempo wohl nicht für angemessen hielten und sie überholten. Sie bog auf die Landstraße ab und der Verkehr war sofort wieder ruhiger und angenehmer.

Der Regen ließ auch etwas nach. Aber wirklich wohl war ihr noch nicht, denn der graue Himmel wirkte erdrückend. Ihr fehlte das Licht des Tages, um richtig atmen zu können.

Da sah sie ein Schild, welches einen Erholungspark ankündigte. Dem folgte sie und bog von ihrer Route komplett ab.

»Fipse, jetzt machen wir Urlaub!«

In solchen Parks kannte Franzi sich aus, hier hatte sie oft mit ihrer Familie Urlaub gemacht. Einfach ein paar Tage zum Schwimmen, wobei natürlich Papa mit den Jungs schwimmen gegangen war und sie eher ein Buch gelesen hatte.

Sie wusste, wenn sie bei der Anmeldung durch war, dann gab es kaum noch ein Problem, sie würde draußen parken und das Nötigste mitnehmen. Den Rest würde sie im Auto lassen und zur Not auch zweimal laufen, um nicht durch den engen Park fahren zu müssen.

Franzi fuhr langsam aber dennoch mit einem mulmigen Gefühl, da sie nicht vorgebucht hatte, an den Baum des Pförtnerhäuschens vor. Der Pförtner fragte, wie er helfen könnte und sie sagte durch das heruntergekurbelte Fenster: »Ich würde gern spontan buchen, falls noch etwas frei ist.«

Er wies auf den Parkplatz und zeigte ihr die Richtung zur Rezeption.

»Fipse, jetzt musst du an die Leine.« Sie legte ihm diese um, während sie die Worte sprach. Es war schon später Nachmittag und der Parkplatz war ziemlich voll, woraus man schließen konnte, dass der Park gut besucht war. Da heute kein eigentlicher Anreisetag war, entstanden keine Schlangen an der Rezeption und sie bekam direkt einen Ansprechpartner. »Ich wollte fragen, ob Sie noch einen Bungalow frei haben?«

Es gab Bungalows für zwei, vier und sogar sechs Personen. Auch die Inneneinrichtung war je nach Ausführung verschieden. Daher nahm sie den Kleinsten mit der günstigsten Ausstattung.

Die Dame mit der roten Uniform schaute in ihren Computer und legte dann einen Plan des Geländes auf die Theke. Sie wirbelte mit ihrem Kugelschreiber darüber und meinte: »Da hätten wir noch zwei zur Auswahl. Würden Sie lieber am Wasser wohnen oder eher im Außenbereich?«

»Fipse, was meinst du?« Franzi sah kurz auf die Fellnase und gab der Frau zur Antwort: »Ich denke, wir nehmen den Außenbereich.«

Als Franzi wieder am Auto war, packte sie ein paar Dinge in den Rucksack und zwei Stoffbeutel. Die Rückbank räumte sie noch frei und ließ den Koffer im Wagen zurück. Mit Fipse an der Leine, dem Rucksack auf dem Rücken und den Taschen in der Hand ging sie in Richtung Unterkunft.

Der Park war schön angelegt, wie alle anderen dieser Parkgruppe. Zwar nicht gerade der billigste Urlaub, aber Sommer wie Winter ein Paradies. Man versuchte, die Kunden bei Laune zu halten. Wenn es gelang, dann kamen sie wieder. So wie auch Franzis Familie dieses Angebot über Jahre, für ein paar Tage Auszeit vom heimischen Umfeld, in Anspruch genommen hatte.

Franzi schloss den Bungalow auf und fühlte sich direkt zu Hause. Hier kannte sie sich aus, das war ihr nicht fremd. Nachdem sie die Gepäckstücke abgelegt hatte, schaute sie einmal durch die Zimmer, ob alles in Ordnung war.

Bisher hatte sich ihr Mann um alles gekümmert. Er war als erstes das Wichtigste einkaufen gegangen, hatte die Kinder zu Veranstaltungen angemeldet und hatte die Fahrräder geholt, die man sich ausleihen konnte.

»So, mein Schatz, ich mach heute nichts mehr«, sagte sie und sah ihren Mann bildlich vor sich stehen. Dabei dachte Franzi auch, dass sie sich gerade anhörte, als hätte sie einen gestressten Arbeitstag hinter sich. Sie genoss die Ruhe. Warf sich auf die Couch und legte die Füße auf den Tisch, der von der Höhe angenehm war. Dann nahm sie die Fernbedienung in die Hand und schaltete den Fernseher ein.

Sie sah, wie der Moderator den Besuchern den Park erläuterte und die Marktpassage, wobei sie wieder in Hektik verfiel und vom Sofa aufsprang.

»Mensch Fipse, ich muss doch noch einkaufen, wir haben sonst nichts zum Frühstück.« Wobei er ja versorgt war, mit seinem Beutel Hundefutter und das »wir« sich eher auf sie bezog.

Sie stieß einen Luftstoß aus und meinte: »Nee, Blödsinn, heute gibt's die Reste von gestern und zum Frühstück holen wir frische Brötchen.«

Franzi brachte die Teile aus dem Rucksack ins Bad. In den Beuteln waren die Wechselwäsche und die restlichen Lebensmittel, die sie in den Kühlschrank packte. Es war ja nicht so, als würde sie am Hungertuch nagen, da sie reichlich von zu Hause mitgenommen hatte und das Brot von unterwegs auch erst zu einem Viertel verbraucht war. Dann ging sie ins Bad und wusch ihre gebrauchten Kleidungsstücke durch, damit sie für die weitere Reise auch wieder etwas zum Wechseln parat hatte.

Sie drehte noch eine Runde mit Fipse und hatte auch die Schüppchen aus Pappe im Gepäck, die sie an der Rezeption bekommen hatte, damit keine Schweinereien liegen blieben. Als sie die Runde beendet hatten, aßen sie ausgiebig zu Abend. Fipse aus seiner Schüssel, dabei schlabberte er sein Wasser. Franzi rückte dem Schinken und dem Käse zu Leibe und verteilte diese auf dem Brot. Sie verbrauchte die restliche Cola und gönnte sich gemütlich noch eine Tasse Instantkaffee zu einer Abendserie im Fernsehen, schloss danach den Bungalow von innen ab und ging zu Bett.

Eine Wohltat …. Ein Bett!

Sie hatte noch nicht richtig die Bettdecke über sich gezogen, als neben ihr schon Fipse lag.

»Nee, ach du meine Güte«, sagte Franzi empört, wobei Fipse genau beobachtete, was sie wohl meinen würde. Er legte den Kopf schief, als wolle er sagen: Ich will doch auch nur schlafen. Dabei setzte er seinen treuesten Hundeblick auf und sie strich ihm über sein flauschiges Fell. Die Hälfte davon hatte sie plötzlich lose zwischen den Fingern, was ihr sagte, dass er gerade das Fell wechselte.

»Na super, das auch noch.« Ihr gefiel das gar nicht. Sie hatte Bedenken, dass sie in der Nacht an Hundehaaren ersticken würde, denn wenn er sich im Schlaf schüttelte, flogen die ja alle in ihre gute Atemluft. Also wieder raus aus dem Bett und ab ins Bad. Hier griff sie nach ihrer Haarbürste, schaute diese sehr skeptisch an, aber dachte sich: Wird schon gehen.

Zurück im Schlafzimmer nahm sie Fipse erst einmal wieder aus dem bequemen Bett und auf den Boden, denn da war das Fell besser zu beseitigen, falls zu viele Haare umherflogen.

»Nun stell dich nicht so an, das muss sein, sonst schläfst du auf dem Boden, das verspreche ich dir.« Dabei strich sie durch das Fell des vor ihr sitzenden Hundes. Dieser drehte sich immer genau auf die Seite, wo sie gerade begann, die Bürste anzusetzen.

»Komm schon, ich will dir nicht wehtun, aber wenn du so weitermachst, dann nehme ich den Epilierer und dann bist du nackisch.«

Das musste er verstanden haben, weil er auf einmal stillhielt und nach kurzer Zeit war das Fell gebürstet.

Endlich konnten sie sich gemeinsam zu Bett begeben und Fipse rutschte noch ein paar Mal hin und her, bis er die richtige Position gefunden hatte. Dagegen war sein Frauchen schon im Traumland, als ihr großer Zeh das Bett berührt hatte. Eine ruhige Nacht lag vor den beiden.

Am Morgen nahm Franzi erst einmal eine richtig heiße Dusche, auch das war eine Wohltat. Wie selbstverständlich sie doch den Luxus in ihrer heimatlichen Wohnung nahm. Direkt das fließende Wasser im Bad zu haben, die Kaffeemaschine laufen zu lassen oder mal eben zur Toilette gehen zu können. Nach ein paar Tagen auf Tour lernte sie diese Dinge mehr zu schätzen.

Sie hatte sich den Morgenmantel des Parks gegriffen, der im Bad hing, und hatte Fipse kurz vor die Terrassentür gelassen, so dass er das Nötigste erledigen konnte. Nachdem er zurückgekommen war und sie im Bad alles erledigt hatte, bekam er eine große Schüssel mit Hundefutter und dazu eine Schale mit frischem Wasser. Sie sah in den Kühlschrank und dachte an die frischen Brötchen, die sie eigentlich holen wollte. Stattdessen machte sie sich wieder einen Instantkaffee sowie ein Butterbrot mit der roten Wurst von zu Hause.

Franzi saß am Tisch mit der Brotscheibe in der Hand und ihre Gedanken gingen auf Wanderschaft.

Ich weiß nicht, ob ich das Richtige gemacht habe. Ob mir meine Lieben auch verzeihen können, aber ich konnte doch nicht anders. Ich wäre zu Hause nach und nach erstickt. Die Angst schnürt einen immer weiter ein. Wie soll ich ihnen das je begreiflich machen, dass der Raum ohne Angst mit den Jahren immer kleiner wird und man für jeden Zentimeter, den man sich zurückerkämpft, Wochen braucht? Vielleicht werden sie mich eines Tages verstehen, vielleicht aber auch nie.

Am liebsten hätte sie heute Morgen Brötchen gegessen, aber sie schob das Einkaufen vor sich her, da es kein guter Morgen für sie war. Sie hatte auch in diesem Bungalow plötzlich das Gefühl, erdrückt zu werden. Dabei war sie sich sicher gewesen, da sie genau wusste, wie es hier aussah, damit klarzukommen. Das schlechte Gewissen, ihren Mann allein gelassen zu haben, holte sie ein. Außerdem machte sie der Lärm auf der Straße vor dem Bungalow unruhig, da dort Menschengruppen vorbeigingen, und sie der Gedanke nicht los ließ, man würde sofort sehen, dass sie anders war. Dass sie nicht einfach nach draußen ging, um die Schwimmhalle zu benutzen, oder in den Dome zu gehen. Dome, so nannte man das Zentrum des Parks. Man konnte in subtropischer Atmosphäre herrlich in dessen Einkaufspassage bummeln und die überdachten Angebote des Parks in Anspruch nehmen. Sie wollte sich im Grunde nur eine Weile verstecken, um dann wieder in die Welt zu gehen, in der sie sich zurechtzufinden versuchte. Franzi wurde melancholisch, sie zitterte innerlich. Es war, als wenn der ganze Körper am Beben wäre, und sie wusste genau, dass dieses Gefühl über Stunden andauern konnte. Dass sie versuchen musste, sich selbst zu beruhigen, und die Hilfe der kleinen Kapseln in Anspruch nehmen würde. Das tat sie auch, da sie befürchtete, dass ihr Kreislauf nicht mitspielen würde, wenn sie sich weiter hineinsteigerte. Sie spürte die Schweißperlen auf der Stirn und war so erschlagen, als hätte sie einen Saunagang hinter sich.

»Verdammt, warum? Es ist doch alles gut, warum kann ich das nicht?« Dabei schaute sie Fipse an, als hätte er eine Antwort für sie.

Sie stand auf und griff in den Rucksack, der an der Garderobe hing. Holte Kapseln heraus, die für ein wenig Ruhe im Inneren ihres Körpers sorgen sollten. Nahm sich in der

Küchenecke ein Glas Wasser und schluckte zwei dieser Pillen. Auf dem Weg zur Couch wurde ihr etwas schwindelig, deshalb legte sie sich darauf und lagerte die Füße nach oben. Sie hatte gelernt, ihren Körper komplett zu entlasten. Dabei halfen ihr Übungen in verschiedensten Formen.

Franzi machte die Augen zu. Ihr Körper war komplett verspannt und jeder Muskel tat weh. Ihr Kopf dröhnte. Alles in ihr stand unter Strom und auch die Kapseln würden erst in einer halben Stunde wirken. Sie spulte einen Film vor ihrem inneren Auge ab, den sie schon so oft gesehen hatte, da sie ihn in diesen Momenten immer nutzte.

Sie befand sich auf einem Berg und vor ihr lag eine langgezogene abfallende Wiese, die an einer Klippe endete. Sie lief den Abhang hinunter, sprang über die Kante hinweg und ließ sich fallen. Ein Gleitschirm fing sie auf. Sie segelte in der Luft und tauchte in die Farben der vorüberziehenden Landschaft ein. Ihr Körper begann, Muskel für Muskel wie in der Schwerelosigkeit zu entspannen. Sie flog und fühlte sich frei.

Irgendwann wurde es dunkel um sie. Sie war eingeschlafen.

Franzi hörte ein Fiepen und im nächsten Moment spürte sie, wie etwas direkt über ihre Beine und ihren Bauch auf ihren Kopf zusteuerte. Sie vernahm ein schlabberndes Geräusch und schon leckte Fipses nasse Zunge über ihr Gesicht.

»Baaaaaaaaaaaaah, das sollst du doch nicht!« Sie drückte Fipse mit dem Ellbogen von sich und setzte sich auf. Sie war wieder wach und schaute Fipse an, der wie ein Wiesel um sie herumsprang. »Ist ja gut mein Kleiner, ich hab mich nur so erschrocken.«

Franzi fühlte sich besser und das bekam auch Fipse mit, der jetzt gekrault wurde. Sein letztes ausfallendes Fell, das sich lose in seinem neuen Frühlingsplüsch sammelte, verteilte sich im Raum. Die Luft, in der ein Sonnenstrahl, der von der Terrasse her auf die Couch schien, war mit lauter kleinen Fellfusseln verwirbelt.

»Ich glaube, da müssen wir noch einmal zur Bürste greifen.« Als hätte Fipse es verstanden, löste er sich von ihr und sprang mit einem Satz runter von der Couch.

Sie stand auf und schaute auf die kleine Uhr an der Küchenzeile. Das konnte nicht sein, sie hatte volle vier Stunden geschlafen. Anscheinend war ihrem Körper in den letzten Tagen einiges abverlangt worden, auch wenn sie das so nicht empfunden hatte.

Sie wusste, dass sich im Bungalow ein Plan des Parks befinden musste, und fand ihn auch nach kurzer Suche. Sie klappte ihn auf und studierte die Karte.

»Ich glaube, da können wir raus, da ist ein kleiner Ausgang. Dort können wir ein bisschen spazieren gehen.« Sie drehte den Kopf zu Fipse, aber dieser war den Worten seines Frauchens nicht gefolgt. Er hatte sich auf den Teppich ausgebreitet und beobachtete die Vögel, die auf der Terrasse herumflogen.

Sie sah aus dem großen Bungalowfenster, das sich über die ganze Wandbreite zog. Es war ruhig geworden auf den Wegen vor dem Bungalow. Vereinzelt kamen jetzt Gruppen aus dem Schwimmbad oder gingen in Richtung des Domes. Sie atmete einmal tief durch, um sich von dem beklemmenden Gefühl, als wäre sie eingeschlossen, zu befreien. Ein Druck auf der Brust, der ihr das Atmen erschwerte. Aber es half ja alles nichts, sie musste mit Fipse eine Runde laufen.

»Fipse, komm!«, rief sie ihn. Sie hatte das Halsband in der Hand. Fipse reagierte und sprang sofort auf, als wüsste er, was sie vorhatte. Er stellte sich auch gleich zum Anziehen des Lederbandes vor sie hin. Sie legte es um und machte die Leine daran fest. Dabei sah Franzi, dass sie selbst noch nichts an ihren Füßen trug. Das änderte sie direkt, machte die Tür zum kleinen Flur auf und schlupfte in die Schuhe.

Als sie ins Freie trat, spürte sie den Wind auf ihrer Haut. Es war ein laues Lüftchen, das durch die Bäume wirbelte. Der Park war eine Augenweide und es roch nach frischen Blüten von den Sträuchern und Bäumen.

»Fipse, komm her!« Sie musste ihn in ihre Richtung ziehen, da er sich gerade mit einem Frosch am Boden anfreundete. Franzi zog noch einmal an der Leine und Fipse verstand den Wink. Er drehte sich aber noch einmal um, als wollte er tschüss sagen. Dabei schoss es ihr durch den Kopf: *Hoffentlich hat er sich für heute Abend nicht verabredet, um vor dem Kamin gemeinsam Fernsehen zu schauen.* Sie lachte still vor sich hin.

Nach zehn Minuten traten sie aus dem Park. Franzi nahm einen tiefen Atemzug in ihre Lungen, da sie Erleichterung verspürte. Hier würde wohl kaum jemand laufen und so gingen sie über eine Stunde zusammen an einem Wald entlang. Als sie zurückkamen, verschob Franzi das Einkaufen um einen weiteren Tag, da es an diesem Tag genug Aufregung gegeben hatte. Fipse lag neben ihr auf der Couch und ließ sich kraulen. Sie verbrachten den Rest des Tages gemütlich vor dem Fernseher, bis sie sich zur Ruhe ins Bett begaben.

Als sie am nächsten Tag vom Spaziergang zurück zum Bungalow kamen, hätte sie jetzt am liebsten auch wieder alle Viere von sich gestreckt. Sie musste aber noch einkaufen und das nicht zu knapp. Bisher hatte sie ihrem Mann immer Zettel geschrieben und er hatte das besorgt, was darauf gelistet stand. Jetzt war kein Mann da, der Kühlschrank leer und ihr blieb nichts anderes übrig, als selbst einzukaufen.

In der kleinen Kammer stand ein Einkaufswagen mit Bungalownummer drauf. Sie sah ihn an und dachte: *Du bleibst hier, wenn ich mich blamiere, weiß dann sofort jeder, wo er die Trulla finden kann – nee nee.*

Fipse durfte auch nicht mit und er winselte hinter der Tür, aber da konnte sie jetzt nichts dran ändern.

»Schön lieb sein, bin gleich wieder da, beeile mich auch«, rief sie durch die aufgeschobenen Fenster von außen noch hinein. Zumindest war das die geplante Vorgehensweise. Schnell rein – zuschlagen – schnell raus.

Am Dome ging sie durch große Drehtüren und eine Frau drängelte sich mit in ihr Viertel.

Das darf doch nicht wahr sein, immer das Gleiche, da musste sie sogar noch rennen, um sich mit hineinzuquetschen. Warum nimmt die nicht gemütlich das Nächste? Kann sich das doofe Teil nicht schneller drehen? Ich will hier raus, die hat einen Duft an sich, als würden sich Monsterwellen über ihr ausbreiten. Weniger Deo hätte es auch getan.

Endlich, sie war durch und gefühlte sechsundzwanzig Grad Celsius wehten ihr um die Ohren. Eine Hitze wie am Palmenstrand. Franzi zog ihre Jacke aus. Das war das Paradies in der Eifel, es sollte die Tropen simulieren. Papageien, Pelikane und weitere Tiere tummelten sich an einem künstlich angelegten Bach.

Es war nicht sehr voll oder die Menschen, die gerade hier waren, verteilten sich gut. Die Palmen und andere großblättrige Pflanzen ließen das Innere des Gebäudes nicht so groß aussehen, so traute sie sich, auch weiter zu gehen. Eine Auslage mit vielen Backwaren zeigte, dass hier der Bäcker sein Geschäft hatte. Sie kaufte Brot, Brötchen, Milchhörnchen und als Belohnung, für ihren Mut hier einzukaufen, einen großen Kirschkuchen. Die Schachtel hätte für eine 4-köpfige Familie gereicht und ihr lief das Wasser im Mund zusammen.

Franzi brauchte aber noch einige Dinge mehr und auch für Fipse musste sie sorgen. Da neben dem Bäcker ein kleiner Supermarkt war, bot es sich an, dort hineinzugehen.

Sie überlegte: *Es geht dir gut, du schaffst das auch, da jetzt reinzugehen und einzukaufen.* Franzi sah in den Laden hinein und er wirkte groß … *aber die Kasse. Das ist der Knackpunkt, wenn ich da warten muss … wenn ich in einer Schlange stehen muss … nicht nachdenken … komm, das geht.*

Die Einkaufswagen standen gleich am Eingang und sie schnappte sich einen, ging durch die Regale und legte ein paar Teile hinein, um die nächsten Tage mit dem Nötigsten versorgt zu sein. Sie dachte auch an Fipse und kaufte das Hundefutter in der Großpackung. Jetzt sah sie, dass genau das eingetreten war, was sie befürchtet hatte. Wenn jemand bei ihr wäre, würde sie den Wagen übergeben und an den Leuten und an der Kasse vorbei, nach draußen gehen. Es war aber niemand an ihrer Seite, sie war allein und so müsste sie warten und sich hinter einer Gruppe von johlenden Teenagern mit vollgeladenem Einkaufswagen anstellen.

Franzi schaute sich noch ein wenig im Laden um, denn die Bewegung erleichterte es, ihre Gedanken zu verscheuchen. Immer wieder richtete sie den Blick zur Kasse, wie weit die Gruppe mit ihren Einkäufen vorangeschritten war.

Da näherte sich hinter ihr ein älteres Ehepaar, auch deren Wagen war randvoll, also ging sie zügig zum Kassenbereich, sonst würden diese auch noch vor ihr das Band belagern. Sie stellte den Wagen hinter das Rollband und legte einen Trennstab zwischen die eigenen Einkäufe und die der Gruppe. Dann fing sie an, ihre Einkäufe auf das Band zu verfrachten. Sie sah nach unten, um Blickkontakt zu den anderen Personen zu vermeiden. Der Boden unter ihren Füßen vibrierte, das Grauweiß der Fliesen lief drehend ineinander und ihr wurde leicht schwindelig.

Ich schaff das! Ich schaff das! Ich schaff das!

Ihr wurde heiß und auch die Feuchtigkeit auf ihrer Stirn verzeichnete die Anstrengung, der sie gerade ausgesetzt war.

Komm jetzt nicht schlappmachen, das sind höchstens noch ein paar Minuten, dann bist du draußen …

Aber innerlich bebte ihr ganzer Körper und aus allen Ecken kamen Signale ihrer Unpässlichkeit. Sie hatte die Tür zur Flucht schon angepeilt, als sich die Gruppe der jungen Leute aus dem Laden entfernte. Franzi war so mit sich beschäftigt, dass sie fast verpasst hätte, dass sie an der Reihe war. Als alle Teile über den Scanner der Kasse gelaufen waren, nahm sie ihr Portemonnaie und konnte kaum das Kleingeld greifen, da sie zitterte wie Espenlaub. Die Verkäuferin sah sie an und wartete wohl darauf, dass ihr die Münzen jeden Moment entgegensprangen.

Du blöde Kuh, jetzt reiß dich mal zusammen …

Sie kramte weiter nach den Münzstücken und reichte der Verkäuferin das abgezählte Geld. Legte dann den Einkauf zurück in den Wagen und griff noch nach zwei Tüten mit der Werbung des Parks, die es kostenlos gab. Sie wusste, das Schlimmste war überstanden, ihr standen wieder alle Türen zur Flucht offen, ohne dass es peinlich werden würde und sofort ruderte ihr Körper zurück. Etwas gelöster und froh, dass die Situation doch zu meistern gewesen war, packte sie ihren Einkauf etwas abseits der Kasse in die Tüten.

Geschafft … *man, ich bin so doof, sowas machen andere täglich. War doch jetzt gar nicht so schwer.*

Statt sich zu freuen, dass es geklappt hatte, verfiel sie in den Gedanken, dass alles keinen Sinn hatte, da sie mit diesem Leben wieder nicht zurechtkam. Dass sie die einfachsten Sachen nicht auf die Reihe bekam und sich anstellte wie ein Kleinkind und es nicht verstand, warum sie so unfähig war.

Das ganz normale Drama, das sie seit Jahren durchexerzierte. Zu Hause würde sie sich nach so einem Erlebnis auf die Couch schmeißen und für Tage die Haustür nicht mehr öffnen, weil sie mit ihrem Versagen erst einmal wieder klarkommen musste. Manchmal wünschte sie sich einen Gips am Bein oder irgendeine Krankheit, die man sah, denn den Menschen zu erklären, dass man sich körperlich unwohl fühlte, obwohl man ja nichts Sichtbares hatte, war so verteufelt schwer. Franzi konnte schon verstehen, dass manche dachten, dass sie eine kleine Meise unter der Stirn beherbergte.

Hier gab es aber kein Zuhause, sondern Fipse, der im Bungalow auf sie wartete, und dahin würde sie sich jetzt auch begeben. Diesen kleinen Kerl knuddeln und ihm stolz erzählen, dass sie einkaufen gewesen war und es tollen Kirschkuchen geben würde. Die Welt einfach ein bisschen schön reden.

Fipse sah Franzi hereinkommen und führte einen Tanz auf, sang und sprang an ihr hoch, als wäre es das Schönste, was es auf der Welt geben könnte, wenn Frauchen vom Einkaufen heimkam.

Sie dachte an ihren Mann, den sie meist schief ansah, wenn er wieder das Falsche in der Tüte hatte. Vielleicht hätte sie ihn auch aus Freude, dass er das meiste bekommen hatte, einfach zu einem Tänzchen auffordern sollen. Sie musste über den Gedanken schmunzeln und nahm sich vor, in Zukunft, wenn sie ihre Reise beendet haben würde und er sie nicht aus seinem Leben gestrichen hatte, doch mehr darauf zu achten und es einfach in die Tat umzusetzen.

Franzi war geschafft und es war gerade mal Mittag. Fipse ließ sie wieder durch die Terrassentür in den Wald und sah ihm zu, wie er Blatt für Blatt beschnüffelte, als wäre es eine Zeitung. Irgendwann war er fertig mit lesen und trottete an ihr vorbei auf die gemütliche Couch.

Sie hatte derweil die Kaffeemaschine laufen lassen, mit einem schönen frischen Bohnenkaffee. Füllte ihn in eine Tasse mit einem Schuss Milch und packte den Kirschkuchen auf einen Teller, wobei ihr beim Anblick schon das Wasser im Mund zusammenlief. Sie trug alles auf den Tisch und setzte sich gemütlich zu Fipse auf die Couch. Bevor Franzi sich aber über den Kuchen hermachte, stellte sie den Fernseher an. Drückte die Tasten auf der Fernbedienung und zappte sich durch das Programm.

Reportagen, Nachrichten, Mode, Schmuck … der ganz normale Konsumrausch … hier ein Wässerchen, dort ein Likörchen. Sie fand das Ende eines schönen alten Films und sprang dann wieder durch die Sender.

Nebenbei aß sie Stück für Stück vom Kirschkuchen. Der legte sich wie Wackersteine in ihren Magen, und eine Übelkeit ergriff sie. Durch die Magenschmerzen, die wohl auch auf das unregelmäßige Essen zurückzuführen waren, und die Langeweile, weil das Zappen nicht wirklich Abwechslung brachte, schlitterte Franzi wieder einmal in das Hamsterrad ihrer Gedanken. Dabei hatte sie heute eine so große Hürde genommen und dennoch konnte sie an dem Positiven nicht festhalten, sondern sah nur das Hier und Jetzt. Sie merkte, dass die innere Unruhe wieder aufstieg und das Ganze durch die Geräusche der Menschen, die sich um den Bungalow bewegten, noch verstärkt wurde. Der sichere Bungalow wirkte nun wie eine Falle. Wenn sie nach draußen ging, waren dort Menschen, und drinnen fühlte sie sich unsicher, da kein Weglaufen möglich war. Je mehr sie darüber nachdachte, desto mehr hörte sie die Geräusche, die von außen herein drangen. Sie wirkten wie eine Bedrohung. Sie musste versuchen, Ruhe zu bewahren. Sie wusste, dass es vorbei ging, aber oft dauerte es.

Auch im Kreise ihrer Familie gab es solche Momente, wo sie gern in einer einsamen Waldhütte leben oder eine Insel im Pazifik besitzen würde, um vor den Menschen zu flüchten, die ihr Angst einjagten, obwohl sie gar nichts mit ihnen zu tun hatte. Das konnte der Postbote sein, eine Stimme am Telefon oder Menschen, die einfach an ihrem Haus vorbei liefen.

Um irgendwie zur Ruhe zu gelangen, musste sie erneut auf die Arzneimittel zurückgreifen. Zwei dieser hilfreichen Kapseln, danach versuchen zu entspannen. Dazu ging sie wieder mit ihrem Gleitschirm auf Reisen. Es dauerte lange, bis sie sich auf den traumartigen Flug konzentrieren konnte, aber es gelang ihr und sie merkte, dass die Stimmen leiser wurden und sie durch die Luft segelte und langsam die Schwere des Körpers verlor. Auch der Schlaf stellte sich irgendwann ein und sie konnte dem Alltag entfliehen.

Als Franzi die Augen aufschlug, war der Tag längst der Nacht gewichen. Es war halb zehn am Abend und ein beißender Geruch machte sich in ihrer Nase breit.

Fipse? Wo ist er?

Sie blickte auf und sah auf dem Tisch den Kirschkuchen, der in seine Einzelteile zerlegt vor ihr lag.

Oh je, hoffentlich überlebt er das, war das Nächste, an was sie dachte. Ihr Blick überflog den Raum, aber von Fipse war nichts zu sehen und auch nichts zu hören.

»Fipse?«, rief sie und dann sah sie ihn. Mit angelegten Ohren und eingezogenem Schwanz kam er ums Eck der Küchenzeile.

»Ist schon okay, mein Kleiner, das ist ja meine Schuld, dass ich den Kuchen stehen gelassen habe. Gott Lob stehst du wohl mehr auf Wurst und nicht auf Kirschkuchen.« Sie ging auf ihn zu und wäre fast in den Haufen getreten, der nun das müffelnde Elend offenbarte.

»Kein Problem, auch meine Schuld, ich habe den Spaziergang verschlafen, aber du hättest mich auch wecken können, wenn du raus musst. Fürs nächste Mal merk dir das, bitte!«

Ob der Hund das verstanden hatte, wusste sie nicht. Sie schaute ihn an: *Vielleicht habe ich ja einen oberhammerschlauen Hund. Man muss im Leben ja auch mal Glück haben.*

Ihre Angst war verflogen. Sie war beschäftigt, die Schweinereien der letzten Stunden zu beseitigen und über die Terrasse und die Fenster einen Ausgleich von müffelnder und neutraler Luft herzustellen.

Während sie das tat, sah sie auf den Wegen die Autos, die schon für die morgige Abreise, an den Bungalows standen.

Dabei wurde ihr wieder sehr warm. Auch sie müsste bis morgen um 10 Uhr den Bungalow geräumt haben und durch die Masse der abfahrenden Autos das Gelände verlassen. Sie sah Fipse an und fragte ihn etwas hilflos: »Was machen wir jetzt?«

Franzi lüftete noch ein wenig und räumte nebenbei ihre Utensilien zusammen. Sie hatte den Entschluss gefasst, noch heute Abend zu flüchten. Taschen mit Kleidung und die Tüten mit den Lebensmitteln standen kurze Zeit später fertig gepackt an der Eingangstür.

Die Tür der Terrasse drückte sie zu und die Fenster ließ sie gekippt, damit das Reinigungspersonal beim Hereinkommen nicht in Ohnmacht fiel. Sie schaute noch einmal in jeden Raum, um auch nichts vergessen zu haben.

Franzi zog sich fertig an und legte Fipse die Leine um, wobei dieser komisch schaute, als wollte er fragen: Ich habe doch mein Geschäft schon erledigt, wo willst du denn jetzt mit mir hin?

Sie blieb ihm eine Antwort schuldig, aber streichelte dafür einmal beruhigend über sein Köpfchen. Bepackt wie ein Esel, mit einem zerrenden Hund an der Leine, stand sie nun draußen. Den Rucksack auf dem Rücken und die Taschen aus dem Auto in der einen Hand, versuchte sie mit der anderen Hand, an der die beiden Tüten vom Einkauf hingen, die Tür abzuschließen. Das wirkte eher, als würde sie im Zirkus auftreten und mit den Beuteln die Balance halten wollen. Aber irgendwann gelang es ihr, dass der Schlüssel steckte und sie die Tür verschließen konnte.

Fipse hielt sie an der Leine ein wenig kurz, da gerade wieder eine Gruppe von Nachtschwärmern aus dem Dome kommend ihren Weg kreuzten und sie nicht in dieser Gruppe von Menschen zum Parkplatz wandern wollte. Franzi beobachtete die Gruppe aus den Augenwinkeln und tat, als würde sie auf jemanden warten. Wobei der Hund kräftig an der Leine zog und die Tütenhenkel durch die Bewegungen langsam in ihre Finger schnitten.

Bitte Fipse, ich weiß, du möchtest dir gern eine Streicheleinheit abholen.

Franzi sah kurz zu der Gruppe und flüsterte: »*Okay, ich versteh dich ja, der kleine Mischling der zwischen der Gruppe läuft, scheint interessant zu sein, aber bitte nicht jetzt.*«

Sie hatte die größere Mühe, mit den Taschen und dem zerrenden Hund das Gleichgewicht zu halten, als uninteressiert, wartend herumzustehen.

»Fipse, komm her«, sagte sie erneut flüsternd und riss die Leine mit einem kräftigen Zug zu sich heran. Er verstand den Wink wohl und trottete herbei. Die Gruppe ging, ohne sie zu beachten, an ihnen vorüber.

Franzi ließ die angespannten Schultern sinken, soweit das mit Tüten und Taschen sowie Hund überhaupt möglich war. Auf jeden Fall war sie erleichtert, dass die Stimmen der Gruppe leiser wurden und der Weg zum Parkplatz frei war, so dass sie aufbrechen konnte.

Franzi verließ mit dem Auto den Parkplatz. An der Schranke musste sich der Pförtner in seinem Pförtnerhäuschen erheben. Er bekam den Schlüssel des Bungalows und öffnete die Schranke. Sie sah den kleinen Fernseher und es tat ihr leid, wenn sie den armen Kerl jetzt mitten in einem Kriminalfall gestört hatte und er nicht mitbekam, wer schlussendlich der Täter war. Wobei ihr Mann immer meinte, es reiche, wenn man bei einem Krimi den Anfang und das Ende anschaue. Dazwischen könne man herrlich schlafen.

»Guten Abend, Sie möchten schon abreisen? Hat es Ihnen gefallen?«, fragte der Pförtner sehr freundlich.

»Ja, es war sehr schön, aber ich möchte die Ruhe der Nacht

nutzen, um nach Hause zu fahren.«

Bei dem Satz merkte sie, dass ihr das Flunkern nicht bekam, da ihr die Röte ins Gesicht stieg. *Hoffentlich merkt er das nicht.* Sie rutschte auf dem Fahrersitz unruhig hin und her.

Der Pförtner war gedanklich wohl schon wieder bei dem Fernseher, da er verstohlen in diese Richtung blickte. »Dann wünsche ich Ihnen eine gute Heimreise!«, sagte er lächelnd zu ihr und öffnete die Schranke.

Sie fuhr hinaus und nach der nächsten Kurve, um aus dem Blickwinkel des Pförtners verschwunden zu sein, stellte sie das Auto rechts an den Seitenstreifen. Suchte nach dem Plan, um zu schauen, wie sie ihre Fahrt fortsetzen würde.

»Zurück Richtung Nohfelden und dann auf die L135 Richtung Selbach. Na, das werden wir wohl finden«, brabbelte sie vor sich hin. Dabei ging ihr Blick in Richtung Fipse, der es sich auf dem Beifahrersitz gemütlich gemacht hatte und nur noch das Ohr einmal kurz anhob, ansonsten in sein Traumland entschlummert war.

»Hey du Schlafmütze«, jetzt hob er den Kopf und schaute sie an, als wollte er fragen: Was gibt´s?

Sie lächelte, ließ das Auto anrollen und fuhr weiter.

Kurz vor Tholey sah sie ein größeres Stück Wald und nahm die erstbeste Gelegenheit wahr, dort hineinzufahren und die Morgendämmerung abzuwarten. In der Nacht zu fahren, war mit ihrer Nachtblindheit einfach zu anstrengend. Sie tat es Fipse gleich, der schon schlief, und war erleichtert, dem Stress der morgendlichen Parkräumung entkommen zu sein. Es dauerte nicht lange und auch Franzi atmete gleichmäßig und war eingeschlafen.

Auf nach Frankreich

Franzi kam für ihren Geschmack zügig voran, auch wenn andere bei ihrem Fahrstil denken könnten: Die tuckert über die Straße wie ein Opa mit Hut.

Sie genoss es mittlerweile durch die kleinen Ortschaften zu fahren, und die Wälder zu Spaziergängen zu nutzen, um auch Fipse täglich genug Auslauf zu verschaffen.

Und sie merkte, dass sie mit Situationen, die sie öfter erlebte, schon viel besser umgehen konnte. Wie zum Beispiel einen Laden zu betreten oder an einer Tankstelle Benzin nachzufüllen. Alles, was sich wiederholte, bekam eine Art Routine und wurde automatisch abgespult. Wenn sich die Bedingungen nicht veränderten, war sie auf diese eingestellt und die Angst verlor sich.

Nur Veränderungen konnten die Angst locken und ihr eine Gestalt geben. Aber es gab keinen Rückzugsort. Hier in der Fremde musste sie sich auf jede neue Situation direkt einlassen und konnte nicht schon Tage vorher planen, um der Angst Raum zu geben. Die Panik konnte nicht schon im Vorfeld von ihr Besitz ergreifen, da es keine Termine oder Verabredungen gab, wie es in ihrem normalen Alltag immer der Fall war. Sie dachte sich Tage vorher schon mit allem Für und Wider in diese Angst. Hier musste sie die Angst einfach nehmen, wie sie kam. Und sie kämpfte gegen sie – von Tag zu Tag und merkte, wie sie mal gewann und mal auch verlor.

Wenn sie verlor, dann waren das die Tage, an denen es morgens schon regnete, der Himmel grau war und sie keine Kraft aus der Sonne ziehen konnte. Oder sie sich gesundheitlich nicht ganz wohl fühlte. Dann vermied sie es, ein Geschäft zu betreten, und fuhr auch nur wenige Kilometer, da sie die Straße nervös machte. Das waren Tage, an denen Fipse ganz besonders viel an der frischen Luft spielen dufte und sich in der freien Natur austobte.

Sie vermied auch den Blick gen Himmel, wenn sie keinen guten Tag hatte, denn das machte ihr besonders viel Angst. Dass sie noch einmal erleben würde, wie es war, wenn man das Gefühl hatte, dass einen das Universum erschlägt. Das würde ihr mehr als den Boden unter den Füßen wegziehen, da sie nicht wüsste, wohin sie flüchten sollte.

Noch heute sah sie sich schreiend im Wald stehen. Nicht wissend, ob die Bäume es schaffen würden, den Himmel zu tragen, der Stück für Stück auf sie zukam. Sie hatte drei Jahre gebraucht, um zu begreifen, dass es unmöglich war, dass so etwas passieren konnte. Aber sobald sie vor die Haustür treten wollte, kam das Gefühl zurück und es war der schwerste Kampf in ihrem Leben. Der Kampf um den einen, den kleinen Schritt nach draußen, ohne Angst. Und heute, Jahre später, machte sie den nächsten Schritt und fuhr wieder mit dem Auto in eine ungewisse Zukunft, mit dem Ziel, diese Angst zu bändigen. Ihr die Gewalt zu nehmen, die diese Angst über sie hatte.

Franzi setzte ihre Fahrt fort in Richtung Bergweiler und folgte der B269 nach Lebach. In dieser Stadt fand jeden Donnerstag der größte Wochenmarkt Südwestdeutschland statt. Aber heute war kein Donnerstag, also auch kein Wochenmarkt.

Sie wurde nervös, da sie nicht wusste, was als Nächstes auf sie zukommen würde, aber gewiss war, dass sie die Grenze überschreiten musste.

Frankreich, ein Land, das sie noch nie betreten hatte. Es lag jetzt direkt vor ihrer Nase. Ihr Herz klopfte und dann sah sie ein Schild. Ein läppisches Schild und davor hätte sie sich vor

Angst wieder fast in ihr Höschen gemacht. Ein Schild mit den Regulierungen der Straßenrichtlinien des neuen Landes ... nicht mehr und nicht weniger.

»Hey Fipse, du könntest ruhig mal schauen, ich hoffe, du sprichst französisch, sonst bekommen wir bald ein Problem.« Fipse, der sich die ganze Zeit auf seinem Sitz von Schlafphase zu Schlafphase schaukeln ließ, schaute kurz hoch und drehte sich dann wieder in eine Hunderolle ein, um zu zeigen, wie wichtig diese Information für ihn war.

»Ist klar, du genießt und ich muss sehen, wie wir weiter kommen. Das haben wir gern, du Faulpelz.«

Sie fuhr weiter und der Zaun, der sich rechts und links der Fahrbahn befand, machte sie ein wenig nervös. Sie kam sich vor wie in einem Käfig. Straßen, die eine ungewisse Länge hatten, und keine Möglichkeit, jederzeit aussteigen zu können, ließen sie unruhig werden. Sie hätte Platz, um zur Not auch am Seitenstreifen anzuhalten. Aber durfte sie das auch?

»Meine Güte, Franzi, wenn es so ist, dass du das möchtest, dann machst du das einfach«, gab sie sich die Antwort zu ihren eigenen Gedanken.

Und weiter kreisten auch ihre Bedenken. *Wenn das dann wer sieht ... Dürfte ich das? ... Was ist, wenn ich eine Panne habe, haben die auch eine Pannenhilfe?*

Sie blieb weiter auf dem Gas und fuhr die Nationalstraße wie auf einer Autobahn entlang. Wobei sie bei diesem Online-Kartendienst extra angekreuzt hatte, dass sie keine Autobahn fahren wollte. Aber wie immer verstand sie niemand, noch nicht einmal diese allwissende Map vom Internet.

Sie war ein wenig angespannt, aber da ihr die letzten Tage keine Probleme beim Fahren bereitet hatten, hatte sie in dieser Situation keine aufkommende Panik. Es machte sogar Spaß, das Gaspedal wieder einmal so richtig frei etwas kräftiger nach unten zu drücken, und nach ein paar Kilometern löste sich auch die anfängliche Anspannung auf.

Franzi hatte wieder die typischen Gedanken, um sich selbst auszubremsen: *Ein bisschen Üben ist ja okay, aber bitte lass sie irgendwann enden.*

Etwa eine Stunde später hatte sie es geschafft und es ging zurück auf eine französische Bundesstraße. Es sah nicht anders aus als in Deutschland. Was hatte sie sich nur wieder vorgestellt, sie war doch in einem EU-Land und die Steinzeit war auch in Frankreich schon lange vorbei. Franzi schlängelte sich also über die D603 durch Saint Avold auf die D910. Entlang eines schönen Waldstücks, das zu einem gemütlichen Spaziergang einlud. Sie hatte es sich jetzt auch eher verdient als Fipse. Aber sie wollte nicht so sein und würde ihn mitnehmen.

Als sie in den Waldweg einfuhr, war alles so wie auch in Deutschland. Es war eben auch nur eine Grenze, wie der Kuhzaun von Hinz zu Kunz. Bäume, durch die hindurch ein kleiner Weg führte, und meist hatte sie Glück, dass sie auf einen Parkplatz traf.

Ob es sowas in Frankreich auch gibt?

Na komm, du tust ja wirklich so, als wärst du am Nordpol. Heißt eben nur anders. Ich hätte mir zumindest ein kleines Wörterbuch zum Übersetzen mitnehmen sollen. Aber wie hätte ich das meinem Mann erklärt, da er es ja hätte kaufen müssen. Vielleicht mit: Ich wollt auch mal Französisch … und dabei musste sie so herzhaft lachen, dass sogar Fipse sich räkelte, um zu schauen, was sein Frauchen wieder anstellte, denn solche Töne hatte er von ihr noch nicht vernommen.

Der Weg endete aber an keiner Bucht oder einem Parkplatz, sondern eine Schranke versperrte ihr die Weiterfahrt.

Ach du Sch…. Jetzt rückwärts das ganze Stück bis zur Straße. Hoffentlich kommt keiner, der hier lang will. Bei dem Glück, das mir immer beschert ist, muss gerade heute der Förster sein Wild zählen.

Sie nahm den rechten Arm und legte ihn hinter die

Kopfstütze des Beifahrersitzes, wobei sie den Kopf nach hinten richtete, um den Weg überblicken zu können. So fiel ihr auch das Chaos, das sie im Wagen verursacht hatte, noch mehr ins Auge, da der Blick Richtung Heckscheibe doch ein wenig eingeschränkt war, aber es sollte gehen. Gang rein und der Wagen rollte. Sie betete bei jedem Meter, den sie fuhr: *Bitte, bitte Herr Förster, heute nicht; heute nicht zählen gehen.*

Franzi konnte es und trotzdem war die Anspannung hoch, da sie in eine Situation geraten war, von der sie nicht wusste, wie sie reagieren würde. So hoch, dass sich eine Zentnerlast auf ihre Brust legte und die Schweißperlen auf der Stirn glitzerten. Sie suchte den Weg beim Zurückfahren nach einer Parkbucht ab, die sie vielleicht übersehen hatte. Aber da war nichts, nur der Weg und er war nicht besonders breit. Zumindest hätten keine zwei Autos nebeneinander gepasst. Wie würde das funktionieren, wenn jetzt ein Auto an ihr vorbei wollte?

Aber auch das waren wieder überflüssige Gedanken, die in ihrem Kopf wirbelten, denn sie musste die Situation erst vor sich haben, um eine Entscheidung treffen zu können, und bisher fuhr sie nur rückwärts diesen Weg entlang, nicht mehr und nicht weniger.

Alle Gedanken waren wie immer umsonst gedacht, denn sie hatte Glück, es war niemand in Sicht und sie sah die Straße aufblitzen, auf der sie jetzt einen neuen Weg suchen würde. Hoffentlich mit einem Parkplatz, ansonsten würde sie aus reiner Verzweiflung wohl an einem Feldweg parken und sich dort zur Nachtruhe begeben.

Sie lenkte das Auto wieder auf die Bundesstraße, wobei der Kartendienst im Internet ihre Angaben noch einmal ignoriert hatte, denn es war erneut eine Autobahn.

Franzi fuhr ein kleines Stück, bis sie Baumkronen hinter der Leitplanke sah. Sie nahm die nächste Ausfahrt, um zu diesem Waldstück zu gelangen. Dort machte sie mit Fipse einen kleinen Spaziergang, wobei sie das Auto nur am Anfang des Weges abstellte, um noch so einer brenzligen Situation zu entgehen. Sie dachte kurz darüber nach, dass sie wieder etwas vermied, statt es anzugehen. Was sollte schon passieren?

Franzi war bereits wieder auf der Bundesstraße und hatte auch keinerlei Probleme bis zur Mosel. Sie sah den Fluss, nachdem sie von der Bundesstraße auf die D657 gewechselt hatte und mitten im Stadtverkehr von Point-a-Mousson hing. Wieder einmal eine Brücke, die ihr einen Schauer über den Rücken jagte.

»Komm, die letzte hast du auch geschafft, das ist nicht schlimm, das packst du!«

Fipse wurde hellhörig und bemerkte wohl die aufkommende Anspannung seines Frauchens.

Franzi nahm allen Mut zusammen, dabei war es gar nicht so einfach, weil die Liste mit den Argumenten gegen diese Brücke in Bruchteilen von Sekunden länger war, als die Seite der Argumente, diese Brücke zu überqueren.

»Fipse es hilft nix, wenn die Ampel vor uns auf Grün schaltet, geben wir Gas und meistern das doofe Ding« Bei diesem Satz blickte sie kurz auf den Beifahrersitz.

Fipse sah aus, als hätte er genau im Blick, was jetzt kommen würde. Er schien zu vermuten, dass eine bedrohliche Situation auf sie zukam, und saß aufrecht, nach vorn blickend, um dem Feind zu begegnen.

Die Ampel sprang um und Franzis Herzschlag pulsierte, als würde er auch auf dem Gaspedal stehen. Ihr Magen schien das bemerkt zu haben und fing an mit dem Frühstück zu diskutieren. Der Adrenalinspiegel fand, dass er sich einmischen müsste, und durch ihren Körper schoss eine Hitzewelle, als würde sich ein Vulkan öffnen.

Franzi konnte die andere Seite schon sehen, die Brücke war

nicht so lang, wie sie anfänglich dachte, das beruhigte sie ein wenig.

Ein paar Sekunden später war alles vorüber und Fipse ließ sich auf seinen Sitz fallen, als hätte er nach der Anstrengung ein Schläfchen verdient. Hunde haben eine sehr feine Antenne und diese sagte ihm deutlich, dass alles nicht so schlimm war, wie Frauchen es wohl dargestellt hatte.

Franzi entspannte sich nach und nach und hätte jetzt auch gern ein Schläfchen gemacht, aber dazu musste sie erst wieder einen sicheren Bereich anfahren. Sie wusste, wenn sie sich hinlegte, würde sie bis morgen durchschlafen. Es fühlte sich an wie harte Arbeit, die man verrichtet, wenn man einen Berg bewältigt, auch wenn der noch so klein war.

Sie bog auf die D611 ab, auf eine Landstraße, und bekam nach einigen Kilometern auch die Möglichkeit in einen angrenzenden Wald einzubiegen. Fuhr den Weg entlang, in der Hoffnung diesmal auf einen Rastplatz zu treffen. Zumindest eine Ausbuchtung oder etwas Ähnliches, um das Auto zu parken.

Da sah sie, dass der Weg in einem Wendeplatz mit einer großen Lichtung endete. »Siehste Fipse, ich sag es doch, sowas haben die auch in Frankreich.« Sie stieg aus dem Auto und ging um den Wagen, um für Fipse die Tür zu öffnen. Dieser sprang sofort nach draußen und war auch schon am ersten Strauch, um zu erzählen, dass er jetzt da war.

Da der kleine Hund noch sehr jung war, nutzte er jede Möglichkeit, um ausgelassen herumzuspringen und seine Muskeln zu trainieren. Er rannte auf die Lichtung und sprang immer wieder über die Halme. Die Sträucher wurden genauestens beschnuppert und er wuselte von einem Busch zum nächsten.

Plötzlich sah Franzi ihn nicht mehr.

»Fipse!«, rief sie laut und schaute sich nach allen Seiten um.

»Fipse!« Auch ihre Gedanken schlugen sofort Alarm. Jeder hätte bemerkt, dass sie sich Sorgen machte. Ihr Pulsschlag erhöhte sich und sie sprang, wie zuvor der Hund, wie ein aufgebrachtes Wiesel umher. Auch wenn Franzi dieses kleine Fellknäul erst seit ein paar Tagen kannte, hatte er sich mitten in ihr Herz geschlichen.

»Fipse!« Ihre Gedanken formten in ihrem Kopf die wildesten Bilder, was ihm geschehen sein könnte.

Der hat doch noch keine Ahnung vom Leben. Was ist, wenn ihm ein Tier begegnet? Er ist doch noch so klein. Wo soll ich ihn suchen? Doch besser am Auto warten?

Sie entschied sich für die Suche und lief eine ganze Weile in die Richtung, die Fipse angesteuert hatte, als sie ihn das letzte Mal gesehen hatte. Plötzlich vernahm sie Stimmen. Irgendeine lustige Gesellschaft, die wohl im Wald grillte, denn es roch nach Würstchen und Fleisch.

Da frage ich jetzt, ob Fipse sie besucht hat. Wenn er das Fleisch gerochen hat, wird ihn das wohl angezogen haben.

Als sie noch ein wenig näher an die Stelle kam, aus der sie den Geruch und die Stimmen vernahm, sah sie ganz viele Wohnwagen, die im Halbkreis auf einem Grillplatz im Wald standen. Es waren frei lebende Menschen, die von Ort zu Ort zogen. Von jeher waren sie als bettelnde, betrügende und stehlende Gruppe angesehen worden. Vorurteile, die diese Menschen seit Urzeiten zu tragen hatten. Und auch Franzi war so geprägt von diesem Vorurteil, dass sie Angst verspürte, als sie sich auf die Wohnwagen zubewegte.

Ein junges Mädchen kam auf sie zu und sagte etwas in einer Sprache, die sie nicht verstand. Aber das freundliche Gesicht und die Geste der Einladung machten überdeutlich, dass sie sich freute. Sie hatte wohl keine Vorurteile gegen fremde Frauen, die allein im Wald ihren Hund suchten.

»Ich suche meinen Hund«, sagte Franzi zögerlich, da sie vermutete, dass sie hier niemand verstand.

Wobei sie sich wieder täuschte, denn ein älterer Mann tauchte hinter dem Mädchen auf und sagte: »Komm her zu uns, Frau. Hund spielt mit Sohn Janosch. Er ist zu uns gekommen, ganz allein.«

Sie stand vor dem Lager mit einem erstaunten Blick auf diesen Mann, kurz in ihren Gedanken versunken: *Irgendwie hat man das Gefühl, dass die Unsicherheit sich auch auf diese Menschen überträgt. Durch die Vorurteile, die irgendwann mal von anderen erschaffen wurden.*

Sie musste zu diesen Menschen, um ihren kleinen Rabauken wieder einzufangen. Er hatte ihr die nächste Aufgabe gestellt. Sie zu diesen Menschen gebracht. Jetzt musste sie auf einen Platz zu den vielen Personen und sie kannte auch diese fremde Sprache nicht. Sie überlegte sogar, einfach zu rufen und zu hoffen, dass Fipse von selbst zu ihr finden würde. Aber der Anstand verbot es ihr, die Gastfreundschaft dieser Menschen auszuschlagen.

Ihr Magen hatte schon die Rebellion angeschlagen und ihr Herz trabte im Galopp einfach mit. Spuren von Schweiß waren auf ihrer Stirn zu sehen und sie wusste, dass sie sich in einer Situation befand, die alles von ihr abverlangte.

Die Angst, vor der sie sich Jahre versteckt hatte, verbot ihr immer wieder, sich in größeren Menschenmengen zu bewegen. Wobei größere, das waren nicht 50 oder 100, nein, das waren schon mehr als zwei Personen an einem Ort. Sie hatte nie versucht, diese Angst zu bekämpfen, sondern ging den Weg des geringsten Widerstandes. Sie umging solche Situationen, dann ging es ihr gut. Sie hatte auch nie aufgerechnet, was ihr fehlen würde.

Kein Kino – keine Tanzabende – keine Partys – keine Geburtstagsfeiern. Sie konnte auf sehr viel verzichten, wenn sie nur diese Angst nicht spüren musste. Die Panik, die ihr den Verstand raubte und sie selbst auch zu einem ungerechten, aufbrausenden Menschen werden ließ.

Aber manchmal konnte es auch verdammt wehtun. Das waren die Momente, als die Kinder in die Schule kamen, als sie mit ihrem Papa ins Schwimmbad gingen. Momente, in denen sie gern dabei gewesen wäre, um zu sehen, wie ihre beiden Kinder die Aufgaben des Lebens annahmen.

Aber genau das wollte Franzi ändern. Sie wollte sich dieser Angst stellen, um solche Momente auch erleben zu dürfen. Und deshalb galt es, sich um Fipse zu kümmern und diesen Menschen zu sagen, dass es ihr Hund war. Nicht wieder wegzulaufen und zu hoffen, dass er von allein zu ihr zurückkommen würde.

Sie machte einen Schritt auf den Mann zu und er breitete die Arme aus, als wollte er sie zur Begrüßung herzlich umarmen. Das ließ sie wiederum kurz innehalten. Er schien es bemerkt zu haben und wechselte zu einer anderen Geste, die aussah, als wollte er seine Hand durch Wasser ziehen. Damit deutete er an, dass sie doch näher treten sollte. Wieder gab sie sich einen Ruck und trat durch das Geäst auf den Platz, der mit den Wohnwagen umstellt war.

Um die Situation ein wenig zu entkrampfen, sagte sie: »Hallo, ich bin Franzi.«

»Ich sein Roberto und das«, dabei zeigte er auf das Mädchen neben ihm, »ist Tochter von mir, Dijana.«

Franzi drehte sich zu ihr hin und gab ihr zur Begrüßung die Hand, dabei erntete sie ein Lächeln des Mädchens.

»Das«, dabei zeigte er schwungvoll auf die Frau, die an einem offenen Herd stand, »meine Frau.«

Franzi ging auf sie zu und die Frau nahm ihre Hand und hielt sie in ihrer fest. Sie sagte etwas und lächelte dabei, aber Franzi konnte die Worte nicht verstehen. Die Frau tätschelte ihr auf die Handfläche und Franzi hielt es für eine tröstende Geste, die aussagte: Du armes Mädchen. Dabei kannte sie die Frau doch gar nicht, warum sollte sie das tun?

Da war es wieder das kleine Mädchen, das Schutz suchte und in Gesten hineininterpretierte, was es gerade fühlte. Es fand, man wollte sie bemitleiden.

Aus dem Wohnwagen sprang ein stattlicher junger Mann und sagte: »Hallo, ich bin Shanni, meine Mutter sagte, dass sie deine Stärke bewundert.«

»Aber sie kennt mich doch gar nicht, ich bin Franzi.«

»Braucht sie nicht, sie nimmt deine Hand und lernt dich kennen.«

Sofort zog Franzi ihre Hand zurück, die immer noch in der der Frau verweilte. Ihr Leben wollte sie nicht wildfremden Menschen preisgeben. Sie hatte schon viel davon gehört, dass man aus Händen las und es auch Menschen gab, die aus dem Nichts Menschen die Zukunft voraussagten. Aber hier war sie sich noch nicht sicher, ob die Frau wirklich fühlen konnte, was sie in ihrem Inneren für einen Kampf ausfocht.

»Was macht ihr hier?«, fragte sie in Richtung Shanni.

»Wie meinst du das?«

Franzi überlegte kurz, aber die Frage, die in ihrem Kopf kreiste, brannte ihr doch zu sehr auf der Seele, um die Gelegenheit verstreichen zu lassen, sie zu stellen. »Wieso lebt ihr in Wohnwagen und reist umher?«

Shanni schaute etwas überrascht zu ihr, seine Augenbrauen erhoben sich und seine Stirn zog sich kraus, als müsste er darüber nachdenken.

»Ich bin in dieses Leben hineingeboren, genau wie du in deines. Oder hast du dich mal gefragt, warum du in einem Haus wohnst, an ein- und demselben Platz?«

Jetzt war es Franzi, die ihre Gedanken sortierte.

»Damit hast du wohl Recht, warum gehe ich davon aus, dass das, was wir sind und tun, das Richtige ist. Im Grunde müssten wir alle immer wieder neu entdecken und unseren Platz finden.

Aber das geht ja in unserer heutigen Zeit überhaupt nicht mehr, da wir alles schon sortiert und geordnet aufgetischt bekommen. Man muss nur Glück haben bei der Geburt am richtigen Platz zu landen.«

»Hast du deinen richtigen Platz im Leben?«

»Ich weiß es nicht«, war Franzis Antwort, denn sie wollte ihm jetzt nicht sagen, dass sie genau daran zweifelte. Dass sie mit diesen gesamten Normen und Regeln der Gesellschaft nicht klarkam und am liebsten in einer Hütte am anderen Ende der Welt leben würde.

An dieser Stelle wurde das Gespräch unterbrochen und zum weiteren Nachdenken kam Franzi nicht, da sie von den Ereignissen erschlagen wurde, die nun auf dem Platz stattfanden.

Eine Menge Menschen kamen auf die Wohnwagen zu und ein Junge mit Fipse im Schlepptau sprang zu dieser Gruppe.

Shanni sah das versteinerte Gesicht Franzis und sagte: »Das sind unsere Leute, sie kommen vom Markt zurück. Eine Familie bleibt meist im Lager.«

Franzi spürte, wie sich alles in ihr verengte. Wie sie das Gefühl hatte, dass ihr Körper gerade mit aller Macht geschleudert wurde. Dabei sah sie Shanni hilfesuchend an und hoffte auf Verständnis: »Ich werde mir Fipse schnappen und Platz machen.«

Erstaunt über Franzis Worte schüttelte er den Kopf. »Wir sind gastfreundlich und teilen gern. Bleib und feiere mit uns ein wenig am Abend.«

Sie wollte so gern, aber der Drang so schnell, wie es nur ging, aus diesem Lager zu laufen, war wie immer sehr hoch. Sie wollte dieser großen Menschenmenge entweichen. Es war fast unerträglich. Wie in Schauern durchströmte es ihren Körper mit heißen Wellen. Ihr Puls raste und langsam bildeten sich sichtbar auch wieder die Schweißperlen auf ihrem Gesicht.

Shanni sah, dass sie kalkweiß wurde. Er bot ihr einen Stuhl an, als auf einmal Shannis Mutter neben ihr stand und eine Bewegung machte, die sie aufforderte, mitzukommen.

Franzi sah zwischen der Mutter und Shanni hin und her und entschied sich, diesem Wink zu folgen. Schon der Mutter folgend fragte sie noch in Shannis Richtung: »Kommst du auch mit?«, dabei sah sie ihn flehend mit großen Augen an.

»Wir sehen uns später«, sagte er.

Wieder konnte sie nicht abschätzen, auf was sie sich einließ. Dabei wäre es doch so einfach gewesen, aus dieser Achterbahn auszusteigen. Nur den Hund schnappen und weg. Das wäre aber zu einfach gewesen.

Nein, sie ging hinter einer Frau her, deren Sprache sie nicht verstand. Eine Sprache, die sie nicht sprach. Wieso ließ sie sich darauf ein? War es die Neugierde oder die Hoffnung, dass diese Frau ihr helfen könnte. Dass sie ahnte, wie es in ihr drinnen aussah.

Sie brachte Franzi in einen der Wohnwagen. In diesem sah es aus wie in einem Wohnzimmer. Der Fußboden war mit einem Teppich geschmückt und ein Tisch mit braunen Ledersesseln um ihn herum stand in einem wohnlichen kleinen Zimmer. Wenn die kleinen Fensterluken nicht gewesen wären, hätte man denken können, dass man in einem ganz normalen Wohnzimmer Platz genommen hätte. Nicht groß, aber edel.

Die Stimmen drangen von draußen noch hinein. Franzi fühlte zwar etwas Erleichterung, dass sie ein wenig besser atmen konnte, aber die Schwere, mit der sie kämpfte, um nicht erdrückt zu werden, war auch in diesem kleinen Raum zu spüren.

Da draußen die Menschenmenge und hier drinnen gab es keine Fluchtmöglichkeit, nur die Tür in die Masse. Franzi musste auch an Fipse denken, denn dass er einfach so mitkam, wenn sie das Lager fluchtartig verlassen würde, daran glaubte sie nicht.

Die Frau wies sie mit einer Geste an, sich auf einen der Sessel zu setzen. Sie hatte eine Thermoskanne auf einem Schrank stehen, woraus sie eine Tasse füllte und das Getränk Franzi reichte.

Franzi schaute in den Becher und roch daran und sofort waren wieder diese bösen Gedanken in ihr. Vertrauen, das war etwas, was sie in all den Jahren abgelegt hatte. Hinter allem und jedem vermutete sie etwas Böses und jetzt sollte sie etwas trinken, wo sie nicht wusste, was es sein könnte. Sie sah die Frau an und musterte sie. Ob sie es wagen konnte, einen Schluck zu nehmen?

Gedanklich war sie schon ohne Auto und Hund. Sie sah sich allein auf dem Platz mitten in Frankreich und die Wohnwagen, gerade um die Ecke biegend, mit einer riesigen Staubwolke verschwinden.

Die Frau setzte sich auf den Sessel gegenüber und sah sie an. Sie machte nichts, sondern wartete darauf, dass Franzi den Tee trank.

Wenn ich jetzt einen Schluck nehme, dann werden wahrscheinlich in ein paar Sekunden meine Lider schwer und ich schlummere ein. Oder noch schlimmer …

In den Gedanken hinein nahm sie einen winzigen Schluck und wartete ab, welche Reaktion daraus entstand. Sie wurde weder müde noch hatte sie das Gefühl, im nächsten Moment vergiftet zu werden. Daher nahm sie jetzt einen etwas größeren Schluck und musste gestehen, dass dieser Tee eine erfrischende Wirkung hatte. Er erinnerte sie an den Hagebuttentee ihrer Uroma, den sie aus frisch gepflückten Beeren zubereitet hatte, als Franzi selbst noch ein kleines Kind gewesen war. Erinnerungen an früher wurden bei diesem Getränk in ihr wachgerufen. Sehr schöne Erinnerungen, die auch eine große Ruhe in ihr Inneres brachten.

Die Frau, die Franzi gegenübersaß, machte ein zufriedenes Gesicht und nahm eine Hand von Franzi in die ihre. Sie sah sich diese Hand genau an und schaute dabei immer wieder auf Franzi. Das Gefühl, das sie beim ersten Mal gehabt hatte, war verflogen. War es der Tee, der eine Basis zwischen ihnen geschaffen hatte, die sich mit Vertrauen füllte?

Die Frau verlies ihren Sessel, machte die Wohnwagentür einen Spalt auf und rief etwas in die Menge.

Franzi schaute ihr zu und dachte: *Also doch der Tee, der mich matsche macht und jetzt startet die Aktion. Alle Vorurteile waren wieder auf dem Plan und alles Vertrauen weg.*

Die Mutter von Shanni kam zurück zum Tisch und setzte sich mit einem Lächeln zu Franzi auf ihren Sessel. Sie legte ihre Hand auf den Tisch ab und wies mit einer Geste an, dass Franzi ihre Hand wieder hineinlegen sollte.

Franzi war hin und her geworfen von den Gefühlen, die auf sie einströmten. Sie wollte gern, dass jemand sah, wie es wirklich in ihr aussah, aber sie hatte auch Angst, zu vertrauen und enttäuscht zu werden. Sie kannte diese Menschen nicht und die innere Stimme, die über Jahre gefüttert worden war, diesen Menschen gegenüber vorsichtig zu sein, machte es nicht besser.

Sie hörte die vielen Geräusche vor dem Wohnwagen, da die Tür nur angelehnt war. Unruhe stieg in ihr auf. Sie war so froh gewesen, dass sie ein wenig durchatmen konnte, und schon war durch das Stimmengewirr wieder der Gedanke zum Weglaufen geboren worden. Sie fühlte sich gefangen und hatte das Gefühl, nicht selbst über die Situation bestimmen zu können. Dabei hielt sie doch niemand auf. Sie konnte gehen, wohin sie wollte. Aber ihre eigenen Regeln hielten sie davon ab. Sie nahm noch einen großen Schluck vom Tee und hoffte auf die gleiche beruhigende Wirkung wie zuvor.

Die Tür wurde aufgestoßen und eine weitere Frau stieg in

den Wagen. »Hallo, ich bin Eleonore. Ich bin Schwester von Mira.«

Franzi bedachte sie mit einem »Aha – Hi«, und dachte sofort an die Enge in dem Wohnmobil. Was ihr Körper vernommen haben musste, denn sie spürte, wie ihr Kreislauf wieder mit aufsteigender Hitze reagierte.

Ich wollte doch nur meinen Hund zurückholen und jetzt sitze ich in dieser Karre und warte, dass mit mir ein Wunder geschieht und ich von einem Moment auf den anderen normal bin. Wenn mir einer zuschauen würde, dann würden sie mich erst recht für bekloppt erklären.

»Mira hat gebeten, zu übersetzen, was sie sagen möchte.«

»Oh«, war alles, was Franzi hervorbrachte. Sie rutschte nervös auf dem Sessel hin und her.

Mira begann zu erzählen und Eleonore übersetzte, wobei sie Franzi nur mit großen Augen ansah und staunte.

»Du hast Kinder … zwei Kinder … zwei Jungen …

Du hast Mann … guter Mann …«

Jetzt sollte ich aber los, die weiß ja alles von mir. Gleich sagt sie mir, wie bescheuert ich war, mein Auto zu nehmen und diese Fahrt zu machen. Dass ich besser in meiner Küche stehen sollte, um das Essen für meinen Mann vorzubereiten.

Mira sprach weiter und unterbrach Franzis Gedanken.

»Du bist auf Suche nach dir … du fühlst dich verlassen … hast Angst.«

Ja, Angst habe ich, dachte Franzi, dass gerade jemand so in mein Inneres schaut, wie ich es im normalen Leben niemals zulassen würde. Was weiß sie noch von mir? Vielleicht hätte ich vorher meine Sünden beichten sollen, dann würde sie nur noch schwarze Löcher finden.

Franzi begann zu sortieren, was sie alles sehen könnte, und das brachte sie in eine verzwickte Situation. Sie war gern dazu bereit anderen zu erzählen, was sie in ihrem Leben alles für Fehler begangen hatte, aber dass man das in ihr lesen könnte, das machte ihr noch mehr Angst, als sie vorher schon gehabt hatte.

Sie zog ruckartig ihre Hand zurück, sah sie sich genauer an und dachte: *Das steht alles da drin?*

Mira sah Eleonore an, dabei sagte sie wieder etwas, das Eleonore übersetzte: »Egal, wo du gehst, was dir begegnet, was du siehst, die Angst ist in dir. Nur du kannst dich davon lösen. Vertraue dir selbst. Gehe Weg, den du begonnen und begreife, dass nur du dein Leben in Hand hast.«

Vielleicht hätte ich die Hand noch ein wenig zur Verfügung stellen sollen, das bringt mich ja jetzt auch nicht weiter.

Die Frauen erhoben sich und Elenore sprach: »Komm essen, du herzlich eingeladen.«

Franzi schaute wie ein verschrecktes Reh. Sofort wurde ihr klar, dass sie mit in die Menschenmasse vor der Tür sollte. Aus der Nummer kam sie jetzt nicht mehr raus.

Sie erhob sich und zögerte noch. Die beiden Frauen hatten das Wohnmobil schon verlassen, aber Eleonore steckte den Kopf wieder durch die Tür. »Komm, wir nicht beißen und du auch Hunger hast.«

Was blieb Franzi anderes übrig, als diese Einladung anzunehmen und im Kreise dieser Menschen zu bestehen. Sie trat heraus und ein großes freudiges »Hallo« machte sich um sie herum breit. Es war ein Gruppenkuscheln und sie wurde von einem zum anderen gereicht. Es war fast, als hätte sie Geburtstag, und alle wollten ihr gratulieren und was machte sie, natürlich suchte sie verzweifelt nach der Möglichkeit, diese Stätte zu verlassen.

Es half aber nichts, und sie musste sich sogar ehrlich eingestehen, dass sie gar nicht mehr so nervös war. Irgendwie fühlte sie sich plötzlich wohl in dieser großen Gruppe. Etwas Familiäres machte sich breit und es dauerte nicht lange, da setzten sich alle an einen großen Tisch, der auf dem Platz aufgebaut worden war.

Auch Franzi setzte sich an eine Ecke des Tisches, da sie immer darauf achtete, jederzeit aufspringen zu können.

Ein Teller wurde vor sie hingestellt, der mit Speisen gefüllt war, wo sie nur erahnen konnte, was sich darin verbarg. Aber sie musste nach den ersten Bissen zugeben, dass es richtig gut schmeckte.

Wein wurde ausgeschenkt und die Stimmung war wie bei einer Festlichkeit. Fröhlich und ausgelassen waren alle irgendwie miteinander beschäftigt und hier und da stellten sie auch Fragen an Franzi, um sie in die Runde einzubinden.

Fipse hatte sich zu Janosch gelegt und wartete, ob nicht ein Bröckchen vom Tisch fallen würde. Sie beobachtete ihn und sah, dass auch er sich in dieser Runde rundum wohl fühlte.

Der Abend wurde lang. Nachdem alle satt waren, wurden zu Ehren des Gastes auch die Instrumente ausgepackt und bis in die Nacht hinein tanzte Franzi und konnte sich nicht erinnern, wann sie das letzte Mal so ausgelassen gewesen war und alles um sich herum hatte vergessen können.

Obwohl man Franzi anbot, noch über Nacht zu bleiben, schlug sie dieses Angebot der Gastfreundschaft aber aus und Shanni brachte sie und Fipse zum Auto, als sie sich weit nach Mitternacht von allen verabschiedet hatte.

Shanni drehte sich auf dem Rückweg, nachdem er sie zum Wagen gebracht hatte, noch ein paarmal um, da er wohl spürte, dass sie sich nicht mehr wiedersehen würden. Irgendwann verschwand er auf der Lichtung vor ihr in der Dunkelheit und es wurde ihr wehmütig ums Herz. Auch Fipse war drauf und dran ihm zu folgen. Sie musste schon energisch rufen, dass er seinem neuen Freund nicht hinterherlief.

Für Franzi fing der Morgen mit vielen Gedanken an, die sie noch lange wachhielten.

Je weiter ich mich von meinen Lieben zu Hause entferne, desto schwieriger wird der Weg zurück, tue ich das Richtige?

Sie hatte die Bilder ihrer Familie vor Augen, da sie den Abend in der Runde dieser vielen Familien hatte erleben dürfen und hatte merken müssen, wie sehr sie ihren Mann und ihre Kinder vermisste. Sie hatte es lange in den Hintergrund schieben können, jetzt aber war es sichtbar und es flossen die Tränen der Sehnsucht.

Sie machte es sich in dieser Nacht nicht leicht und wog Pro und Kontra ab. Gegen Morgen gab es für sie nur noch einen geringen Zweifel, den sie beiseiteschob, denn die Richtung der weiteren Reise stand für sie fest.

Ihr Ziel war sich selbst zu finden, um mit ihrer Familie einen gemeinsamen Weg gehen zu können, und da gab es kein Zurück, sondern nur ein Vorwärts.

Franzi kam sich vor, als hätte sie einen mächtigen Traum gehabt.

Auch Fipse hatte der gestrige Tag gut getan, da er vom Toben richtig erschlagen war. Heute schlief er länger als sie selbst. Normalerweise war er der Erste, der auf der Matte stand und ihr mit einem Zungenschmatzer quer durchs Gesicht klar machte, dass er nach draußen wollte. Er schlief eingerollt auf seinem Sitz und sie streichelte ihm liebevoll übers Fell. Da hob er den Kopf und sah sie an.

»Na Fipse, das hat dir Spaß gemacht. Vielleicht treffen wir ja in den nächsten Wochen noch mehr Menschen, die es so gut mit uns meinen.«

Als hätte er jedes Wort verstanden und würde sich freuen, drehte er sich auf dem Sitz im Kreis um die eigene Achse und quietschte vor Vergnügen.

Franzi erschrak und zuckte zusammen, als sie ein Klopfgeräusch an der Scheibe wahrnahm. Janosch stand vor dem Auto und Fipse war mit einem Satz auf ihrem Schoß. Er quiekte vergnügt und wedelte seine Rute dabei immer quer durch Franzis Gesicht.

Um sich von seinem Übermut zu befreien, öffnete sie die Tür und Janosch wurde sofort von Fipse belagert. Er sprang so hoch, wie er konnte, und lief um ihn herum. Wenn er noch etwas zulegte, wäre er wohl bei den Bewegungen des Schwanzes abgehoben.

»Guten Morgen«

»Morgen«, gab Janosch zur Antwort, aber er beachtete dabei nur den Hund.

Franzi stellte für Fipse Futter und Wasser raus. Normalerweise war er sofort am Napf und auch erst wieder davon wegzubringen, wenn er leer war.

»Willst du noch ein bisschen mit ihm laufen, ich brauche noch ein wenig Zeit, bis wir los können?«, fragte Franzi in das Spiel der beiden.

»Klar, wie lange denn?«

»Eine Stunde, dann wollen wir los.«

Janosch ließ Fipse erst einmal seinen Napf leeren. Er überschlug sich fast bei der Nahrungsaufnahme, so dass er einen keuchenden Würgereiz bekam. Kurze Zeit später waren sie für Franzi nur noch zu hören.

Sie wendete sich dem Frühprogramm zu und rief sich alles vom gestrigen Nachmittag noch einmal ins Gedächtnis.

Musste auch über sich selbst schmunzeln, wie es diese Menschen geschafft hatten, sie in nur kurzer Zeit aus ihrem Angsttrott herauszureißen. Das war bestimmt der Tee gewesen. Zumindest hatte er eine Wirkung gehabt wie die kleinen Pillen, die sie schluckte. Aber das konnte es doch auch nicht sein, dass man sich selbst ausschaltete, nur um an etwas teilhaben zu dürfen.

Sie hatte früher schon gemerkt, dass der Alkohol auf Feiern auch sein Übriges tat, um ihr ein angenehmes Miteinander mit anderen zu bescheren. Aber so wollte sie nicht leben, dass sie als besoffene Jule schon mittags umhertorkelte, nur damit sie mit dem Postboten zwei Wörter wechseln konnte. Dass, wenn die Nachbarn aufkreuzten, sie auch einen Kaffee anbieten konnte und sie nicht nur durch den Spalt der Tür hoffte, dass sie den Alkohol nicht rochen. Aus lauter Mitleid noch auf den Gedanken kämen, ins Haus zu wollen.

So wirkte sie arrogant, aber dafür nüchtern. Weil man sich die Mühe gar nicht erst machte, auch hinter die Fassaden zu schauen.

Sie hatte mal gehört, dass die Arroganz das Selbstbewusstsein des Minderwertigkeitskomplexes sein sollte. *Wenn ich sonst schon keins habe, dann zumindest das!*

Franzi hatte das Auto ein wenig aufgeräumt und den Heckraum wieder übersichtlicher gestaltet, nicht dass man sie noch für eine komplett chaotisch Reisende hielt.

Irgendwie war das genau so, wie wenn sie morgens im Fernsehen die Sendung vom Frauentausch sah. Danach war der Hausputz angesagt und alle Ecken wurden inspiziert. Normalerweise war das bei ihr eher das blanke Chaos, aber solche Sendungen zeigten ihr, dass Otto Normalverbraucher etwas anderes erwartete. Wieder die Regeln des Alltags. Anpassen oder untergehen. Nein, sie wollte nicht in dem Regelwerk aller hängen, sondern einen kleinen Freiraum haben. Aber da gab es keinen Freiraum.

Sie war doch nicht auf diese Welt gekommen, um als Putzfrau zu enden. Am Ende des Lebens könnte sie dann in ihre Biographie schreiben: Bei mir war es immer sauber. Ich habe so viel zu tun gehabt. Ich habe den Lappen nicht aus der Hand legen können.

Aber wann fühlte sie sich wohl? Ein Haushalt musste leben. Nein, nicht dass man die krabbelnden Lebewesen sieht, die sich in Ecken und an Decken ansammelten. Die sich die schönsten

Plätze aussuchten und immer zum Vorschein kamen, wenn Tante Erna gerade zu Besuch war. So dass sie mitten in der Aufnahme ihres Kuchenstückes einen Schreikrampf bekam und die bestmögliche Gelegenheit suchte, diesen Haushalt zu verlassen.

Eher so, dass man auch sah, dass in diesen Räumen jemand lebte. Dass auch mal Zeitungen umherlagen oder sich ein Krümel auf dem Tisch verirrte. Dass Dinge nicht akkurat platziert waren und man das Gefühl hatte, sich auch bewegen zu dürfen. So wie es in ihrem Auto aussah, war auch der Haushalt. Halt der ganz normale Wahnsinn.

Fast genau eine Stunde später kam auch Janosch mit Fipse über die Wiese zurück zum Parkplatz.

»Ich habe noch nie einen so tollen Hund gesehen. Fast als würde er genau verstehen, was ich sage. Könnt ihr nicht noch etwas bleiben?«

»Janosch, das würde ich gern, aber es wäre für dich dann doch noch schwerer. Besser wir fahren und du behältst ihn in guter Erinnerung.«

»Da hast du wohl Recht.«

So kam es, wie es kommen musste, und sie fuhr langsam vom Parkplatz auf den Weg, wobei sich Janosch fast den Arm verrenkte beim Winken. Und auch die Träne hatte sie gesehen, die er heimlich verdrücken wollte.

Fipse stand auf dem Beifahrersitz und schaute immer abwechselnd zu Franzi und Janosch, als wollte er sagen: »Fahr nicht.« Er bellte, was sie noch nie von ihm gehört hatte, und sein Körper war am Zittern.

Franzi trat auf die Bremse und würgte den Rückwärtsgang rein. Mit etwas Gas fuhr sie wieder auf den Parkplatz und sah das erstaunte Gesicht von Janosch.

Als sie ausstieg, fragte er direkt: »Hast du etwas vergessen?«, und er sah sich um. Sah aber nichts, was er mit dieser Aktion verbinden konnte.

»Nein, aber ich habe etwas begriffen.«

Janosch sah sie an wie ein Auto, das gerade die Scheinwerfer aufblenden ließ.

Sie ging um das Auto und machte Fipse die Tür auf. Dieser sprang heraus und war sofort an Janoschs Bein. Man hatte das Gefühl, dass er sich ihm verständlich machen wollte.

»Was machst du?«, fragte Janosch erneut, während sie den Kofferraum öffnete und alles, was sie für Fipse darin beinhaltete, auf den Parkplatz stellte.

»Du hast jetzt die Chance, die sich dir wohl nie wieder bieten wird. Für mich ist klar geworden, dass er sich mich nur ausgesucht hat, damit er den Weg zu dir findet. Ich möchte weder den Hund noch dich unglücklich machen. Wenn du also Fipse ein Zuhause bieten willst, dann gehört er dir.«

Sie hatte sich verändert, war kühl in dem, was sie sagte, da sie versuchte, jetzt nicht als Heulsuse auf diesem Parkplatz zu stehen. Rational sehen und darauf bauen, dass sie diese Entscheidung nicht zu sehr bereute.

Janosch ging in die Knie und kraulte den kleinen Kerl, steckte seinen Kopf in das Fell und wusste nicht wohin mit seiner Freude. Auch Fipse schien zu spüren, dass sich etwas Großes für ihn ereignete.

Nicht mehr täglich im Auto liegen, sondern spielen, laufen und immer wieder andere Orte erkunden, das würde seine Zukunft sein.

Janosch weinte vor Freude und sagte: »Das ist für mich der schönste Augenblick in meinem Leben. Er wird es bei mir gut haben, das verspreche ich dir von ganzem Herzen.«

Sie nickte, denn zu etwas anderem war sie nicht mehr fähig. Ging zu Janosch und streichelte ihm übern Kopf: »Hab ihn einfach lieb« und nahm Fipse noch einmal auf den Arm.

Sie schloss den Kofferraum des Autos und stieg auf der Fahrerseite ein. Mit einem letzten Blick auf die beiden verließ sie den Parkplatz und setzte ihre Fahrt fort.

Weit kam sie aber nicht, denn es war nicht möglich mit dem verschleierten Blick auf der Hauptstraße zu fahren. Also nahm sie die nächste Möglichkeit wahr und fuhr ein paar Kilometer weiter in einen Waldweg, um durch einen Spaziergang ein wenig zur Ruhe zu kommen.

Ein Spaziergang ohne Fipse. Auch wenn er nur ein paar Tage an ihrer Seite gewesen war, so war diese Zeit wertvoll. Und sie spürte mit jedem Schritt, wie ihr etwas fehlte. Schaute in die Sträucher und Büsche, als könnte sie hören, wie er jeden Moment vor ihr auftauchen würde.

Es konnte ja nicht sein, und sie tröstete sich damit, dass es die beste Lösung gewesen war. Für Fipse.

Sie konnte ihn auf eine solch strapaziöse lange Reise nicht mitnehmen. Das hätte sie schon wissen müssen, als sie ihn das erste Mal gesehen hatte. Ein Hund sollte spielen. Sich mit Freunden seines Schlages treffen und seinen Platz haben, an den er immer zurückkehren konnte, um aufzutanken.

Er hat es jetzt besser als bei mir. Wenn ich nach Hause zurückgefahren wäre, dann hätte er wohl ein tolles Leben vor sich gehabt. Aber auf der Reise könnte ich auch nicht für seine Sicherheit garantieren. Hätte ich immer genug Futter und Wasser für den kleinen Kerl? In der Wüste würde es zu heiß im Auto werden.

Das alles rief sie sich ins Gedächtnis und sagte sich dabei, dass sie zu seinem Wohl entschieden hatte. Manchmal sollte man aus Liebe zu einem Tier dieses nicht an sich binden, sondern ihm das Bestmögliche geben, auch wenn man damit einen treuen Freund verlor.

Sie hörte es knacken, aber als sie in den Wald schaute, war dort nichts zu entdecken. Ihr fiel die Stille auf, die sich breitgemacht hatte. Jedes noch so kleine Geräusch, das Rascheln des Laubes oder ein Knacken eines Astes, sagten ihr, dass sie allein war. Völlig allein und abgrundtief traurig.

Sie hatte sich bei den Spaziergängen immer auf Fipse konzentriert und dabei gar nicht auf diese Laute gehört. Jetzt erdrückte sie diese Stille und sie ging zurück zu ihrem Auto, das für sie momentan die einzige Sicherheit bedeutete.

Sicherheit? Es konnte ihr doch genauso mit wie ohne Fipse etwas passieren. Aber sie hatte jemanden gehabt, mit dem sie sich hatte ablenken können, für den sie eine Verantwortung übernommen hatte, womit sie nicht die ganze Zeit auf die innere Angst fixiert gewesen war.

Jetzt war sie wieder da. Die Angst vor allem und jedem, was irgendwo stand oder sich in irgendeiner Form bewegte.

Die Angst frei zu leben.

Die Angst Fehler zu machen.

Die Angst nicht der Norm zu entsprechen.

Die Angst zu versagen.

Und je mehr sie über diese Angst nachdachte, desto enger schnürte sie ihr Tun wieder ein. Sie traute sich nicht, etwas zu bewegen, denn das könnte Konsequenzen haben, denen sie nicht gewachsen war.

Sie würde nie jemandem offensichtlich schaden, aber jedes gesagte Wort musste man genau abwägen, ob es auch verstanden wurde. Die Welt war ihr einfach zu kompliziert und je weiter sie in der Zeit fortschritt, desto schneller wurde sie. Desto offener und gewalttätiger.

Dass Franzi in ihrem Leben auch auf ihre Erfahrungen zurückgreifen konnte, nutzte ihr dabei sehr wenig, da sie genau an diesen Erfahrungen zerbrach.

Sie selbst stellte Menschen auf hohe Sockel und merkte gar nicht, wie sie sich selbst dabei verlor.

Sie würde gern gegen die vielen Missstände kämpfen, aber versagte, da sie nicht den Mut hatte, ihre Meinung einfach in die Welt hinauszuschreien. Sie hatte Angst, damit auch Menschen auf die Füße zu treten, die eine andere Meinung vertraten. Sie hatte Angst, etwas nicht erklären zu können, da ihr auch das nötige Wissen fehlte. Dabei wusste sie genau, dass es falsch war, in Ruhe zuschauend die anderen gewinnen zu lassen. Egomanen, denen egal war, ob es jemandem wehtat, oder ob sie Schaden anrichten würden. Diese Menschen gab es auf der Welt. Aber so wollte sie niemals sein.

Wenn man sich aber nie traute, seine Meinung öffentlich zu sagen und sich aus allem heraushielt, dann war man einsam. Einsam mit seinen Gedanken da es zu schwierig war, ohne eine ausgesprochene Meinung mit anderen diskutieren zu können.

Sie konnte sich die Dinge, die durch ihr Zutun passierten, am allerwenigsten verzeihen. Auch wenn sie dann hörte, das wäre nicht schlimm, war es für sie eine Katastrophe.

Ihre Kindheit hatte aus Regeln bestanden, aber ein Lob wäre auch schön gewesen, um die Welt von beiden Seiten betrachten zu können.

So wartete sie bis heute auf solche Worte, nur dass man die als Erwachsener noch weniger zu hören bekam. Wofür auch, sie umging ja alles, was auch nur annähernd ein Lob hätte einbringen können. Sie verschanzte sich lieber, um ja nichts falsch zu machen.

Was wollte sie eigentlich mit dieser Fahrt erreichen? Die Angst verlieren, weil man den Kopf aus dem Fenster stecken musste, um zu leben? Hatte sie nicht schon wieder versagt, da sie ein Tier aus einem Tierheim mit auf eine Reise genommen hatte, die ihm niemals gut getan hätte? Wenn es die Fügung nicht gewollt hätte, dann hätte er diese Strapazen auch weiterhin fortführen müssen, nur damit sie ein Spielzeug gehabt hätte.

Jetzt ist es aber gut, du bist ja bescheuert, du dumme Kuh, ging es ihr im Kopf herum und sie bog es sich so, dass auch sie damit leben konnte.

Wenn ich ihn nicht da herausgeholt hätte, würde er immer noch in seinem kleinen Käfig umherlaufen, und wer weiß, wann er dort jemanden gefunden hätte, der seine treuen Augen gesehen hätte wie ich. Dass er jetzt ein richtig tolles Zuhause hat, ist doch etwas, das durch meine Aktion zustande gekommen ist. Also hör auf mit diesem negativen Denken und sieh zu, dass du wieder auf die Strecke kommst.

Wenn man vom Pferd heruntergefallen war, dann musste man sofort wieder hinauf. So ging es auch ihr. Da sie sich in diesem Moment als Versagerin sah, musste sie nach vorn blicken und die Situation abhaken. Aber das sagte sich so leicht. Man konnte ein Tier nicht einfach abhaken wie einen Gegenstand. Fipse hatte ihr in den paar Tagen so viel entgegengebracht und am Ende blieb nur die Erinnerung.

Da waren sie wieder, die Verlustängste.

Es war so schwer zu begreifen, dass es meist gar nichts mit ihr zu tun hatte. Menschen starben nun einmal, das war der Lauf der Dinge. Dass sich Freundschaften in verschiedene Richtungen entwickelten, begriff sie auch nach und nach in den Jahren. Am liebsten hätte sie alle Menschen festgehalten, aber am schwierigsten war, etwas zu halten, was zu Ende war.

Auch sie ging einen Weg mit ganz vielen Kreuzungen und an den einen traten Menschen in ihr Leben und an anderen verließen sie den gemeinsamen Weg wieder. Manche gingen ein langes Stück mit ihr und einige ein kurzes. Aber jeder Einzelne trug zu ihrer Entwicklung bei. Ob mit guten oder schlechten Erfahrungen, ob mit fröhlichen oder traurigen Geschichten. Manche halfen ihr ein paar Kieselsteine aus dem Weg zu räumen und andere warfen sie ihr vor die Füße. Sie alle schrieben mit an ihrer Geschichte.

Franzi hatte ihr Auto erreicht. Nachdem sie durch den Spaziergang etwas ruhiger geworden war, stieg sie ein und fuhr zur Straße zurück. Dabei warf sie vorher wie immer einen Blick auf ihren Block und wusste, dass sie Dommartin-lès-Toul ansteuern musste, um auf die D674 zu wechseln. Aber allzu weit kam sie nicht, denn sie konnte die Gedanken nicht verdrängen. Nur eine Stunde später steuerte sie erneut einen Waldweg an, um für den Rest des Tages und die Nacht ihre Gedanken zu sortieren, damit sie nicht auch andere auf der Straße in Gefahr brachte. So stellte sie sich erneut auf einen kleinen Waldplatz und es dauerte nicht lang, dass sie in Gedanken versank.

Jetzt wäre sie gern in die Arme ihres Mannes geflüchtet. Er trug sie seit Jahren durch das Leben. Er gab ihr ein Gefühl der unendlichen Sicherheit. Er sah ihre Angst. Er spürte ihre Unsicherheit und sorgte sich, wenn sich wieder ein großes Loch vor ihr auftat. Die Dunkelheit ihres Inneren, in das sie sich verkriechen wollte, um allein mit ihren Gefühlen zu sein. Seine Liebe zu ihr war so groß, dass sie ihn irgendwann auch teilhaben ließ und ihm das zeigte, was für andere verborgen blieb: ihre Seele.

Aber es war ein langer Weg dorthin gewesen und sie hatten gemeinsam auch einen schweren Kampf hinter sich gebracht, den Kampf um ihre Liebe. Dass sie nicht an der Krankheit zerbrach. Dass sie gemeinsam einen Weg fanden, um zusammen alt zu werden.

Wie oft hatte sie Angst, ihn zu enttäuschen und dem Drang nach einer anderen Welt nachzugeben. Wenn sie keine Lösungen fand, in dieser Welt bestehen zu können. Angst, dem nicht zu entsprechen, was die Welt von ihr erwartete. Angst, ihm keine gute Frau zu sein und ihm etwas wegzunehmen, nämlich sein sorgenfreies Leben, das er für sie aufgab. Angst, die Kinder nicht frei aufwachsen zu sehen, die die Stärke ihrer Eltern für sich in Anspruch nehmen sollten, um sich daran festzuhalten, damit sie sich frei einen Weg in das Leben suchen könnten.

Franzi beugte den Kopf nach vorn und schüttelte ihn so kräftig, als wollte sie ihn entleeren. Sie wusste, wenn sie die Gedanken nicht stoppte, dass dieses imaginäre schwarze Loch sie in seiner Dunkelheit verschlingen würde.

Wenn Franzi nicht da gewesen wäre, dann hätte er vielleicht nie die richtige Frau gefunden. Sie waren füreinander bestimmt.

Wenn sie nicht geheiratet hätten, dann gäbe es keine Kinder.

Hatten die Kinder nicht trotz ihrer Krankheit eine sehr schöne Kindheit gehabt? Sie waren zu verantwortungsvollen Menschen herangereift, so dass sie als Eltern heute stolz auf sie blickten.

Sie hatten auch die Schattenseite eines Lebens hautnah mitbekommen. Aber gehörte es nicht zum Leben dazu, dass es nicht nur Sonnenseiten gab?

Sie waren in Liebe aufgewachsen und das war doch der stärkste Halt, den man einem Kind mit auf den Weg geben konnte. Alles andere wurde dabei unwichtig. Ihnen zu zeigen, dass sie auch als kleine Menschen schon auf Augenhöhe standen. Dass man sie ernst nahm und jedes einzelne noch so kleine Problem zum eigenen machte.

Was wäre passiert, wenn sie einfach die Segel gestrichen hätte und sie im Stich gelassen hätte.

Mit den Jahren hatte Franzi begriffen, dass ihr Leben durch die Angst sehr eingeschränkt war, aber dass auch sie eine sehr wichtige Rolle für diese Menschen spielte. Dass sie sich deshalb nicht einfach davonschleichen durfte, sondern kämpfen musste. So schwer es ihr auch fiel, aber das war ihre Aufgabe. Diese Menschen nicht gänzlich zu enttäuschen, sondern für sie da zu sein. Dafür musste sie kein Mensch werden, der auf Partys feierte oder an jeder öffentlichen Veranstaltung teilnahm. Sie musste nur da sein, wenn ein Halt gebraucht wurde und sie ihre Liebe verteilen durfte. Die Liebe zu den Menschen, die sie bedingungslos liebten.

Sie wusste, wie schwer es war, das für sich in Einklang zu bringen, dass sie das Weite suchte, um die Nähe zu finden. Aber dennoch war sie sich sicher, dass es genau das war, was ihr die Möglichkeit gab, sich selbst und der Welt zu zeigen, dass sie noch existierte.

Und wie, denn sie saß mit all ihren Erinnerungen in ihrem kleinen, blauen Auto, trauerte Fipse nach und merkte, dass der Himmel schwarz-gelb schimmerte. Als ob er ihren Gedanken gelauscht hätte.

Auch an diesem Abend war sie mit ihrer Angst beschäftigt, um immer zu dem gleichen Ergebnis zu kommen: *Nur ich allein kann es ändern, dabei kann mir niemand helfen. Es sind meine Gedanken, die ich zum Positiven wenden muss. Aber das ist so leicht gesagt, denn ich hab es ja in den letzten Jahren so oft versucht.*

Dabei geriet sie wieder ins Wanken, denn Ärzte, Freunde und Familie hatten sie oft unterstützt, aber sie konnten diese Angst nicht verscheuchen und was war, wenn sie auch bei diesem Versuch scheiterte?

Die Nacht war schon lange in Dunkelheit getaucht und das gleichmäßige Plätschern auf das Autodach ließ sie irgendwann beim Analysieren in den Schlaf sinken.

Als Franzi am nächsten Morgen die Augen aufschlug, fühlte ihr Kopf sich an, als würden zig Zahnräder wie in einem Uhrwerk ihre Runden drehen, und bei jedem Klackern gab es einen stechenden Schmerz, der die Schädeldecke durchbohrte.

Das kommt davon, hör bloß auf mit dieser blöden Nachdenkerei, bringt ja nichts und weh tut es dann auch noch.

Sie schaute auf die Rückbank und griff nach dem Rucksack, weil sie wusste, dass sie Schmerztabletten eingepackt hatte. Sie zog eine Schachtel heraus, aber es war nicht die richtige, sondern es waren die Beruhigungspillen. Sie schaute die Packung an und nahm eine heraus: »Kann ja auch nicht schaden, wenn wir heute mal weniger denken.« Dann fasste sie nochmal hinein und hatte die Packung in der Hand, in der sich die Schmerztabletten befanden. Sie nahm auch hier eine heraus, stieg aus dem Auto und holte die Wasserflasche aus dem Kofferraum, um sie herunterspülen zu können. Sie ging den Morgen langsam an, damit sich ihr Körper etwas erholen konnte.

Nach dem frühmorgendlichen Ritual wollte sie aber wieder ein Stück ihrer Strecke schaffen, zumindest stand das auf ihrem Plan.

Nach dem Abschied von Fipse hatte sie sich vorgenommen, jeden Tag längere Strecken zu fahren, damit sie ihr Ziel auch irgendwann erreichte. Mit dem Hund hatte sie immer mal größere Pausen zum »Gassigehen« einlegen müssen.

Die Atlantikküste

Franzi hatte in der letzten Woche gut aufgeholt und dank der jetzt etwas längeren Etappen an die tausend Kilometer geschafft, so dass sie sich im Südwesten von Frankreich befand. Sie fuhr bisher aber dennoch eher wie ein Tourist durch die Lande, denn die zurückgelegte Strecke hätte sie auch gut in zwei Tagen schaffen können. Wenn sie so weiter in den Tag hinein lebte und mehr auf den Parkplätzen saß, als die Räder auf der Strecke zu bewegen, dann würde sie wohl nie da ankommen, wo sie hin wollte.

Aber es war auch keine Eile geboten und ein bisschen Erholung, um auch die Natur zu genießen, ließ sie an manchen Orten länger verweilen. Sie war noch nie so frei durch ein Land gefahren und jetzt sah sie die Schilder, die vermehrt darauf hinwiesen, dass sie dem Meer, der Atlantikküste und dem Golf von Biskaya sehr nahe war.

Franzi würde es am heutigen Tag, wenn das auch von ihrer Route wieder ein wenig abwich, an den Strand der französischen Gemeinde Vieux-Boucau-les-Bains schaffen.

Der Atlantische Ozean war förmlich zu riechen. Der weiße Sand des Strandes blitzte hinter dem Parkplatz, den Franzi gerade ansteuerte, schon hervor. Da war keine Angst, da war kein Gefühl von Unsicherheit. Sie parkte, schloss das Auto ab und ging den kleinen Weg entlang, der durch den weißen Sand seine Spur zog. Am höchsten Punkt blieb sie stehen und sah, wie sich eine unendliche Weite vor ihr ausbreitete. Vom Horizont aus kamen ihr die Wellen entgegen und verliefen sich vor ihr am Strand im Sand.

Sie war überwältigt von diesem Anblick. Ganz langsam,

Schritt für Schritt, ging sie dem Meer entgegen. Am Horizont stand die Sonne fast auf dem Wasser und je nach Höhe der Wellen, reichten die Schaumkronen schon an sie heran.

Der weiche Untergrund gab nach und ihre Schuhe gruben kleine Löcher in den Sand. Sie griff nach ihnen und streifte sie von den Füßen, so dass sie den noch etwas feuchten, kalten Sand unter den Fußsohlen spürte. Ein angenehmes Gefühl von Frische, das sich auch auf den ganzen Körper übertrug.

Diese Weite und dieser angenehme Untergrund ließen sie fast schweben. Der Gedanke daran, zum Auto zu laufen und die Kamera zu holen, flackerte nur einen winzigen Moment auf, denn dann würde sie vielleicht das Beste dieses Schauspiels verpassen.

Das Schwappen der Wellen war wie ein Atmen des Ozeans. Sie ließ sich auf die Knie fallen und war fasziniert von diesem Anblick.

Tiefblaues Meer, das die Sonne mit einem goldenen Glanz auf der Oberfläche brennen ließ und in das Rot des Horizonts eintauchte. Nach und nach, Stück für Stück sog das Meer die Sonne in sich auf. Bis sie untergegangen war und nur noch ihre Strahlen im Abendhimmel leuchteten.

Als sie genauer hinschaute, konnte sie es kaum glauben. Da sah sie die Silhouetten im Abendhimmel springen. Delfine! Ja, es waren Delfine, und es schien fast, als wären sie nur für sie zu dieser Abendvorstellung vorbeigekommen. Ein Schauspiel, das für so vieles entschädigte, das sie in ihrem Leben verpasst hatte. Kein Kino, kein Theater hätte ihr ein solches Glücksgefühl bescheren können. Sie war gefangen von diesem Bild.

In ein paar Tagen würden die Touristen bestimmt diesen Strand einnehmen und es wäre mit der Ruhe vorbei. Aber das würde sie nicht stören, da sie auf ihrem weiteren Weg unterwegs wäre. Jetzt zählte nur der Moment und den genoss sie in vollen Zügen.

Heute war sie eine von ganz wenigen, die an diesen Strand geführt worden waren. War es eine Fügung wie so vieles in ihrem Leben, oder war es reiner Zufall, dass sie hier gelandet war. Nicht das Eintauchen in einen Wald, sondern die Weite über dem Ozean und ein Strand, der einlud, ein wenig auf seinem weichen Sandbett in den Abend zu spazieren.

Weiter hinten leuchteten ein paar Fackeln und sie konnte leise Gitarrenmusik erklingen hören. So hatte sie sich das immer vorgestellt, wenn man sich als Gruppe an einem Strand traf. Ein Lagerfeuer mit erklingender Musik. Junge Leute, die ihre Gitarren mitbrachten und einfach zusammen musizierten, um den Tag zu feiern.

Die Dunkelheit hatte schon einen Schleier über das Meer gelegt und in weiter Ferne sah man Schiffe, die am Horizont entlang zogen.

»Bonne Soirée«, hörte sie eine Stimme hinter sich sagen und dachte, dass wohl ein Strandspaziergänger an ihr vorbeilief.

Da erklang erneut seine Stimme und der dunkle Ton ließ auf einen reiferen Mann deuten: »Tu ne veux pas fêter un peu avec nous? (Wollen sie nicht ein bisschen mit uns feiern)«.

Sie drehte sich um und sah den Mann, der sie ansprach. Eine tolle Erscheinung. Sie musste sich ausbremsen, denn für ihr Alter war er eindeutig zu jung. Er konnte sie wohl nicht gemeint haben.

Aber sie wollte nicht unhöflich sein und sagte: »I can not speak France. I come from Gemany.«

Sollte passen.

»Ohhhhh«, sagte er, setzte sich neben sie und sah sie an.

Franzi wurde unruhig. *So verkehrt konnte der Satz aber doch jetzt nicht gewesen sein, dass es wie eine Einladung klang.* Sie überdachte das Gesagte noch einmal und sah ihn fragend an: »I not speak France, you not speak English?«

Er saß neben ihr und lächelte sie an, als hätte er alles

verstanden, aber statt einer Antwort wurde sein Grinsen nur noch breiter.

Boah, hat der 'nen Knall, ich glaube, mein Abend an diesem schönen Strand ist wohl beendet. Vielleicht machte man das heute so mit Urlaubern, denn sie wusste ja nicht, wie sich die Zeit in den Jahren gewandelt hatte. Vielleicht wurde die Sprache mittlerweile total überbewertet.

Sie war gerade dabei sich erheben zu wollen, als er antwortete: »Isch dachtö, du kommst mit uns an die Lagörfeuör, ein bischchen feiörn.«

»Hey, du kannst ja Deutsch«, sagte sie und zog die Augenbrauen hoch.

»Isch habö ein bischchen gelörnt. Wir kommön oft an die Strand und aben Besuchar aus Deutschlond. Dann feiörn wir mit ihnen.«

Sie war so auf den jungen Mann fixiert, dass sie nicht bemerkte, wie sich noch ein paar Jungs in ihre Richtung bewegt hatten.

»Allo«, sagten die drei fast gleichzeitig und sie zuckte zusammen.

Ein eiskalter Schauer fuhr ihr über den Rücken und eine Gänsehaut war an den Armen sichtbar. Es war ihr mit einem Schlag eiskalt geworden. Sie spannte die Schultern an und ihr Magen suchte nach dem, was sie in den letzten Stunden zu sich genommen hatte. Innerlich aufgewühlt versuchte sie, sich selbst zu beruhigen. *Komm schon, die wollen nur feiern, versuch es doch einfach, ein bisschen für dich die Freiheit genießen. Nicht wieder weglaufen, das kannst du immer noch!*

»Kommt ihr mit an die Feuar?«, fragte einer der drei. Sie mussten wohl gehört haben, dass sie Deutsche war. Alle sahen so schnuckelig aus. Aber was wollten sie denn von ihr. So eine in die Jahre gekommene Hausfrau, die nun wirklich nichts zu bieten hatte.

Ja, mach dich nur selbst wieder fertig und nimm dir deine Angst zur Seite, ihr passt so super zusammen. Nimm es doch einfach, wie es ist, schau es dir an. Geh einfach ein bisschen feiern.

Sie erhob sich aus dem Sand und war dabei so ungeschickt, da sie eben doch schon über die 50 war, dass direkt zwei Arme sie unterstützten.

Sie sah erst auf ihren Arm und dann direkt in zwei Augen.

Da ließ der Franzose sofort wieder los, mit der Bemerkung: »Sorry, isch wolltö nur nött sein.«

Boah, ging nicht irgendetwas, ohne dass es peinlich wurde? Jetzt glauben sie erst recht, dass sie die Oma aus Buxtehude aufgegabelt haben. Ob die mich nur mitnehmen, dass sie was zu lachen haben? Egal.

Der Blick zum Auto und das Abschätzen der Entfernung zwischen Auto und Lagerfeuer sagten ihr, dass sie sich noch in dem Rahmen bewegte, der ihr Sicherheit gewährte. Also stiefelte sie mit den Jungs durch den Sand, in die Richtung, wo die Fackeln aufleuchteten.

»Bleibscht du längör, oder nur auf Kurzurlaub?«

»Ich bin auf der Durchreise und habe diesen tollen Sonnenuntergang beobachtet.« Dabei leuchteten ihre Augen auf, da sie sich noch einmal an diesen wunderschönen Augenblick erinnerte.

»Ah, die Sonnö!« Er lachte.

»Warum lachst du?«

»Weil die Leutö, die an die Strand kommön, gehön auf die Meer, nischt um zu guggen in die Himmel. Du bist hier in die Surferparadies.«

»Ah, das wusste ich nicht. Aber die Sonne darf man auch beobachten, ohne dass man surfen kann, oder?« Dabei musste sie jetzt sogar schmunzeln und entspannte sich ein wenig.

Sie bemerkte, wie er krampfhaft versuchte, ein Gespräch in Gang zu bringen.

Die Jungs, die sich dazu gesellt hatten, gingen hinter den

beiden und unterhielten sich auf Französisch. Die hätten sich jetzt über sie lustig machen können, sie hätte nicht ein Wort verstanden. Und es wurde auch lauter, da sie fast am Lagerfeuer angekommen waren.

Ein Jubeln und laute Schreie begrüßten die Gruppe. Als hätten sie eine Beute mitgebracht, die man zusammen verspeisen wollte.

Alle rückten etwas zusammen und sie setzten sich zu den anderen. Die Gruppe war im mittleren Alter, sie schätzte sie ab 30 Jahre aufwärts.

Von wegen jugendliche Gruppe, die Jüngsten hatten sie wohl ausgeschickt, um die Strandläufer einzusammeln. Konnten ja nicht ahnen, dass sie so einen hoffnungslosen Fall mitbringen, der vom Feiern am Lagerfeuer gar keine Ahnung hat.

Das machte ihnen aber scheinbar nichts aus, denn sie hatte schon ein Bier und eine komische Stange in der Hand, auf der ein paar Marshmallows aufgereiht waren. Eine der Frauen in der Runde versuchte ihr durch Zeichensprache zu erklären, dass sie den Stab ins Feuer halten sollte.

Franzi schaute sich den Stab an und dann die Frau: *Dann verbrennen die doch, iiiiiiiiih.* Sie verzog das Gesicht bei dem Gedanken, nahm sich einen vom Stab und wollte gerade genüsslich hineinbeißen, als ihr der Stab samt Marshmallow wieder aus der Hand genommen wurde.

Na, das kann ja heiter werden. Sofort wieder einmal versagt. Was also muss ich tun?

Sie schaute in die Runde und alle Augen waren auf sie gerichtet. Gut, dass das Lagerfeuer so heiß war, sonst hätte man bestimmt die Röte bemerkt, die ihr bis in die letzte Ecke des Ohrläppchens glühte.

Sie bekam den Stab wieder und ließ sich etwas nach vorn beugen, um ihn ins Feuer zu halten.

»Stopp!«

»Was jetzt, doch roh essen?«

»Du musst sie übör dem Feuör drehön.«

Also nicht ins Feuer, nur darüber rösten, muss einem ja auch gesagt werden. Ob sie jetzt meinen, dass ich aus der Steinzeit komme und mich nur gut gehalten habe?

Franzi nahm den Stab und hielt ihn über das Feuer, wobei sie ihn drehte.

Einer von ihnen hob den Daumen hoch. Den kannte sie zumindest und wusste, das gefiel ihnen.

Die Gitarren erklangen wieder und einige der Gruppe fingen an, zur Musik ein Lied zu singen. Gehört hatte sie es schon einmal und sie war erstaunt, weil auch ein paar richtig tolle Stimmen dabei waren. Als »Killing Me Softly« erklang, war Franzi so hin und weg, dass sie alles um sich herum vergaß. Dieses Lied, das flackernde Feuer und die ganze Stimmung nahm sie komplett ein und sie wäre niemals davon ausgegangen, hier ein solch emotionales Stück zu hören.

Zwischendrin bekam sie einen Stupser von links in die Seite, denn sie hatte vergessen, das Marshmallow zu drehen, was diesem gar nicht gut tat, denn es war an einer Ecke etwas schwarz.

Also zog sie den Spieß zurück und schaute es sich genauer an. Nachdem Franzi das Teil gewendet und von allen Seiten betrachtet hatte, setzte sie ganz langsam die Zunge an, um zu prüfen, wie heiß es war. Sie stellte fest, dass man es essen konnte, ohne sich direkt den ganzen Mund zu verbrennen. Franzi zupfte einen kleinen Teil ab, wobei es sich zog wie Käse auf einer Pizza.

Hmmm, irgendwie klebriger und flüssiger. Die Schaumstoffmatte ist verschwunden und schmeckt eher nach einer Masse, die einem Kaugummi ähnelt. Jetzt ein Wurstbrot aus meinem Auto, das hätte was!

Das Bier hatte sie etwas hastig geschlürft, da sie umkam vor Durst. Sie entspannte sich zusehends, wurde lustiger und summte die Lieder mit. Ob es die guten alten Country-Songs waren oder welche aus der heutigen Pop-Musik, textsicher war sie noch nie gewesen. Schon gar nicht in Sprachen, wo sie sich eher halb die Zunge abbiss, als dass sie eine Betonung auf ein Wort legen würde.

So wurde auch das nächste Bier gezischt und sogar ein drittes hatte sie irgendwann in der Hand. Da sie sonst nie etwas trank, sprach sie schon etwas nuschelnd, als wenn Watte zwischen die Worte rutschte, wenn sie nur versuchte, etwas zu sagen.

Irgendwann machte dann auch eine Zigarette die Runde, und in ihre Watte-Gedanken hinein fragte sie sich, warum hier die Friedenszigarette geraucht wurde. Also zog sie immer mit, wenn sie vorbei kam.

Sie verstand kaum ein Wort, dennoch fühlte sie sich durch die Musik ganz wohl in ihrer Haut. Auch der eine oder andere Arm legte sich schon mal um ihre Schulter und auch ein »Chérie« hauchte jemand an ihr Ohr, das die Ohrmuschel direkt als Botschaft an ihren Magen weiterleitete und ein behaglich geschmeicheltes Gefühl hinterließ.

Franzi wunderte sich auch gar nicht darüber, dass Einzelne anfingen zu lachen, wo man doch zusammen sang und keiner etwas gesagt hatte, das dieses Lachen erklären konnte. Auch das Pärchen ihr gegenüber benahm sich merkwürdig. Aus ihrem Blick heraus war entweder das Wasser im Hintergrund sehr unruhig, oder aber die beiden hatten einen im Tee. Als sie sich in der Runde umschaute, schwankten alle etwas und bewegten sich zeitlupenartig, als würden sie sich in einem Zeitraffer befinden. Das war wohl der Moment, wo sie doch besser zum Auto gehen sollte, denn auch ihr Wattekopf fühlte sich komisch an und jetzt würde sie gern das Wurstbrot verspeisen.

Als sie versuchte sich zu erheben, war das gar nicht so einfach und allein dafür brauchte sie ein paar Anläufe. Der Holzklotz, auf dem sie saß, war auch immer woanders, so dass sie ihn beim Überqueren voll traf und im nächsten Moment mit der Nase im Sand lag. Sie hob den Kopf an, der sich anfühlte, als hätte man ihr einen Eisenklumpen darauf gepackt. Irgendwie stimmte ihr ganzes Gleichgewicht nicht mehr und auch eine Müdigkeit übermannte sie, dass sie kaum auf die Füße kam.

Nicht schlappmachen, altes Mädchen, bis zum Auto ist es nicht mehr weit! Dass mich schon ein paar Bier so umhauen, da hätte ich doch vorher ein bisschen üben sollen.

Irgendwie schaffte sie es wieder auf die Füße. Torkelte den Strand entlang und landete immer wieder im Sand. Es verließen sie die Kräfte. Da es mit jedem Mal anstrengender wurde, schaffte sie es nicht bis zum Auto, sondern brach am Strand vor Müdigkeit zusammen.

Ein unsanftes Rütteln weckte Franzi aus dem Nichts. Reine Dunkelheit hatte sie umgeben und in einem tiefen Schlaf gefangen gehalten. Als sie die Augen aufschlug, sah sie in zwei Gesichter, die sich langsam auf sie zu bewegten, so dass sie die bläulichen Kappen, die sie noch auf dem Kopf trugen, schon auf ihrem Gesicht liegen sah. War das jetzt ein Traum? Denn sie kam sich eher zeitversetzt vor, in einen Film der 60er, daher wartete sie nur noch darauf, dass Louis de Funès jeden Moment seinen Kopf dazu gesellte.

Die beiden traten einen Schritt zurück, als sie sich langsam aufsetzte. Sie begutachtete die in blauen Uniformen vor ihr stehenden Männer noch einmal und begriff, dass der gestrige Abend wohl wieder alles andere als normal verlaufen war. Der Morgen hatte noch nicht wirklich begonnen und diese beiden waren anscheinend dabei den Strand zu säubern. Franzi schaute sich um und auch an sich herunter und wusste, dass ihr kein Leid zugefügt worden war und auch alle Utensilien, die sie bei sich trug, noch vorhanden waren. Was hatte sie um

Himmels Willen für eine Friedenszigarette geraucht, wobei, das sollte sie nicht offen fragen, denn sie konnte sich vorstellen, was es gewesen war.

Einer der beiden sprach sie an: »Bonjour, tout va bien avec toi? (Hallo, alles in Ordnung bei ihnen)?«

Sie schaute den Gendarmen an und blinzelte etwas in den Tag mit den Worten: »I can not verständ. I´am Germany.«

»Ok, Frau Deutschlond könnön Sie sisch ausweisön?« Dabei lächelte er.

Sie schaute ihn verdutzt an, ging den Satz noch einmal im Kopf durch und wusste, wo der Haken war. *Shit, ich habe Deutsch und Deutschland verwechselt. Klar, nun halten die mich auch für meschugge. Vielleicht sollte ich mich in diesem Land etwas sputen durchzureisen. Die Peinlichkeiten häufen sich.*

»Ich heiße Sommer und habe meine Papiere im Auto, wenn wir da eben hingehen könnten?«

»Kommön Sie.« Er reichte ihr die Hand und Franzi dachte wieder an die Oma aus Buxtehude.

»Geht schon«, antwortete sie, zog die Augenbrauen zu einem ablehnenden Blick zusammen und krabbelte über die Knie in die Höhe.

Sollte mir nochmal in den Sinn kommen, auf Reisen zu gehen, werde ich dafür extra ein Sportprogramm absolvieren. Das geht ja gar nicht.

Die beiden französischen Polizisten nahmen Franzi in die Mitte und sie schaute einmal links und einmal rechts.

Das haste nun davon, Abendsonne, Lagerfeuer und jetzt auch noch eine Eskorte.

Sie hatte den Parkplatz gerade erreicht, als sie plötzlich wie angewurzelt stehen blieb und schrie: »MEIN AUUUUTOOO, wo ist mein Auto?«

Das kleine, schnuckelige, blaue, sehr komfortable, als Wohnmobil dienende Auto. Er war nicht mehr da!

Sie lief wie von der Tarantel gestochen los und drehte ein

paar Runden über den Parkplatz. Nichts!

Da war kein blaues, schnuckeliges Auto, da war überhaupt kein Auto - da war nichts!

Sie sah sogar an den Strand, ob sie so blöd geparkt hätte, aber das konnte nicht sein, dann müsste es bergauf gerollt sein.

Aber da – ja dahinten!

»Sehen Sie da!«, rief sie den Polizisten zu.

»Sehen Sie – da, da fährt mein Auto auf dem orangefarbenen Kleintransporter. Hey, der wird geklaut!« Dabei zeigte sie in die Richtung, in der sie jetzt das blaue, kleine, süße schnuckelige Auto davonziehen sah.

Warum steigen die nicht in ihre Karre und holen sich den Dieb? Bei dem Gedanken sah sie mit großen Augen zu den Polizisten.

»Bittö kommön Sie.« Der Polizist wies auf die Tür des Polizeiautos.

Na endlich, bewegen sie sich. Sie sah aber auch, wie der Polizist sie zu sich winkte. *Ich soll mit,* sie erschrak. *Wieso?*

»Wir klärön das auf döm Reviör.«

»Aufs Revier?«

»Kommön Sie oder wollön Sie laufön?«

»Wie weit ist es denn?« Sie hatte schon Beklemmungen, bevor sie überhaupt in das Auto gestiegen war. Der Boden unter ihren Füßen fing an zu vibrieren, das lag an ihren wackeligen Knien. Franzi war froh, noch nicht gefrühstückt zu haben, denn Übelkeit stieg in ihr hoch. Sie vermutete, dass sie auch im Gesicht aussah wie eine Kalkwand. Fahren mit einem fremden Auto und mit ihr fremden Personen, das war ein Alptraum. Aber wie sollte sie ihr Auto wiederbekommen, wenn sie jetzt am Strand wartete. So blieb ihr nichts anderes übrig und sie setzte sich in Bewegung, um die Tür des Polizeiautos zu erreichen. Mit jedem Schritt pulsierte das Blut in ihren Adern mehr und der Herzschlag galoppierte mit einer Geschwindigkeit, als müsste er durch die Halsschlagader springen. Schweißperlen setzten sich auf ihre Stirn und zeichneten das Bild einer Frau, die jeden Moment vor den Polizisten liegen würde.

»Geht ös Ihnen gut?«

»Nein, aber da muss ich ja wohl jetzt durch.«

»Ihr Auto bekommön wir wüdör, das war dör Abschleppwagön.« Dabei zeigte er auf das Schild, das sie in der Euphorie, auf den Strand zu laufen, völlig übersehen hatte.

Zumindest war es ein Lichtblick, aber sie würde zu gern am Strand auf ihr Auto warten. Wie hätte sie ihnen das erklären sollen. So ergab sie sich ihrem Schicksal und stieg zu den Polizisten in den Wagen, wo sie auf dem Rücksitz Platz nahm. Die Türen fielen nach und nach zu und der Wagen begann zu rollen.

Konzentrier dich auf den Knopf am Fenster – oh mein Gott hoffentlich sind wir bald da – konzentrier dich auf den Knopf am Fenster – der Knopf, er ist silbern – jetzt ist er oben, dann kann man das Auto verlassen – eine Kurve – der Blick aus dem Fenster – *konzentrier dich auf den Knopf – da ist der Knopf – er ist oben etwas rund – wie lang mag der Knopf sein – hmmm, so etwa 2 cm –* der Wagen hielt, sie blickte wieder nach vorn und sah eine Ampel – die Enge der Kiste kam wieder zum Tragen – es wurde alles noch enger – *konzentrier dich auf den Sitz, schau das Muster an – konzentrier dich – atme ruhig ein und aus – das Muster, schau auf den Stoff – auf der einen Fläche sind Karos – daneben ein Feld mit Streifen – alles in Grau und Schwarz.* Sie atmete tief durch die Nase ein und durch den Mund aus, da ihr Magen in Wallung geriet und wieder hielt der Wagen. Die Polizisten stiegen aus und ihre Tür öffnete sich. Da sah sie das Schild über dem Eingang des Hauses, vor dem sie standen: Police, und sie spürte die Erleichterung.

»Wie? Sind wir denn schon da? Das ging aber schnell!« Sie atmete einmal tief durch und merkte, wie das Adrenalin sein

Übriges tat. Sie hätte die beiden Polizisten knutschen können, so ein Glücksgefühl durchströmte sie gerade.

Da stand einer der beiden schon und hielt die Tür auf, um in das Innere der Wache zu gelangen.

Sie schaute ihn an und fragte mit leichter Schnappatmung: »Muss ich mit rein, ich kann doch hier draußen auf das Auto warten.«

»Wir müssön dön Vorgang aufnemön und Sie müssön unterschreubön! Bittö kommön Sie.«

Franzi nahm noch einen tiefen Zug frische Luft, als würde sie in einem Schwimmbecken abtauchen und ging die paar Treppenstufen hoch, an dem Polizist vorbei. Hinein in einen kalten, langgezogenen Flur, der sehr braun und dreckig wirkte. Die Tapeten sahen sehr veraltet aus. Die Gedanken konnte sie gar nicht so schnell abspulen, wie sie in ihrem Kopf rasselten. Je weiter sie in das Gebäude trat, desto enger schnürte sich ihre Brust zusammen. Ihr eigener Pulsschlag ertönte im Kopf, als würde ein Pferd über eine Koppel laufen.

Meine Tabletten sind auch im Auto, fiel ihr plötzlich ein, was die Situation noch verschlimmerte, und ein heißer Schauer lief erneut durch ihren Körper. Schweiß lief ihr die Arme herunter und mit jedem Schritt wurde der Hals enger und ihre Atmung hektischer. Sie wusste nicht, ob die Polizisten ihre Not sehen konnten, aber je weiter sie in die Wache trat, desto mehr verabschiedete sich ihr Körper von ihr. Sie versuchte gegenzusteuern, sich gedanklich über Wasser zu halten. Aber sie hatte das Gefühl, in eine Einbahnstraße zu laufen. Die Ohnmacht kam immer näher. Dabei hätte sie sich doch nur umdrehen müssen, rauslaufen, um Luft zu holen.

Mittlerweile standen sie vor einer Art Durchgangstür aus einem Holz, das man abschleifen sollte und etwas Farbe täte ihm auch gut. Der Eingang war mit Milchglas versehen.

Die Tür anzuschauen hatte sie ein wenig abgelenkt, aber als

diese sich öffnete und sie das Großraumbüro sah, wäre sie am liebsten gestorben, denn da wollte sie nicht hinein.

Mittig des Raumes bot der Gendarm ihr einen Stuhl an. Der Raum war voller Menschen, Polizisten wie auch Zivilisten, aber sie nahm keinen dieser Menschen wirklich wahr, dafür war sie zu sehr mit der eigenen Situation beschäftigt. Am liebsten hätte sie jetzt gesagt: »Scotty, beam me up«, nur um aus diesem Raum entfliehen zu können.

Sie nahm Platz und versuchte, sich wie im Wartezimmer bei einem Arzt zu beruhigen. Streckte die Beine aus und fläzte sich bequem auf den angebotenen Stuhl. Dann versuchte sie, sich auf etwas Schönes zu konzentrieren. Aber es wollte ihr einfach nicht gelingen. Jedes Bild löste sich sofort wieder auf. Ihre Vorstellungskraft reichte nicht aus, um sich Farben vor ihr inneres Auge zu holen. Dazu kamen die körperlichen Beschwerden: Hitze und Kälte konkurrierten gleichzeitig, die Nerven spielten Ping-Pong in ihrem Inneren, dazu ein rasender Puls, der gerade in einer Zieleinfahrt war. Die Anspannung war kaum noch zu toppen und sie entschied sich, irgendetwas im Raum zu fixieren, um sich so von allen Beschwerden abzulenken.

Da hing ein Bild an der Wand. Wenn sie es nicht besser gewusst hätte, hätte sie gemeint, dass es ein Bild eines großen Künstlers wäre. So in etwa musste doch Picasso gemalt haben, sie war sich aber nicht sicher. Bestimmt eine Reproduktion, die diesem Raum auf jeden Fall einen kleinen Farbklecks verlieh.

»Schönes Bild – ein Druck von Picasso?«, hörte sie sich sagen.

Der Polizist schaute sie an und sah dann in die Richtung, in die auch ihr Blick ging.

»Picasso.« Seine Zähne funkelten bei dem Grinsen, das sich in seinem Gesicht breitmachte.

»Picasso«, wiederholte er murmelnd und schüttelte den Kopf. Wandte den Blick wieder dem Blatt Papier zu, das vor ihm lag, und versuchte, die Eintragungen zu vervollständigen.

Der nimmt mich nicht ernst. Hallo, weiß er es selbst nicht genau, oder will er sich nicht mit mir unterhalten?

Dabei würde ihr jetzt ein Gespräch gut tun, denn sie wusste, wenn sie sich unterhalten konnte, würde auch das Ablenkung bedeuten.

»Wie? Ist es kein Picasso?«

»Das, Madame, ist das Bild von meinö Tochtör. Sie ist drej Jahrö alt.«

»Ah ja.«

»Lassön Sie uns den Papürkram erlödigön. Irön Namön?«

»Franziska Sommer.«

»Sie sind aus Deutschlond.«

»Ja.«

Der Polizist tippte das nebenbei in seinen Computer und stellte zeitgleich eine Anfrage, soweit sie das auf dem Monitor erkennen konnte.

Jetzt kommt alles raus. Bestimmt suchen sie die Verrückte aus Deutschland. Die Durchgeknallte, die ihren Mann verlassen hat und auf Reisen ins Ungewisse unterwegs ist. Nachts die Friedenszigaretten raucht und demnächst wahrscheinlich eine Einweisung bekommt, da man sie für unzurechnungsfähig hält.

Sie rekelte sich auf dem Stuhl, da sie merkte, dass es die falsche Gedankenrichtung war und sie sich etwas sortieren musste.

Ja, mach dich wieder fertig. Bisher ist doch gar nichts passiert.

Manchmal hatte Franzi das Gefühl, dass sie aus zwei Personen bestand. Die eine für die Dinge, die sie gern im Leben umsetzen würde. Die andere, die besonnene, die dafür zuständig war, sie immer wieder auf den Boden der Realität zurückzuholen, wenn sie zu tief fiel oder zu hoch schwebte.

»Was wolltön Sie dönn in Frankreisch machön?«

Das war die Frage, die ihr noch fehlte. Wie sollte sie ihm das erklären. Aber da fiel ihr etwas ein, das sogar plausibel erklärte, warum sie sich hier befand.

»Mein Mann, Herr Kommissar.«

»Isch bin keinö Kommissör, sondörn Göndarm, oder Polizist, wie man in Deutschlond sagt.«

»Also mein Mann, der ist vor Jahren hier entstanden.«

Er schaute sie an und die Frage lag auf der Hand: »Entstondön?«

»Ja, wissen Sie. Das war so!« Dabei machte es sich Franzi noch bequemer auf ihrem Stuhl, alle Angst war fast weg und sie war in ihrem Element. Es gab jemanden, dessen volle Aufmerksamkeit sie hatte, und sie durfte erzählen.

»Meine Schwiegereltern sind aus Schlesien. Mein Schwiegervater war im Krieg und seine Frau musste flüchten. Aber die beiden waren immer in Kontakt. Ganz viele Briefe, die er ihr schrieb, liegen noch bei uns zu Hause. Irgendwann schrieb er aus Frankreich nach Aschersleben, wo meine Schwiegermutter nach ihrer Flucht aufgenommen worden war und erzählte von der Zeit, die er als Kriegsgefangener bei einer tollen Familie verbringen musste. Das muss hier ganz in der Nähe sein. Jonzac hieß der Ort, vielleicht kennen sie ihn.«

»Jonzac ist ötwas weitör im Nordön. Isch kennö diesön Ort, da kommt meinör Familie hör. Das ist tollö Göschischtö. Wüso abör ist entstandön ihre Mann in Frankreisch?«

»Die Briefe reichten meiner Schwiegermutter nicht mehr, sie wollte nicht lesen, wie es ihrem Mann geht. Sie wollte ihn sehen! Was sollte eine Frau aufhalten, die über 500 Kilometer von Schlesien nach Aschersleben mit einem Handwagen und dem Kind der Schwägerin an der Hand geschafft hatte. Das Kind war Zeuge gewesen, wie seine Mutter auf der Flucht angeschossen worden war, und da diese ins Krankenhaus gemusst hatte, hatte sie es in ihre Obhut genommen. Viele Kinder verloren ihre Eltern in diesem Krieg, oder Eltern ihre Kinder, aber diese Familie durfte später wieder vereint sein.

So wollte auch sie zu ihrem Mann und stieg in Aschersleben in einen Kohlenwagen, um nach Paris zu kommen.

Sie wäre bestimmt auch diese Strecke noch zu Fuß gelaufen, denn die Sehnsucht war stärker als alle Vernunft.

Dass die Liebe auch zu dem Erfolg führte, noch im Alter von fast vierzig Jahren, durch die Umstände des Krieges, Mutter zu werden, war ein Wunder. Einer der schönsten Momente, die diese Frau für ihre Anstrengungen, als Lohn erhalten hat. Dass dies in Frankreich passierte, sollte wohl ein kleiner Wink mit dem Zaunpfahl sein, dass es überall auf der Welt Plätze gibt, an denen man das Glück findet und die später einmal mit den schönsten Erinnerungen verbunden sind.

Hier war es sogar so, dass die Familien zu Freunden wurden und sich in den folgenden Jahren immer wieder besuchten.

Der Krieg hat in dem Fall nicht alles zerstört, sondern noch dazu verholfen, dass sich einst Feinde zu Freunden gewandelt haben und der Mensch mehr war als eine Sache, zu der man stand.«

Sie war so in ihrem Element, dass sie gar nicht gemerkt hatte, wie alle Anspannung von ihr genommen worden war und sie bei dem Gedanken an ihre Schwiegereltern sogar eine leichte Traurigkeit durchscheinen ließ.

»Auch wenn ich so meine Schwierigkeiten mit dieser Frau hatte. Sie hatte meine größte Achtung bei dem, wie sie sich zu Kriegszeiten durchgeschlagen hatte. Auch Respekt, was sie alles auf sich genommen hat, um ihrem Sohn das Beste zu ermöglichen, was diese Zeiten hergaben.

Als Familie waren sie stark und haben für sich ihr Leben bestritten. Nur eins, das hat sie immer bewegt. Dass sie ihre Heimat verlassen musste, das war das Schlimmste, was ihr passiert war, das konnte sie bis zum Schluss nicht überwinden. Sie hat für sich nie wieder eine Heimat, im Sinne von einem Ort gefunden, dafür hat sie die Berge, die einst Rübezahl erschuf, zu sehr geliebt.«

Der Polizist saß still vor ihr und hatte ihren Worten gelauscht. Er war bewegt von der Geschichte und sah auf seinen Bericht, drehte den Kugelschreiber noch ein paar Mal in der Handfläche und ließ ihn dann auf das Blatt fallen. »Wartön Sie ir bittö.«

»Könnte ich mich vielleicht irgendwo frisch machen?«

»Ja, dön Gang da hintön dursch.« Dabei zeigte er in die Richtung. »Dann die erstö Tür links.«

Sie war absolut ruhig. Die Geschichte hatte sie sogar so eingenommen, dass ihr ihre eigenen Probleme wieder so klein vorkamen, dass man ihnen gar keinen Raum zumessen sollte. Auf dem Weg zu den Toiletten überlegte sie, ob sie jetzt nicht wirklich gern an diesem Ort vorbei schauen würde.

Noch in ihre Gedanken versunken betrat sie den Raum und sah eine große Waschbeckenfront mit Spiegeln auf der linken Seite. Dort stellte sie sich an eins der Becken und ließ langsam ein wenig kaltes Wasser über ihren Innenarm fließen.

Ihr Spiegelbild zeigte genau, was für eine Anstrengung hinter ihr lag und sie wäre jetzt gern in einem schönen Waldstück gewesen, um die Stille und Ruhe zu genießen.

Aber was war denn das?

Franzi drehte sich um und sah unter dem Kabinenrand etwas silbrig Glänzendes. Sie warf einen Blick hinein und erstaunte noch mehr. Franzi überlegte, trat noch einmal zur Tür des WCs, machte sie auf und schaute auf das Schild.

Da ist doch der Rock am Männchen, also wenn die jetzt keine Schotten meinen, dann bin ich hier richtig.

Schloss die Tür wieder zu und schaute sich das Ganze genauer an.

Sie sind halt bei allem sportlich eingestellt. Also heißt diese Disziplin wohl Lochpinkeln. Bei dem Gedanken konnte sie sich ein Lachen nicht verkneifen. Sie hätte es doch gern gemütlicher gehabt, aber sie hatte ein dringendes Bedürfnis und da musste sie jetzt durch.

Vorsichtshalber, falls sie bei der Treffsicherheit noch üben musste, krempelte sie die Hosenbeine etwas hoch. Nicht, dass sich da ein paar Spritzer drauf verewigten. Sie positionierte sich, in den zwei skiartigen Teilen, auf denen Fußmarkierungen angaben, wo sie stehen sollte. Gut, dass sie allein war und somit ganz in Ruhe der Sache auf den Grund gehen konnte.

Es dauerte zwar etwas, aber dann hatte sie auch diese Herausforderung ohne größere Beschädigungen am Stoff erledigt.

Sie machte sich frisch und schon merkte sie wieder die Anspannung. Jetzt hatte sie einen Moment, um freier atmen zu können, aber sobald sich die Tür öffnete, ging die ganze Prozedur von vorn los. Sie beruhigte sich noch einmal und sagte mit Nachdruck zu ihrem Spiegelbild: »Das kann ja jetzt nicht mehr lange dauern. Komm schon, das schaffst du auch noch!«

Sie öffnete die Tür und trat zurück in den großen Raum, in dem sie eben noch mit dem Polizisten gesessen hatte. Er war nicht an seinem Platz. Vielleicht hatte er noch etwas anderes zu tun. Franzi schaute sich um, ging schnellen Schrittes durch den gesamten Raum zu der großen Tür mit der milchigen Scheibe. Sie sah noch einmal zurück und ihr Herz klopfte, da in ihr das Gefühl aufkam, etwas Verbotenes zu tun. Aber sie wollte hier weg. Einfach nur raus und frische Luft atmen.

Als sie gerade die Hand nach dem Griff ausstreckte, sprang die Tür auf und sie stand dem Polizisten gegenüber. Ein Schreck fuhr ihr in Mark und Bein.

»Wo wollön Sie dönn in?«

Franzi überlegte einen ganz kleinen Moment, als sie sich noch von dem Schreck erholte. Vielleicht hatte er ihre Unsicherheit ja gar nicht bemerkt.

»Ich habe Sie gesucht und dachte, ich könnte auch gleich mal nachschauen, ob mein Auto wieder da ist.«

Er sah sie skeptisch an. Ob er doch an ihrer Glaubwürdigkeit zweifelte? Sie hoffte nicht.

»Kommön Sie.« Dabei drehte sich der Polizist um und hielt ihr die Tür auf, dass Franzi an ihm vorbeitreten konnte.

Sie gingen den Flur entlang und der Polizist eilte voraus, um am Ende des Ganges die Eingangstür zur Wache aufhalten zu können.

Allein der Luftzug, als sich die Tür öffnete, war eine richtige Wohltat. Ihre Lungenflügel nahmen diese herrlich riechende Sommerluft auf, als würde gerade eine Woge ihren Körper von innen streicheln.

Sie konnte die allgemeine Anspannung aber noch nicht ablegen, da die Situation nicht von ihrem Tun abhing, sondern sie immer den Anweisungen des Polizisten folgen musste. Sie wusste nie, was als Nächstes auf sie zukam.

Da sah sie ihr geliebtes kleines blaues Auto! Es wurde gerade von dem orangefarbenen LKW herabgelassen.

Franzi bewegte sich sofort in die Richtung auf ihr Auto zu, als sie ein »Wartön Sie!« vernahm.

»Wir müssön örst noch dön Innenraum kontrollierön, dass Sie nischt doch ötwas Illegalös am Strand vorhattön.«

»Oh Mann, muss das sein?«, fragte sie genervt. »Sehe ich etwa aus, als würde ich kiloweise den Strand mit Drogen beliefern?«

Ups.

»Die meistön seön nischt so aus. Gebön Sie mir irön Schlüssöl?«

Gott sei Dank, der Polizist ging nicht weiter darauf ein, dass sie »illegal« direkt auf Drogen bezogen hatte. Sie fasste in die Innentasche ihrer Jacke und zog den Schlüsselbund heraus. Schaute sich den Bund an und dachte: *Wenn das nicht verdächtig aussieht, was dann?*

An dem Schlüsselbund waren unter anderem drei Autoschlüssel, diverse Hausschlüssel, dazu Heizungs- und Abstellkammerschlüssel, zudem noch ein paar Fahrradschlüssel und Geldkassettenschlüssel. Halt alles, was sich in den Jahren so fand, sie hatte nämlich einen Schlüsseltick.

Jetzt reichte sie den Bund dem Polizisten mit einem Blick, der unschuldiger nicht hätte sein können.

Der sah sich die Schlüssel an. Schob sie einmal nach rechts und nahm dabei einzelne in die Hand, um sie sich genauer anzuschauen.

»Was machön Sie mit so vielön Autoschlüssöln?«

»Naja, mit einem kurve ich durch die Gegend. Mein Mann ist ein Schussel, daher habe ich einen Zweitschlüssel zu seinem Wagen. Dann kann ich ihm aushelfen. Der dritte ist von dem Auto, das einer unserer Jungs fährt.«

»Und die sind allö bei ihnen?«

»Wo würden Sie sie denn am besten deponieren? Ich bin bei uns diejenige, die alles organisiert.«

»Da hoffön wir mal, dass sie nischt geradö jetzt in Not geratön!«, sagte der Polizist mit einem Zwinkern. »Aber wozu brauchön Sie die andörön allö?«

Sie nahm ihm den Schlüsselbund wieder aus der Hand, hob einen nach dem anderen hoch und erklärte, wozu sie alle waren.

»Ist ja schon gut, gebön Sie ör.«

»Sie wollen jetzt aber nicht meinen Kofferraum sortieren?« Dabei hoffte sie, dass auch alle benutzten Wäscheteile in die Plastiktüte gewandert waren, um sie später zum Waschen griffbereit zu haben.

Als nun die Kofferraumklappe von dem Polizisten geöffnet wurde und er das Chaos darin sah, zeigte auch seine Mimik deutlich, was er davon hielt, darin zu stöbern.

Er hob ein paar Kleidungsstücke mit zwei Fingern an, da sie nicht mehr ganz frisch schienen, und sah in den Wasserkasten, der sich darunter befand.

Da sah sie ihn. Ihr Sport-BH versuchte gerade, den Flaschenhals der Wasserflasche zu erklimmen.

Der Polizist schob kurz musternd seine Augenbrauen zusammen und bei ihr gingen alle Warnleuchten an. Dieses heiße Gefühl, das sich langsam im Körper nach oben bewegte, um dann glühend an den Ohrenrändern auszutreten mit der Ansage, dass gerade die Peinlichkeit ihren Siedepunkt erreicht hatte.

Er ließ die Teile zwischen seinen Fingern fallen und schloss den Kofferraum.

»Ihrö Wagenpapierö brauchö isch noch und ihre Ausweis bittö«, sagte er jetzt auch eher genervt als freundlich.

War das jetzt der Anblick von dem Teil, das er etwas unentspannt wirkte? Sie gab ihm das Gewünschte.

»Kommön Sie bittö noch mit rein für einö Unterschrift und die Begleichung dör Abschleppkostön sowie des Bußgeldös, dann brauchö isch keinö weiterön Formularö zu bearbeitön wegön des grenzüberschreitöndön Berischtös.«

»Klar.«

Sie nahm ihren Hafersack, so nannte ihr Mann ihren kleinen Rucksack, weil er wie ein umgedrehter Sattel aussah, und folgte ihm, nachdem sie das Auto wieder verschlossen hatte.

Als sie wieder an der großen Tür der Polizeiwache stand, die ihr der Gendarm aufhielt, musste sie noch einmal tief einatmen, als wolle sie zu einem erneuten Tauchgang die Luft inhalieren, um das Kommende zu überstehen.

Wieder in den Raum, wieder zu den Menschen, das wurde ihr langsam zu viel. Anschließend wäre sie wieder stolz auf sich selbst, dass sie es geschafft hatte, ohne wie ein Kleinkind zu versagen. Dass sie es konnte, wenn sie es wollte oder besser musste. Vieles wollte sie umgehen, weil es einfach nur anstrengend war, so zu sein, wie alle Welt es von ihr erwartete.

Ein paar Minuten später hatte sie es geschafft. Sie stand wieder vor dem großen Tor auf der Treppe zur Straße. Geschlaucht und müde von der Anstrengung, als hätte sie mindestens zwölf Stunden in einem Bergwerk die Spitzhacke geschwungen, so kam sie sich vor.

Franzi war so froh, dass diese Prozedur hinter ihr lag und ihr Mann sie nicht suchen ließ. Das war ihre größte Sorge gewesen, dass man sie festhalten könnte, weil sie in Deutschland auf einer Vermisstenliste stand.

Ob er verstanden hatte, wie wichtig es ihr war, dieses eine Mal ohne ihn diesen Weg zu gehen, oder hatte sie mit einem Mal alles verloren, was sie in den letzten Jahren verbunden hatte? Hatte sie ihre Liebe mit diesem Schritt verraten? Würde er sich das fragen oder ihr auch dieses Mal vertrauen und warten, bis sie wieder vor ihm stehen würde?

Viele Fragen, die in ihrem Kopf kreisten, da sie jetzt wusste, dass er nicht nach ihr suchte. Aber sie würde keine Antwort darauf finden, es sei denn, sie würde ihn anrufen. Ihm sagen, dass es ihr gut ging und er sich bitte keine Sorgen machen sollte.

Würde sie denn damit nicht ihren Weg verlassen, den Weg den sie allein gehen wollte, um das zu finden, was ihr das Leben lebenswert machen würde. Wollte sie nicht ausbrechen aus diesem eigenen Eingeschlossensein. Selbst in das Leben gehen, ohne sich hinter ihm zu verstecken? Würde sie ihn jetzt anrufen, würde er nicht sofort eine Möglichkeit suchen, um zu ihr zu kommen? Ihr Beschützer. Der Mann, der ihr das Leben auf einem Silbertablett ins Haus trug, aber sie nicht dazu bewegen konnte, diesen Palast zu verlassen, ohne in Panik zu verfallen.

Jetzt stand sie in Frankreich, vor einem Polizeirevier und dachte an ihn. Ihren Mann, der ihr so fehlte. Sein Witz, sein Humor, seine Fürsorge und sein großes Herz hatten die Jahre zu etwas Wunderbarem gemacht. Aber sie hatte sich selbst nicht verziehen, wie viel sie nicht nur sich selbst, sondern auch ihm genommen hatte.

Vor die Sonne schoben sich Wolken, und es sah so aus, als würden sie ihre Gedanken unterstreichen. Wind kam auf, als wollte er ihr sagen, es wird Zeit, du solltest nicht stehen bleiben. Setz deinen Weg fort.

Franzi glaubte an solche winzigen Hinweise und folgte ihnen auch. Dafür hatte sie davon schon zu viele in ihrem Leben erhalten. Sie kramte nach dem Schlüssel ihres Wagens und bewegte sich in die Richtung des Autos, um einzusteigen.

Als sie startete, fing es an zu regnen, und es war, als würde der Himmel die Tränen weinen, die sie gerade unterdrückte.

Ein regelrechter Wolkenbruch brach herein und Wasserblasen schlugen auf die Windschutzscheibe nieder. Doch sie wollte weg von hier, raus aus der Enge dieser Stadt und so fuhr sie vom Parkplatz. Ein kurzes Stück nur. Ihr wurde sehr schnell klar, dass sie weder die Verkehrsschilder noch die Rücklichter der vor ihr fahrenden Autos richtig erkennen konnte. So würde nur eins passieren, dass sie einen Unfall baute und sofort wieder auf dem Revier landete, wo sie gerade hergekommen war.

Sie fuhr rechts ran, auf einen kleinen Seitenstreifen. Es konnte ja nicht ewig dauern, bis der Himmel die Schleusen wieder verschließen würde. Sie wollte abwarten, bis die dunkelsten Wolken vorüber waren und der Regen zumindest nachließ.

Das war mit das Schlimmste, was jetzt noch passieren konnte. Nicht nur, dass sie den Druck, den sie auf dem Revier aufgebaut hatte, nicht loswurde. Auch legte sich ein neuer Panzer um ihren Brustkorb, der sie schwerer atmen ließ und ein

Alarmzeichen dafür war, dass sie sich schnellstens aus dieser Situation befreien musste, um nicht in eine Panik zu fallen. Ihr Mund wurde trocken und sie griff auf der Rückbank nach einer Wasserflasche. Sah die Flasche an und entschied sich, auch etwas gegen die Panik zu unternehmen. Griff zum Rucksack, in der sie ihre Tabletten hatte und drückte zwei aus der Folie. Diese schluckte sie und hoffte, dass sie damit ein wenig innere Ruhe wiederfinden würde. Sie musste einen klaren Kopf bekommen, um diesen Ort verlassen zu können.

Seit einer Stunde regnete es in Strömen und dazu grollte und blitzte es aus allen Himmelsrichtungen. An ein Ende dieses Orkans war gar nicht zu denken. Auch hatte sich die Temperatur merklich verringert und der Innenbereich des Autos war deutlich kühler geworden, so dass sie anfing zu frösteln. Oder war es nur wegen ihres Zustandes, der sie mit Gänsehaut belegte.

Sie nahm die Decke, die sie nach hinten geschleudert hatte, und legte sie über sich, bis nur noch die Nasenspitze zu sehen war. Ein wenig roch sie auch noch nach Fipse und der Gedanke an den kleinen Vierbeiner ließ ihr jetzt doch wieder das Wasser in die Augen treten. Durch die Tabletten und die Bilder des kleinen Freundes, den sie durch die Wälder und Wiesen laufen sah, wurden ihre Lider nach und nach schwerer und ein erlösender Schlaf trat ein.

... Ein Waldweg, der zu einer Lichtung führte – helle Bilder, die diese aufleuchten ließ – Turnschuhe, ja es waren weiße Turnschuhe, die sie sah ... ein Klopfen, woher kam das – passte nicht zu den Bildern – sie sah die Silhouette rennen, heraus stachen die weißen Turnschuhe, aber sie hatte das Gefühl, dass sie selbst rannte. Ihre Atmung passte sich dem Laufen an – wieder vernahm sie das Klopfen – die Bilder verschwammen langsam ...

Franzi erschrak, als sie die Augen aufschlug. Sie schrie »Aua«, da sie vor Schreck mit dem Knie gegen die Lenksäule gestoßen war. Der Kopf, den sie vor ihrer Windschutzscheibe sah, kam ihr irgendwie bekannt vor. Als sie den Abschleppwagen in den Augenwinkeln zu fassen bekam, konnte sie auch das Gesicht zuordnen.

»Stehe ich schon wieder falsch?«, fragte sie, während sie das Seitenfenster herunterkurbelte.

»Nein, wir waren gerade auf dem Weg zum Revier und als wir Sie in dem Wagen sahen, dachten wir, vielleicht haben Sie Schwierigkeiten.«

»Ich habe den Regen abgewartet.« Sie richtete den Blick auf die Straße und sah den trockenen Asphalt. Sie lächelte verlegen, weil er sich wohl auch fragte, welchen Regen sie meinte.

»Sie sind aber nicht von hier«, versuchte sie abzulenken.«

»Stimmt, ich bin aus Deutschland, genau wie Sie.«

Sie brauchte nicht lange zu überlegen.» Wenn Sie mir helfen möchten, wie komme ich denn an den Strand zurück, von wo sie mein Auto abgeschleppt haben?«

»Das ist kein Problem, wir fahren gleich in die Richtung, da können Sie sich einfach an uns dranhängen. Aber einen kleinen Abstecher zum Revier müssen wir noch machen, hoffe, das macht Ihnen nichts aus.«

Da kann ich ja noch einmal mit reinspringen und schnell »Skifahren«. Sie konnte sich ein Grinsen nicht verkneifen.

»Das ist super, damit helfen Sie mir ungemein weiter! Kein Problem, der Umweg kommt mir sogar gelegen, da könnte ich auch noch schnell was erledigen.«

Es sah so aus, als wollte er noch etwas sagen, denn er blieb kurz stehen. Doch er setzte sich wieder in Richtung des Abschleppwagens in Bewegung. Als er die Wagentür öffnete, schaute er noch einmal zu ihr hinüber und rief, was nahezu wie eine Entschuldigung klang: »Ich hoffe, Sie hatten gestern nicht mehr allzu große Schwierigkeiten wegen des Wagens.«

Sie erschrak. *Gestern?*

Deshalb sah sie keine Regenspuren mehr auf der Straße.

Ein Blick in den Spiegel zeigte ihr nun auch, warum der Mann so besorgt gewirkt hatte. Sie sah um Jahre gealtert aus. Aber darüber konnte sie später nachgrübeln, jetzt musste sie sich auf den Verkehr und den Abschleppwagen konzentrieren.

Den Strand hätte Franzi niemals gefunden und auch diesem Zufall war sie dankbar, dass sie wieder auf ihrem Weg war. Die Männer, die den Abschleppwagen fuhren, hatten sie genau bis zu dem Parkplatz begleitet, an dem ihr Auto nicht ordnungsgemäß geparkt gewesen war, weshalb sie in diesen Schlamassel geraten war.

Ein Schlamassel, der aber an dieser Stelle nicht endete, denn sie hatte weder genug getrunken noch gegessen. Das zeichnete sich beim Aussteigen aus dem Wagen ab, da ihr schwindelig wurde. Sie schaute sich um, nahm die Wasserflasche aus dem Auto und trank einen großen Schluck daraus. Vorn an der Straße sah sie einen Imbiss, nicht weit vom Wagen entfernt. Etwas Warmes konnte jetzt nicht falsch sein, damit ihr Magen es mal mit etwas Anständigem zu tun hatte. Der musste bei der einseitigen Brotdiät schon Angst vor jeder Mahlzeit haben. Auch das drückte er mit einem Knurren und leichtem Ziehen aus, nachdem das Wasser bei ihm angekommen war.

Sie griff diesmal nach ihrem Rucksack, um im Notfall auch die Papiere bei sich zu tragen, ging auf den Imbiss zu und dachte schon an eine leckere Wurst, die sie sich gleich in diesem Laden bestellen würde.

Franzi war sehr froh über die warme Mahlzeit. Sie hatte auf

einmal so viel Elan, dass sie auch gleich danach begann, das Auto aufzuräumen und ihre Lebensmittel zu kontrollieren. Ein paar Dinge waren abgelaufen und es blieb ihr nichts anderes übrig als neuen Vorrat zu besorgen. Sie suchte sich einen kleinen Laden, der überschaubar war, und kaufte das Nötigste. Die getragene Kleidung, die sie in Plastiktüten hatte, brachte sie zu einem Waschsalon, den sie auch im Ort fand.

Sie warf die Wäschestücke in die Trommel und nutzte die Zwischenzeit, um sich den Ort ein bisschen anzuschauen. Beim Vorbeifahren an einer Tankstelle blickte sie auf die Anzeige der Tankuhr. Es war besser mit vollem Tank weiterzufahren, deshalb wendete sie den Wagen und steuerte eine der Zapfsäulen an, da sie auch nicht wusste, wann die nächste Gelegenheit käme.

Was für ein Nachmittag. Franzi saß fix und fertig, zudem völlig durchnässt vom Schweiß der Arbeit im Auto, am gleichen Ort, wo sie auch gestern schon gewesen war. Keinen Kilometer weiter, aber das würde sie morgen ändern. Für heute war sie richtig stolz auf sich, genau das geschafft zu haben, was andere einfach mal nebenbei tun. Sie hatte noch nicht einmal darüber nachgedacht, als sie wie früher einen Handgriff nach dem anderen tat und einen Weg nach dem anderen erledigte. Ohne bis zum Verzicht darüber zu grübeln, dass es eine brenzlige Situation geben könnte. Auch wenn hier und da die Angst ein wenig aufgeflackert war, war sie aber immer gut zu händeln gewesen.

Als sie alles fertig hatte und wieder im Auto saß, schaute sie in den Spiegel und sprach zu sich selbst: »Siehste, du kannst alles, wenn du nur den Kopf im Auto lässt!«

Es blitzte in ihr auf, als sie den Blick vom Spiegel senkte und das Schild an dem Parkplatz las: Zimmer frei. *Lass jetzt auch den Kopf wieder im Auto und tu es einfach!*

Sie packte ein paar Sachen für die Nacht zusammen. Dann

nahm sie alles, was noch auf den Sitzen lag und brachte es in den Kofferraum. Sie schloss das Auto ab und machte sich auf den Weg. Das wollte sie sich nicht entgehen lassen und dachte dabei auch an ein schönes ausgiebiges Bad. Nachdem sie sich noch einmal versichert hatte, dass der Wagen nicht im Halteverbot stand, ging sie geradewegs auf das Haus zu, an dem das Schild angebracht war. Voller Elan und gestärkt von den vielen positiven Momenten des Tages, die sie zu diesem Schritt erst bewegten, war ihr Gang leicht federnd. Als sie die Tür der kleinen Pension öffnete, strahlte hinter einem Tresen das freundliche Lächeln einer jungen Frau zu ihr herüber, die sie willkommen hieß. Natürlich auf Französisch, aber die paar Worte verstand sie.

»Guten Abend, ich suche ein Zimmer«, versuchte sie es auf Deutsch.

»Oo, von Deutschlond. Ich abe Zimmar für Sie.«

»Für eine Nacht nur!«

»Ja, auch für eine Nacht, habe ich für Sie Zimmar. Füllen Sie hier die Formular aus.« Sie legte einen Block und einen Stift auf den Tresen.

Franzi trat heran und schaute sich das Papier an, nahm den Stift und schrieb die einzelnen Zeilen des Papiers voll. Die Gedanken drehten sich wie immer im Kreis mit einem flauen Gefühl im Magen. Ihre Hand zitterte und sie hatte Schwierigkeiten, die einzelnen Buchstaben leserlich zu schreiben.

Komm, das schaffst du, jetzt wird nicht gekniffen! Sie machte sich wieder selbst Mut.

Sie schob den Block auf dem Tresen ein wenig in die Richtung der Frau auf der anderen Seite, wo sich angrenzend ein Schreibtisch befand. Genau das war der Moment, als Franzi siedend heiß wurde, da sie etwas festgemacht hatte. Jetzt konnte sie nicht einfach gehen, ohne dass es ihr unangenehm

gegangen wäre und der Strand sich mit Besuchern füllen würde. Ihr krampfte sich allein bei dem Gedanken der Magen zusammen.

Sie wusste jetzt schon, dass ihr Frühstück ausfallen würde, aber den Schlaf wollte sie zumindest versuchen mitzunehmen. Der würde ihr gut tun und sie könnte ein wenig erholter auf die weitere Strecke gehen.

Das Bad war ein kleiner Raum und der erste Eindruck lud regelrecht dazu ein, eine Dusche zu nehmen, um durch das Sprudeln des Strahls auf ihrer Haut, ein wenig Entspannung aufkommen zu lassen.

Es tat gut, sauber in ein frisch bezogenes Bett zu springen und den Alltag hinter sich zu lassen.

Nur mit dem Schlafen, das wollte nicht so richtig klappen, denn die Gedanken waren nicht müde und gingen mit ihr auf Wanderschaft. Stimmungen von Himmelhoch jauchzend bis zu Tode betrübt waren in einer Stunde abgearbeitet.

So stand sie kurze Zeit später vor ihrem Bett. Die Lagerstätte sah aus, als hätte sie nicht den Versuch gewagt, Schlaf zu finden, sondern eher, als wäre sie mitten in einer Party gelandet und hätte die Bettdecke bei den Drehungen als Tanzpartner verwendet. Ein Schwindelgefühl, der trockene Mund und auch das mulmige Gefühl in der Magengrube wiesen darauf hin, dass es ihr alles andere als gut ging.

Wie sieht es denn aus, wenn ich um diese Zeit das Hotel verlasse?

Sie lief zum Fenster und starrte in die dunkle Nacht, wo nur die Laternen und Lichter am Strand ein wenig vom Leben erzählten, das sich da draußen abspielte.

Oh Mann, ich kann nicht, da sitzt bestimmt immer noch die Frau für die Nachtschicht und die kennt mich doch. Das ist peinlich! Aber ich will hier raus.

Franzi setzte sich wieder aufs Bett. Ihr Puls raste, als wäre sie mit einem ICE unterwegs. Schweiß stand auf ihrer Stirn.

Ihre Gedanken rotierten, so konnte sie jetzt auf keinen Fall das Zimmer verlassen. Also legte sie sich wieder ins Bett und der Tanz mit der Bettdecke begann von Neuem.

Sie versuchte sich abzulenken, meist half schon das gedankliche Pflücken von Butterblumen auf einer Wiese oder ein Spaziergang über einen Waldweg, wobei sie das Weiche unter ihren Füßen spüren konnte, das bei jedem Schritt das Laub rascheln ließ. Aber heute half auch das nicht, immer wieder tauchten die Bilder auf, wie sie in Panik diese Pension verließ.

Es war wie so oft ein Horrortrip und sie wünschte sich nichts sehnlicher, als jetzt neben ihrem Mann im häuslichen Bett zu liegen, so dass sich die Ruhe, die er ausstrahlte, auf sie übertrug.

Sie stellte in diesem Moment wieder alles in Frage. *War es richtig, diese Fahrt zu machen?*

»Was tu ich hier – lieber Gott hilf mir.«

Die Sehnsucht in dieser Situation war unerträglich. Sie vermisste ihren Mann, ihre Kinder und auch Fipse war ein Bestandteil ihrer Gedanken geworden, immer mit dem schlechten Gewissen ihn allein gelassen zu haben. Das waren die Bilder, die sie zu Tränen rührten und sie ließ die Schwere ihres Herzens zu. Sie fühlte sich kraftlos und die Farben verschwammen, der Schlaf übernahm die Kontrolle und versetzte sie in eine andere Welt.

Fünf Stunden der Nacht hatte Franzi im Niemandsland verbracht. Ein wenig erholter stand sie wieder am Fenster und sah, wie der Horizont langsam erwachte.

Jetzt war es an der Zeit das bisschen Energie, die sie gesammelt hatte, umzusetzen und zur Flucht überzugehen.

Sie ging ins Bad, nahm danach all ihre Habseligkeiten zusammen und war fest entschlossen, das jetzt durchzuziehen.

An der Tür hielt sie noch einen kleinen Augenblick die Klinke in der Hand, atmete einmal tief durch und drückte sie dann herunter.

Wie ein Einbrecher blickte sie in den Flur, bevor sie ihn entlang lief. Aber alles schien zu schlafen, denn es war keine Menschenseele zu sehen und zu hören.

Als sie das Treppenhaus herunterging, kam ihr ein kleiner Lichtstrahl aus der Ecke der Rezeption entgegen.

»Oo, guten Morgen«, sagte die Frau, die einen Blick auf ihre Uhr richtete und dann zu Franzi sah.

»Guten Morgen«

»Frühstück ist abor erst in drei Stunden.«

»Daran nehme ich nicht mehr teil, ich habe mir überlegt, dass ich, nachdem ich gut geschlafen habe, den Weg früh fortsetze, da ist weniger Verkehr auf den Straßen.« Sie setzte ihr schönstes Lächeln auf, so dass es auch ehrlicher wirkte.

»Dann wünsche isch Ihnen eine gute Fahrt.«

»Danke, Ihnen noch eine ruhige Nacht.«

Als die Tür hinter Franzi ins Schloss fiel, atmete sie erneut tief durch, aber war sehr zufrieden mit sich.

Auch das konnte sie auf der Liste der Erfahrungen abhaken, wenn man mitten in der Nacht flüchten wollte, musste man nur gute Ausreden parat haben. *Musste man?* Eigentlich nicht, denn sie war ja ein freier Mensch, aber das hatte sie mit den Jahren gelernt, um nicht jedem ihre Situation erklären zu müssen. Es war für sie keine Lüge, nur ein Flunkern, da sie die mitleidigen Blicke nicht ertrug.

Franzi schlängelte sich mit ihrem Auto durch Vieux-Boucau-les-Bains und war dort nicht lange unterwegs, da sie auf die D79 abbog und gemütlich an der Küste entlang fuhr. Irgendwann würde sie einen kleinen Rastplatz ansteuern, um ihr verpasstes Frühstück in der Natur einzunehmen. Genug frische Lebensmittel befanden sich ja im Auto, da sie gestern die Vorräte aufgefüllt hatte.

Spanien Olé

Franzi zog es auch weiterhin vor die Landstraße zu benutzen und war schnell über die Grenze in Richtung Gibraltar unterwegs. Sie war etwas von der Route abgewichen, da sie den Umweg über die Biskaya gemacht hatte, aber die Schilder wiesen sie wieder auf den rechten Pfad.

Die Grenze nach Spanien verlief mitten durch einen Ort, und wenn man die Hinweisschilder übersah, bemerkte man nicht, dass man die Sprache wechseln sollte. Das wiederum erschien für Franzi als eines der kleinsten Probleme, da sie weder Französisch noch Spanisch sprach. Aber vielleicht gab es auch hier die eifrigen Spanier, die für die Gäste alles taten und auch sämtliche Sprachen lernten.

Wenn sie an Spanien dachte, dann musste sie an einen Urlaub auf Ibiza denken, den sie mit knapp 20 Jahren mit Freunden dort verbracht hatte. Wenig Knete und viel Spaß. Sie waren im Mai auf ein Angebot hin zu der Ferieninsel aufgebrochen. Alle hatten davon gesprochen, dass es nichts Schöneres geben könnte, als zu fliegen. Dass alle wieder auf dem Boden landeten, war nicht zu bestreiten, aber für sie war auch damals schon die wichtigste Frage gewesen, wie sie wieder landen würden. Die schlimmsten Befürchtungen, wie ihr Ende aussehen würde, konnte keiner erahnen.

Sie stieg in Düsseldorf in den Flieger und flog zu der Insel. Kurz vor der Landung erzählte der Kapitän noch etwas von Turbulenzen und die Landebahn wäre sehr kurz. Das waren genau die Details, die ihr noch gefehlt hatten. Sie konnte nicht sagen, wie die Maschine gelandet war, denn das Rauschen und Piepen in den Ohren war so lästig, dass sie damit beschäftigt gewesen war zu schlucken und in die zugehaltene Nase Luft zu pumpen, was zur Folge hatte, dass sie die Landung dabei verpasste. Aber die 14 Tage in Sonne, Sand und Meer entschädigten auch so manches, wobei klar war, wenn sie jemals zurück war, würde sie nie wieder in einen Flieger steigen, sie zog den festen Boden unter den Füßen vor.

So war es auch auf der Insel gewesen. Mal ein bisschen über den Sand laufen war ja okay, aber sich in der Sonne braten lassen, das konnte sie noch nie. Franzi war eher für Abenteuer, Land und Leute. Also mietete sie sich, auch wenn sie sich das überhaupt nicht leisten konnte, ein Auto, nahm noch ein paar der Gruppe mit, die sich allabendlich traf, und machte sich auf den Weg ins Landesinnere.

Die Insel war nicht groß und so konnten sie diese an einem Tag fast vollständig umfahren. Einsame Buchten ohne Hotelkolosse und traumhaft schöne kleine idyllische Strände ohne Tourismus, was man heute dort bestimmt nicht mehr finden würde. Sie aßen eine Kleinigkeit bei einem offenen Verkauf an einem Hof und zur Unterhaltung wurde das Sportprogramm ausgepackt. Sie erzählten mit Händen und Füßen, da keiner Spanisch sprach und es sich bei der älteren Generation auch noch nicht herumgesprochen hatte, dass man mindestens die deutsche Sprache beherrschen sollte, um Geld zu verdienen.

Aber genau das machte es für sie aus, nicht etwas zu erhalten, was man überall bekam, sondern die Insel von ihrer ganz eigenen Seite kennenzulernen. Das zu erleben, was sich außerhalb des Tourismustreibens abspielte und dem Land den Zauber gab. Wie die Menschen dort lebten, dass sich ihr Leben im Freien abspielt. Ohne Uhren, denn die Natur gab den Rhythmus vor. Die Zedern, unzählige Mandelbäume sowie die Steilküsten und die felsigen Küstenzonen. Ein einzigartiges Erlebnis.

Das war für sie der Urlaub, den sie sich erträumt hatte, nicht diese Massen an Touristen, die sich abends Sangria in den Kopf fliesen ließen, um am nächsten Tag fragen zu müssen: »Wie bin ich ins Hotel gekommen.«

Aber auch diese Tour ging am Abend zu Ende, und da der Tank nicht ganz bis zur Vermietung reichen würde, hielt sie noch einmal kurz an einer Zapfsäule an. Der Tankwart kam und schnappte sich sogleich die Zapfpistole, löste den Deckel um das Auto zu befüllen.

»Nur ein paar Liter, nicht voll«, sagte Franzi.

»Si, Señora.«

Die Zahlen auf der Säule liefen und liefen und es waren doch nur noch 10 km. Das sollte mehr als reichen, denn sonst war sie auch total abgebrannt, wenn es zu teuer wurde.

»Das reicht!«, sagte sie sehr energisch.

»Si, Señora.« Er schaute sie an und lächelte.

Okay, das hatte er nicht verstanden und sie versuchte es mit Wedeln der Hände und rief immer wieder: »Es schicket – es schicket!« Wenn nicht Deutsch, dann musste Hessisch herhalten.

Im Innenraum des Fahrzeugs war das Gelächter groß, sie klopften sich vor Lachen auf die Schenkel. Wussten ja nichts von ihren Sorgen, die mit diesem vergoldeten Benzin entstanden.

Das Ende vom Lied war, dass sie die Tankfüllung in der Vermietung zwar mitbezahlt hatte und das Auto am Abend einfach leer hätte abgeben können, aber so dem Betreiber auch noch das Benzin bezahlt hatte, für den Kunden des nächsten Tages.

Ab diesem Abend hatte es für sie nur noch das Wasser der Region aus Flaschen gegeben, denn für mehr hatte die Urlaubskasse nicht mehr gereicht. Da sie aber nicht allein geflogen war, war ihr auch die eine oder andere Runde ausgegeben worden, was sie dankend angenommen hatte, um nicht ganz im Wasserrausch zu enden.

Das Resümee war ganz klar gewesen: Tanke niemals über den Durst.

Franzi musste schmunzeln, denn das würde ihr allein durch diese Erfahrung heute nicht mehr passieren. Jetzt galt es, sich auf diese Gegend einzustellen und, dank der immer aufgeladenen Karte ihrer Bank, konnte Franzi volltanken, wenn Bedarf bestand.

Auch war ihr bewusst, dass sie mehr darauf achten musste, etwas zu essen, da die Kleidung nicht mehr passte. Alles schlapperte etwas und den Gürtel der Jeans hatte sie auch schon enger stellen müssen. Die Aufregungen setzten ihr mehr zu, als sie gedacht hatte, denn es konnte nicht nur daran liegen, dass sie zu wenig aß, wobei sie aufgrund der Anstrengungen oft auch nicht wirklich etwas runter bekam.

Sie hatte sich in dem kleinen Ort an der Grenze Tapas besorgt und eine Wurst der Region, dazu etwas Süßes, wo sie noch nicht sagen konnte, ob sie das wirklich alles essen würde.

Nach den Einkäufen in einem Lebensmittelmarkt fuhr Franzi auf der N-121-B und hatte den Ort Landibar passiert, der auch nicht anders aussah als ein ganz normaler deutscher Ort, mit Tankstelle, Blumenladen und sonstigen Einkaufsfilialen. Allerdings waren die Straßen etwas enger als in Deutschland, diese großzügigen Bürgersteige waren nicht zu sehen. Sie sah dafür Palmen und Pinienbäume und vereinzelte Höfe mit viel Weideland. Kleine Hügel der Regionen türmten sich in der aufgehenden Sonne. Franzi hatte das Gefühl, im Urlaub eine Straße entlang zu fahren und einfach die Natur bestaunen zu können. Es ging ihr gut und sie dachte, nachdem sie durch Telleria gefahren war, auch an ihren Mann, denn er liebte es, kleine Straßen mit vielen Kurven zu fahren. Es war nicht viel Verkehr und bei der kurvenreichen Strecke auch kein hohes Tempo möglich, so liebte auch sie es. Kein Rasen. Sondern ein Tuckern mit dem Blick auch mal nach rechts und links. Eine herrliche Aussicht, die sich immer wieder vor ihr ausbreitete.

Einige Kilometer später passierte es dann. Sie war zu einem Kleinlastwagen aufgefahren und fuhr in geringem Abstand hinter ihm her. Mit der schönen Aussicht war es erst einmal vorbei, da sie sich auf die Rücklichter des Vordermannes konzentrieren musste. Früher wäre sie am weißen Streifen gefahren und hätte geschaut, ob ein längeres Stück Straße zum Überholen kam. Aber heute blieb sie sicherheitshalber hinter ihm. Kein Risiko, aber nervend. Sie spürte die Anspannung, als sich das mittlerweile dritte Auto an ihre Fersen geheftet hatte. Jetzt würde sie gern einen Weg finden, an dem sie abfahren konnte. Einfach um Platz zu bekommen, eine Rast einzulegen.

Noch Aussicht haltend, ob ein kleiner Weg von der Straße abführte, schoss plötzlich die Limousine hinter ihr raus, zog an ihr vorbei, als von vorn ein Auto kam.

Franzi ging vom Gas und vergrößerte die Lücke, dass der Fahrer mit dem Wagen dazwischen konnte. Aber statt nickend zu danken, zeigte er ihr den Stinkefinger.

Franzis Gesicht lief rot an. »Du Lackaffe, nur weil du eine bessere Karre hast, musst du nicht so angeben.«

Sie dachte auch nicht einmal darüber nach, dass es vielleicht an ihrem unsicheren Fahrstil liegen könnte, dass sich andere so verhielten.

Aber er hatte ihren Ehrgeiz angeregt und sie fuhr dicht an die Limousine heran. Mit dem Blick auf das Nummernschild sah sie, dass es ein Landsmann war, was sie noch wütender werden ließ. »Urlaub machen und es dann eilig haben. Schon klar, noch nicht mal da können sie abschalten.«

Sie dachte auch gar nicht daran, dass es ein Geschäftsmann

sein könnte, der keine Zeit zum Tuckern hatte.

Der Wagen vor ihr hatte es geschafft, an dem Kleinlaster vorbeizuziehen und hinter ihr drängelte auch schon das nächste Auto.

»Bis Arizcun müsst ihr euch jetzt gedulden, denn da kann ich bestimmt anhalten!«, sagte sie immer noch sehr aufgebracht, aber auch mit einem Flattern der Angst, denn es behagte ihr überhaupt nicht zwischen diesen Straßenfahrzeugen, gefangen zu sein.

Wieder einmal dieses nicht weg können, einfach bremsen und stehen bleiben, kein Seitenrand, sie musste, um den Straßenverkehr nicht zu gefährden, in dieser Reihe einfach mitfahren. Nur einfach mitfahren, warum war das wieder so schwierig?

Franzi sah auch nicht rechtzeitig, durch die engen Straßen dieses Berges, dass sie abfahren konnte. So war sie schon zweimal an einer Gelegenheit vorbeigekommen, aber es hatte vorher keine Schilder gegeben, die darauf aufmerksam gemacht hatten, oder sie hatte sie schlichtweg übersehen.

Aber jetzt.

Sie sah den kleinen Parkplatz und nutzte ihn, um zumindest die Schlange hinter sich loszuwerden. Setzte den Blinker und fuhr rechts rein, wobei ein Autofahrer sich wohl auch über sie geärgert hatte, da er beim Vorbeifahren kräftig auf seine Hupe drückte.

»Ist ja gut, du Idiot.« *Warum hat heutzutage keiner mehr Zeit?* Insgeheim wünschte sie sich, dass er ein paar Kilometer später mit Motorschaden liegenbleiben würde und sie lächelnd an ihm vorbeifahren könnte. Sowas hatte sie mal in einem Film gesehen und die Szene hatte ihr ausgesprochen gut gefallen.

Sie holte sich in Ruhe eine Flasche Wasser aus dem Kofferraum, um ein wenig Abstand zwischen sich und die anderen Autos zu bringen. Nahm ganz gemütlich ein paar

Schlucke daraus und freute sich schon, ein tolles Plätzchen zu finden, an dem sie eine größere Rast machen konnte. Franzi war seit heut Morgen unterwegs und es wurde Zeit, an ihr leibliches Wohl zu denken.

Die Flasche legte sie neben sich auf dem Beifahrerplatz ab und startete ihr kleines blaues Autochen, um wieder auf die Straße zu gelangen. Es dauerte auch nicht lange und einige Kilometer weiter, entdeckte sie einen kleinen Waldparkplatz, den steuerte sie an.

Links und rechts der Straße waren vereinzelte Bauernhöfe und auch Zimmer wurden angeboten. Dabei war die Überlegung natürlich nicht weit, was sie heute Abend machen würde. Wieder der Versuch in einer Pension zu übernachten oder das Auto irgendwo im Wald parken? Eine Mütze Schlaf hätte was, denn auf Dauer und nach der heutigen Tour sollte sie sich einmal richtig ausruhen.

Am wohlsten fühlte Franzi sich, wenn sie durch ein Waldgebiet fahren konnte, die offenen Strecken verursachten ihr immer noch ein mulmiges Gefühl in die Magengegend. Sie konnte es zwar nicht verstehen, weil man doch Gefahren auf freien Flächen eher erkennen konnte als in Wäldern, aber dass sie auch nichts hatte, wo sie sich verstecken konnte, bereitete ihr Bauchschmerzen, sogar im Auto. Um das zu verlieren, musste sie wohl noch eine lange Strecke üben.

Sie wollte sich unbeobachtet bewegen können und auch mal tun und lassen können, wonach ihr gerade war. War das überhaupt noch möglich? Egal auf welcher Veranstaltung, jeder machte Fotos und stellte sie ins Netz.

Wie sie so darüber nachdachte, machten sich dunkle Wolken am Himmel breit und so langsam war vom Tag nichts mehr zu sehen, da es um sie herum düster wurde. Das würde ein gewaltiger Wolkenbruch werden und im nächsten Moment prasselte er auch schon auf sie herab.

Sie beugte sich in ihrem kleinen Auto etwas vor und schaute, den Kopf leicht schräg gestellt, durch die Windschutzscheibe an den Himmel.

Blasen schlugen ihr von den aufprallenden Tropfen entgegen und im Hintergrund sah sie Licht aufleuchten. Da waren auch schon die Gewitter, und ohne dass sie sich im Freien bewegte, wurde ihr fröstelnd kalt, als würde sie mitten im Regen stehen. Die Blitze ließen ihr die Schauer über den Rücken laufen.

Sie hatte schon oft gehört, dass es im Auto am sichersten war, aber diese Feststellung konnte sie selbst noch nicht bestätigen und somit war eine Grundangst vorhanden.

Sie kontrollierte, ob die Fenster verschlossen waren, und hoffte, dass es nicht zu lange dauert, da sie bei Aufregung mehr Sauerstoff verbrauchte. Dabei kam ihr der Gedanke, dass sie auch nicht weglaufen konnte, weil sie direkt unter Bäumen stand. Das bedeutete, wenn sie weglaufen würde, dann könnte sie der Blitz treffen. Jetzt hatte sie die Angst umschlungen und, egal was sie jetzt zu tun gedachte, es war ein Weg weiter in die Panik, weil kein positiver Gedanke mehr vorhanden war. Zitternd, fröstelnd und komplett verkrampft saß sie im Wagen, mit Bildern aus dem besten Horrorfilm vor Augen.

Sie schloss die Augen, als der Lichtbogen eines Blitzes sie erreichte und sofort darauf folgte der Donner. Krachender Lärm ließ sie zusammenschrecken.

Franzi zog den Kopf ein und hielt sich die Hände darüber, als ob das noch etwas nutzen würde. Es hatte eingeschlagen und sie spähte durch die Scheiben, ob sie etwas erkennen konnte, das musste in der Nähe passiert sein.

Hektisch drehend wirbelte ihr Kopf zwischen Front und Seitenscheiben hin und her. Der Regen hatte ein bisschen nachgelassen und als hätte das Gewitter wie beim Höhepunkt eines Feuerwerks aufgeleuchtet, war es im nächsten Moment vorbei. Vereinzelt hörte man weit entferntes Grummeln. Aber das war ein weiteres Gewitter und nicht von hier, aus diesem Tal.

Es wurde wieder Tag um das Auto herum und sie sah sich erneut nach allen Seiten um, ob es nicht doch einen Baum erwischt hatte, bevor sie aus dem Auto steigen und ein Ast sie erschlagen würde. Um nach oben in die Baumwipfel schauen zu können, presste sie ihren Kopf dicht an die Windschutzscheibe. Der Rückspiegel drückte an ihr rechtes Ohr, aber sie konnte keine Gefahr erkennen.

Doch was war das, was sich vor ihr ins Blickfeld schob?

Mit großen Augen starrte sie den Hügel hinunter ins Tal. Ein wenig entfernter stieg Rauch auf. Dicke schwarze Wolken, die kerzengerade in den Himmel emporquollen. Da musste der Blitz eingeschlagen haben. Das kam von einem Hof, der ein wenig weiter die Straße runter liegen musste.

Sie überlegte nicht lange, vergaß alle Angst um sich herum, startete den Motor und hoffte, dass sie in die richtige Richtung unterwegs war. Franzi raste in einem Affenzahn durch die Kurven. Bei dem Wetter waren nicht viele Autos unterwegs und sie hatte beim Kurvenschneiden Glück, dass ihr nichts entgegen kam. Verantwortungslos, aber hier zählte vielleicht jede Minute und über die eigene Dummheit, mit der sie sich selbst in Gefahr brachte, war keine Zeit nachzudenken.

Als sie die Einfahrt zum Hof sah, war sie schon vorbei. Franzi trat fest auf die Bremse und stoppte den Wagen, riss den Rückwärtsgang rein und fuhr ein Stück zurück, um den verpassten Weg zu erreichen.

Man hörte sogar in dem fahrenden Auto schon das Vieh schreien. Qualvolle Töne, die von Todesangst geprägt waren.

Das Auto parkte sie direkt vor dem Stall, um keine Zeit zu verlieren. Schaute sich um, verschaffte sich einen Überblick und sah, dass noch mehr Menschen dabei waren, das Vieh aus dem Gebäude zu retten. Den Bewohnern war scheinbar nichts passiert.

Am Rand des Wohnhauses, das nicht weit entfernt war, stand eine ältere Frau und hielt zwei Kinder im Arm. Die Tränen rannen ihr übers Gesicht, während sie den Kleinen über die Schulter strich, und sie beruhigte. Sie hielten sich mit einer Hand an der Oma fest. Das Mädchen hatte in der anderen ihre Puppe und der Junge einen Teddybär fest an sich gedrückt, als müssten sie diese wiederum beschützen.

»Jemand verletzt, kann ich was helfen?«, rief sie der Frau zu.

Diese schüttelte den Kopf und wandte sich sofort wieder den Kindern zu.

»Gehen Sie mit den Kindern weiter vom Haus weg!«, schrie sie zu der Frau rüber.

Nachdem sie ein schnell aus dem Auto gefischtes Handtuch in einem Eimer mit Wasser befeuchtet und es sich über den Kopf gelegt hatte, nahm Franzi das Bild der drei mit in den Stall. Sie hatte in der Hektik noch nicht einmal bemerkt, dass die alte Frau sie verstand, oder hatte diese nur auf irgendetwas reagiert?

Der ganze Stall war voller Rauch und Brandherde durch Futter und Streu musste man umlaufen. Die Laute der Tiere waren so durchdringend, dass sie ihr durch Mark und Bein gingen. Franzi lief, soweit es ging hinein, um so viele Tiere wie nur möglich aus ihren Stallungen zu befreien. Auch die Männer und Frauen um sie herum taten es ihr gleich und mit vereinten Kräften schoben sie die Tiere aus dem Gebäude. Manche drehten total durch und suchten in dem Stall irgendeine Fluchtmöglichkeit, so dass alle genau schauen mussten, dass die Tiere den Ausgang fanden, um keinen der Helfer zu verletzen.

Franzi atmete schwer und im Hals war ein beißendes Stechen zu spüren, worauf sie immer heftiger hustete. Ihre Augen brannten und die Sicht war so vernebelt, dass man kaum noch etwas erkennen konnte. Die meisten Tiere hatten sie befreit, für die weiter hinten stehenden kam jede Hilfe zu spät. Es wurde aber Zeit den Stall zu verlassen, nicht dass vom brennenden Dachstuhl Balken auf sie herabstürzten. Da sah sie das kleine Kälbchen, das an seinem Strick riss, und versuchte mit letzter Kraft aus der flammenden Hölle zu entkommen.

Franzi stieg über die Kuhtränken und war in wenigen Sekunden an der Stelle bei dem Kalb. Um es loszubinden, musste sie den Kopf in die Armbeuge quetschen, damit es stillhielt. Das war aber unter den Gegebenheiten gar nicht so einfach, denn auch Franzi hatte fast alle Kraft aufgebraucht, die ihr bei dem bisschen Sauerstoff in dem Stall noch blieb. Und es knackte was bedeutete, dass die Balken über ihr, nicht mehr lange halten würden. Das Kalb ließ sie die letzten Kräfte mobilisieren und kurz darauf war der Strick offen und es konnte um sein Leben rennen.

Franzi aber konnte so schnell nicht folgen, da sie kaum noch Atem hatte und im nächsten Moment stolperte sie, fiel und verlor das Bewusstsein.

Ein Geräusch ertönte, als würde gerade die Eieruhr in der Küche Alarm schlagen. Ein hoher, schriller, anhaltender Ton. Es fühlte sich an, als würde Franzi aus einer Dunkelheit erwachen. War das jetzt wieder der Moment, wo sie ihre Reise und damit den Traum unterbrechen würde, dass ihr Mann sie nach seinem Feierabend in die reale Welt zurückholte?

Aber es war wie ein Zeitensprung, sie war nicht mehr im Hier und Jetzt. Sie sah sich als kleines Mädchen auf ihrem Hof spielen. Die Tür zum Stall war offen und man hörte die Kühe das Gras zermalmen. Auf dem Boden war über die ungleich gelegten Pflastersteine eine Kreidezeichnung zu erkennen. Kästchen, die sich aneinanderreihten, mit Zahlen versehen. Sie warf einen kleinen Stein, und wenn sie die Zahl traf, die jetzt an der Reihe war, dann hüpfte sie bis zu dieser. Sprang über den Kasten mit dem Stein darin hinweg und weiter bis zum Ende der Reihe. Drehte sich im letzten um und sprang zurück, wobei sie den Stein, der in dem übersprungenen Viereck lag, aufnahm und mitnahm, bis zurück zum Anfang.

Es war nur einen Steinwurf entfernt. Für Franzi in dem Alter aber das Spiel ihres Lebens. Da waren sie, die Worte, die ihr jetzt vertraut im Ohr erklangen: »Du bist so dumm wie Bohnenstroh ... Tollpatsch ... für nichts zu gebrauchen ... das wird nie was ...«

Eins vermisste sie und es hätte ihr Leben wohl von Grund auf verändert. Ein kleines Lob, wenn der Wurf des Steines genau da landete, wo er hin musste.

Aber ihr Leben war geprägt davon gewesen, schon als Kind dem Spott aus dem Weg zu gehen und so wenig wie möglich aufzufallen, um die Dummheit, das Versagen und ihr Aussehen nicht um die Ohren geschlagen zu bekommen.

Sie konnte es, sie hatte geübt, aber der Druck im richtigen Moment zu versagen, führte zu dem Ergebnis, dass jede Bemühung umsonst war, denn im richtigen Moment, wenn jemand zusah, konnte sie es nicht mehr. Es war so verankert, dass ihr Leben im Stillen stattfand. Träume wurden damit zu Alpträumen und Ziele zerschlugen sich schneller, als sie aufgestellt wurden.

Eine Welle durchbohrte ihren Körper. Ein Ruck, der die Bilder zerriss.

Da war er wieder, der Ton, aber er brach ab und setzte neu an. Es war ein ständiges Piepsen.

Sie hörte Stimmen, aber verstand kein Wort, da ihr diese Sprache fremd war. Sie spürte, wie alles in ihr in Aufruhr geriet, um aus dieser Situation fliehen zu können. Sogar das Piepsen beschleunigte sich und die Stimmen der Personen bekamen etwas Hektisches.

Es dauerte nur ein paar Sekunden, dann löste sich alles und sie spürte, wie Leichtigkeit in ihren Körper floss. Weich und es fühlte sich an, als ob ihr Körper schweben könnte. Und wieder wurde es dunkel um sie herum.

»Frau Sommer hatte eine schwere Rauchgasvergiftung und der Arzt sagt, dass ihr ganzes Immunsystem im Keller war.«
»Aber so langsam müsste sie doch mal aufwachen, der Brand ist über eine Woche her. Meinst du, sie haben die Familie schon benachrichtigt, oder sollten wir sie verständigen? Immerhin war es doch sehr ernst.«
»Die Medikamente halten sie in diesem Dämmerzustand, und wenn sie wieder aufwacht, dann kann sie das selber entscheiden. Es ist ja nicht mehr lebensbedrohlich. Lass uns nach Hause fahren, wir schauen die Tage wieder vorbei.«
Sie hörte noch, wie die Frauen den Raum verließen.
Franzi war sehr irritiert. Sie hatte das Gespräch mitbekommen, aber ihre Augen wollten sich einfach nicht öffnen. Auch fühlte sich alles an ihrem Körper wie gelähmt an.
Hallo, jetzt aber, komm versuch es noch mal, mit aller Kraft … Du schaffst das!
Stück für Stück kam wieder Leben in ihren Körper. Sie griff mit den Händen nach der Bettdecke und packte sie in ihre Faust, als wenn sie sich an ihr hochziehen könnte. Aber allein die gedankliche Unterstützung half ihr, den Körper wieder unter Kontrolle zu bringen.
Auch ihre Augenlieder gingen wie eine Jalousie nach oben. Nach und nach sah sie mehr von dem Raum, in dem sie lag.
Na, Gott sei Dank, zumindest kein Massenandrang. Scheint ja ein Einzelzimmer zu sein. Ihr erster Gedanke galt mehr der inneren Beruhigung.
Ganz langsam erinnerte Franzi sich auch daran, warum sie hier lag. Das Gewitter und der Brand. Aber der Film riss nach

der Rettung des Kälbchens, als sie keine Luft mehr bekommen hatte und in sich zusammengesackt war.

Alle Anstrengungen, sich an etwas danach zu erinnern, verliefen ins Nichts.

Um zu erfahren, was mit ihr passiert war, musste sie Fragen stellen. Wenn sie es nicht geträumt hatte, dann gab es auch Personen, die Deutsch sprachen. Also hieß es abwarten, Ruhe bewahren und erst einmal hoffen, dass es irgendeine Möglichkeit gab, dass sie sich verständlich machen könnte, um dieses Krankenhaus, so schnell wie möglich verlassen zu können.

Ein paar Tage lag Franzi nun schon wach in ihrem Bett mit der weiß bezogenen Wäsche und starrte die weiß bemalten Wände an. Immer wieder öffnete sich die Tür und ein Arzt, eine Schwester oder das Reinigungspersonal kamen ins Zimmer. Die Krankenschwester, die jetzt neben ihrem Bett stand, fuchtelte mit einem Fieberthermometer und dem Blutdruckmessgerät vor ihr herum, um ihr anzudeuten, dass sie einige ihrer messbaren Werte benötigte.

Was sie nebenbei von sich gab, war für Franzi unverständlich, und die Worte hätte sich die Schwester auch sparen können.

Die Mahlzeiten konnte man essen, nur der Kaffee ließ zu wünschen übrig, der wurde wohl der Messung des Blutdrucks angepasst. Zumindest von der Stärke waren da keine Pferde hinterm Ofenrohr hervorzuholen, eher verkrochen sich die Mäuse.

Genau wie sie. Das Bild, das an der gegenüberliegenden Wand hing, starrte sie schon stundenlang an und jeder Pinselstrich war gedanklich einmal nachgezogen. Man sollte ja meinen, dass es besser war, ein solches Zimmer mit hellen Farben zu erleuchten, aber die Stimmung, die sie fühlte, war diesem Bild gleich zu setzen. Eine trostlose weite Nebelbank mit einem verlorenen Baum rechts am Bildrand. Farben kannte der Maler nicht oder er sah nur die Grautöne in seinem Leben.

Momente, die sie immer versuchte zu umgehen, weil ganz automatisch die Gedanken wie wild wirbelten und die Stimmung, je mehr sie nachdachte und dafür hatte sie gerade genügend Zeit, sich dem Nullpunkt näherte.

Jetzt würde in jeder guten Therapie der Malstift hervorgezaubert oder ein paar Logikaufgaben, um den Geist abzulenken. Aber diese Stille war niederschmetternd und ein Gedanke wurde ganz laut: *Wo ist mein Auto? Ich muss hier dringend weg!*

Die Tür ging weit auf und eine Horde schnatternder Weißkittel kam hindurch. Sie stellten sich um ihr Bett und ihr eben noch gemächlich tuckernder Puls fing an Geschwindigkeit aufzunehmen. Ihr Körper wurde so mit heißen Wellen überflutet, dass sie ruckartig mit aufgesperrten großen Augen im Bett saß.

Das einzige Wort, das sie verstand und bei dem man sich wohl Mühe gab, es ihr auch verständlich zu machen, war das Wort: Visite.

»Wann werde ich entlassen?«

Die Weißkittel schauten sich an und dann beugte sich einer der Ärzte zu ihr herunter, um unter den Verband an der Hand zu schauen.

Franzi schaute auch hin und sah die rötliche Stelle. Aber auch kein Drama, das sie an dieses Bett fesseln würde.

»I go to home!«, sagte sie daher in die Runde.

Das hatten die Weißkittel dann wohl alle verstanden. Sie schauten sich an und einer antwortete auf Spanisch, was sonst. Sie versuchte ihm, wobei sich ihre Augenbrauen nach oben verschoben, zu verdeutlichen, wie viel sie davon verstand.

Franzi und auch die anderen hatten nicht bemerkt, dass

hinter ihnen die Tür aufgesprungen war.

Alle drehten ihre Köpfe in die Richtung aus der jetzt eine Frauenstimme, den Arzt ansprach. Sie führten ein Gespräch und wieder kam sich Franzi komplett fehl am Platz vor.

Es dauerte aber nicht lange und kurz darauf verließ die Gruppe das Zimmer. Sie bewegten sich an der Frau vorbei und diese blieb im Zimmer stehen. Wartete, bis die Tür geschlossen wurde, wandte sich dann zu Franzi um, kam näher zum Bett und sagte: »Hallo«

»Hi«, sagte Franzi verblüfft, denn diese Stimme hatte sie schon einmal gehört. Aber sie konnte sich nicht erinnern in welchem Zusammenhang.

»Ich habe dem Arzt versprechen müssen, dass du dich noch schonst.«

»Wie jetzt?«

»Na, pack deinen Kram zusammen, ich nehme dich mit auf unseren Hof, da kannst du dich ganz in Ruhe erholen.«

Franzi blieb wie erstarrt in ihrem Bett sitzen und die Gedanken kreisten. Das Karussell drehte sich in einer Geschwindigkeit, dass es ihr auf den Magen schlug und er mit einer Übelkeit reagierte.

Hof? Wo soll ich jetzt hin? Wer wird da sein? Viele Menschen? Ein Zimmer, das ich mir mit anderen teilen muss? Ist da mein Auto? Habe ich damit eine Fluchtmöglichkeit?

Es war pure Angst … Angst … Angst …

Nachdem sich Franzi auch in den nächsten Minuten keinen Zentimeter bewegt hatte und nur starr auf die Frau starrte, die nicht erahnen konnte, was in ihrem Kopf für ein Wirrwarr entstanden war, setzte sich die Frau auf den vor dem Bett stehenden Stuhl.

Sie merkte, dass irgendetwas nicht in Ordnung war, denn Franzis Augen sprachen eine eindeutige Sprache. Ihre Pupillen bewegten sich sehr schnell hin und her. Sie spürte die Unruhe, die von ihr ausging, auch wenn sie ganz ruhig dasaß.

»Ich glaube, ich habe mich noch gar nicht vorgestellt«, sagte sie in einem ruhigen Ton. »Ich heiße Nele und wohne auf dem Hof, wo du viele Tiere vor dem grausamen Flammentod gerettet hast. Wir sind dir sehr dankbar und würden dich gern einladen, dich auf unserem Hof für ein paar Tage auszuruhen.«

Jetzt machte Franzi noch größere Augen: »Wieso sprichst du deutsch?«

»Ich bin aus Deutschland! Meine Eltern haben vor Jahren den Hof von einem Onkel geerbt und so haben wir uns hier eine Existenz geschaffen.«

»Sind da viele Menschen auf dem Hof?«

Franzis Frage schien auch Nele etwas zu verwirren, aber sie gab zur Antwort: »Meine Mutter, mein Mann und meine Kinder. Dann ist da noch die gute Seele Angelo. Ihn haben wir sozusagen mitgeerbt, denn er war bei unserem Onkel angestellt und wir waren sehr dankbar, dass er uns am Anfang bei allem unterstützte und auch später blieb er.«

»Ist es weit bis zu eurem Hof?«

»Ein Stück hinter der Stadt ist es schon, aber warum fragst du?« Nele legte den Kopf schief und zog die Augenbrauen zusammen, denn Franzi machte keine Anstalten, das Bett zu verlassen, geschweige denn ihre Sachen zu packen.

Franzi druckste rum und strich dabei mit den Handflächen über die Bettdecke. Sollte sie etwas sagen, oder lieber wieder eine plausible Erklärung finden, worin sie in den Jahren ja Weltmeister geworden war. Sie entschied sich, der Situation zu begegnen und die einfachere Variante zu wählen. Schreiend weglaufen konnte sie ja immer noch.

»Ich dachte nur, falls noch was sein sollte, wegen der Brandwunden, dass du dann nicht nochmal so weit fahren musst«, antwortete Franzi.

»Mach dir darum keine Sorgen, wir müssen die Besorgungen

auch in der Stadt machen, da nehmen wir dich dann einfach mit.«

Na hoffentlich nicht, das fehlte noch, in einem vollgepackten Auto, am besten zwischen den Kleinen, auf der Rückbank zum Familienausflug.

»Alles klar, dann pack ich mal zusammen.«

»Ich kümmere mich um deine Papiere«, sagte Nele, die sich erhob und kurz danach aus dem Zimmer verschwunden war.

Einen Moment saß Franzi noch ganz ruhig in ihrem Bett und ging das Gespräch erneut durch.

Ist es richtig, was ich hier wieder mache? Aber eine andere Möglichkeit, außer jetzt Holger anzurufen und ihn zu bitten, mich abzuholen, bleibt mir doch gar nicht. Nein, das würde ich niemals verwinden, wenn ich jetzt einknicke.

Sie rollte die Bettdecke zur Seite und stieg aus dem Bett. Als sie die Schranktür öffnete, sah sie, dass ihre Sachen, gewaschen und fein säuberlich in den Schrank geräumt worden waren. Sofort war der Gedanke bei der Familie, die sich um alles gekümmert hatte und die Sorge, dass sie zu viel in ihrem Auto gesehen haben könnten. Die Tabletten, aber wer könnte das schon zuordnen, wenn sie nicht selbst betroffen waren.

Sie wollte nicht wieder als krankes Huhn, dass man betüddeln musste, behandelt werden. Nicht wieder auf einen Krankmodus beschränkt, wenn, dann als »normaler« Mensch dazugehören und im Stillen freute sich Franzi sogar auf ein wenig Hofarbeit, die sie als Kind schon so sehr geliebt hatte.

Nele kam ins Zimmer zurück und sah, wie Franzi die letzten Stücke in eine Tasche packte. Sie hatte sie ihr mit in den Schrank gestellt, als sie die saubere Kleidung dort einsortiert hatte. Ein paar der Sachen hatten sie aus dem Auto genommen und auch die Papiere waren in einem Rucksack zu finden gewesen. Der Rest aus dem Auto war erst einmal in dem Zimmer, das für Franzi vorbereitet wurde, abgestellt worden.

Eine gute halbe Stunde später saß Franzi mit Nele im Wagen und war zum Hof unterwegs. Franzi konzentrierte sich so auf die Fußmatte, dass gedanklich ein Loch darin entstand, als ihr das Blut vor Aufregung heiß durch die Adern floss und sie wieder einmal das Gefühl hatte, nicht Herrin über ihren Körper zu sein. Auch die Musik aus dem Radio, die sich nach spanischer Folklore anhörte, trug wenig dazu bei, sie abzulenken. Diese Strecke wurde zur einzigen Qual, neben dieser für sie fremden Frau in dem kleinen Fahrzeug. Betend, innerlich selbst mit sich zerrissen, hätte sie am liebsten laut aufgeschrien und dieser Fahrt ein Ende gesetzt. Aber das ging nicht. So war der Kampf das Einzige, was sie jetzt durchlebte. Der Kampf mit sich und dieser Situation. Sie war einfach ausgeliefert und auf andere angewiesen. Ein Umstand, der sich für sie nach Enge und Hilflosigkeit anfühlte.

Die Autofahrt dauerte und die Minuten wurden zu einer unendlich langen Zeitspanne, aber die Strecke legte Nele wohl häufiger zurück, denn sie fuhr sehr zügig. Als Franzi den Hof erkannte, schlug ihr Herz Alarm. Sie spürte, wie der Blutdruck sich erhöhte und ihr Puls in ihrem Kopf hämmerte. Adrenalin wurde frei und Franzi wurde heiß, so dass sie in Bruchteilen von Sekunden schweißgebadet war und ihr die Brühe an den Schläfen herablief.

Ihre Augen weiteten sich und es war ein erneuter Schlag, der ihr wie ein Blitz durch ihren Körper fuhr. Wie ferngesteuert öffnete sie die Tür mit dem kleinen Hebel an der Innenseite des Wagens und schwenkte ihre Beine zum Aussteigen, die sich auch sogleich in Bewegung setzten, um zu ihrem kleinen blauen Auto zu kommen. Sie stoppte abrupt ab, riss die Augen noch weiter auf und holte tief Luft. Sie sah ihr kleines zerquetschtes blaues Auto.

»Ach du heilige Scheiße. Was ist das denn?«

»Auto kaputt! Stand zu nah an Stall. Balken kam von oben

und dann auf Auto«, antwortete eine dunkle männliche Stimme.

Franzi drehte sich herum und musste den Blick etwas nach oben richten, um dem vor ihr Stehenden in die Augen schauen zu können.

»Ich bin Angelo, Mädchen für alles auf Hof.«

Franzi ließ den Blick einmal nach unten und wieder herauf über die Erscheinung vor ihr schweifen und sah ein sehr gut gebautes Mannsbild in etwas fortgeschrittenem Alter, das in seinem blauen Overall eher wie ein Mechaniker als ein Bauer aussah. Sein graues schütteres Haar unterstrich seine mit einem Stoppelbart überzogenen, markanten Gesichtszüge.

»Ich bin Franzi, die scheinbar nicht wirklich vorteilhaft eingeparkt hat.«

»Geht dir gut? Wieder gesund?«

»Ja, geht schon, aber was mach ich jetzt ohne mein Auto?«

Nele hatte die Einkäufe, die sie am Morgen erledigt hatte, da sie eh in der Stadt gewesen war, erst ins Haus gebracht. Sie hatte gesehen, dass Angelo direkt zu Franzi gegangen war. Er war immer zur Stelle, wenn man ihn brauchte.

Jetzt trat sie zu den beiden und mischte sich in die Unterhaltung ein.

»Angelo hat es sich angesehen und meinte die Hinterachse ist gebrochen, das könnte teuer werden. Du müsstest auf den Brief von der Versicherung warten, wir haben den Schaden mit angegeben. Ich gehe davon aus, dass es als Brandschaden gerechnet wird und unsere Versicherung dafür aufkommt.«

Franzi stand reglos da, nur der Kopf war in Bewegung und sie sah immer wieder zwischen dem Auto, Nele und Angelo hin und her.

Ihre Gedanken ratterten wieder quer durch die Gehirnwindungen und überschlugen sich fast: *Ich komm hier nicht weg ... Wie lange wird das dauern ... Ich muss hier weg!*

Alles in ihr wurde eng und eine schwere Last legte sich auf ihre Schultern. Als wenn der Hals anschwellen würde, bekam sie schwer Luft und sie sah das Blau des Wagens verschwommen, da ihr das Wasser in die Augen stieg.

Eine Hand griff um ihre Schultern und im nächsten Moment lag sie an Angelos Brust. Sein Overall bekam die Spuren ihrer Hilflosigkeit ab, da sich die Tränen dort im Stoff sammelten.

»Alles nicht so schlimm. Du machst Urlaub auf Hof und wir kaufen neues Auto von Geld, wenn da.«

Franzi konnte den Wasserfall nicht bändigen und diese Worte bestätigten genau das, was sie befürchtete. Sie konnte hier nicht weg. Wenn müsste sie zu Fuß laufen, was sie wohl niemals tun würde, denn ohne die Sicherheit, die ihr das Auto bot, fühlte sie sich verloren.

Sie war von ihrem Zuhause zu einem neuen Zufluchtsort gekommen, aber verändert hatte sich nichts. Nur dass sie wieder gegen die Angst kämpfen musste, die sie schier erdrückte und ihr allen Mut nahm, diesen Weg an dieser Stelle fortzuführen.

Jetzt sollte sie telefonieren und morgen würde Holger sie nach Hause holen. In ihr sicheres kleines Paradies, das sie sich geschaffen hatten.

Das hätte sie sich nie verziehen, aber sie wünschte sich gerade, sie hätte diesen Wald nie verlassen. Jetzt hatte sie geholfen, die Tiere zu retten, und damit ihr Leben in Freiheit in Gefahr gebracht. Aber sie wusste auch, sie würde immer wieder so reagieren.

Tagelang war Franzi kaum aus ihrem Zimmer am Ende des Flurs im zweiten Stock herausgekommen. Es roch für sie immer noch alles nach dem Brand und sie wurde auch oft wach und hatte diesen Geruch in der Nase, der sie mit einer weiteren Angst umgab, das Feuer könnte erneut ausbrechen.

Aber viel schlimmer war, dass sie sich nicht wirklich aus diesem Zimmer traute, das ihr Sicherheit gab. Nur zum Essen bemühte sie sich, ein paar Mal unter allergrößter Kraftanstrengung, am Tisch mit der Familie zu sitzen. Alle kümmerten sich rührend um sie, aber dennoch war die Angst da, gefangen zu sein. Die Geräusche, die sie im Haus nicht zuordnen konnte, setzten ihr zusätzlich zu, da sie nie sagen konnte, ob im nächsten Moment jemand den Raum betrat. Sie kamen ja nur, um sie aufzumuntern, etwas zu Essen vorbeizubringen, wenn sie wieder einmal ablehnte, nach unten zu kommen und eher darauf verzichtete. Alle waren bemüht, ihr zu helfen.

Es plagte sie selbst auch das schlechte Gewissen, da sie sehr abweisend reagierte, um aus Situationen zu fliehen, in denen sie mit den Menschen konfrontiert wurde, wobei sie sich auch klein fühlte. Sie wegzustoßen und auch nicht auf dem Hof helfen zu können, dazu noch zusätzlich eine große Last darzustellen, das machte ihr zu schaffen. Sie entsprach wieder einmal nicht der Norm. Sie benahm sich nicht wie ein Gast, sondern wie eine verwöhnte Göre, die sich von allen Seiten bedienen ließ. Sie würde so gern anders sein!

Ihre Gedanken liefen in einer Endlosschleife rund:

Wieso kann ich nicht sein wie alle anderen? Wieso zeig ich den Menschen nicht, wie toll ich es finde, dass ich hier sein darf. Ich freue mich doch, dass sie so nett zu mir sind? Wieso schaffe ich nicht, meinem Körper die Befehle zu geben zu funktionieren? Lebe ich überhaupt noch? Hat es überhaupt noch einen Sinn diesen Weg weiter zu gehen? Ich habe doch wieder versagt. Nichts bring ich zu Ende! Vielleicht sollte ich einmal etwas zu einem Abschluss bringen. Sie wären doch ohne mich alle viel besser dran. Ich störe doch nur. Mache zusätzliche Arbeit. Bin kein Mensch, mit dem man klönen kann. Kein Mensch, mit dem man Spaß haben kann. Nur ein Mensch, der das Leben immer wieder erneut in Frage stellt.

Gedanklich war Franzi in ein Bild versunken, das ihr immer

wieder vor Augen erschien. Eine Straße an einem Ufer. Nebel umhüllte alles in eine graue Wand. Sie hörte das Wasser an den Rand einer Mauer plätschern. Eine Bank mit einem Baum. An diesem Baum ein Blatt. Sie beobachtete, wie es sich bis zuletzt an einem Ast festkrallte. Dann fiel es zu Boden.

»Wie geht es dir heute Morgen, möchtest du nicht doch ein wenig mit herunterkommen und dich etwas nach draußen setzen, es ist ein herrlicher Sommertag«, waren die Worte, die aus Nele beim Hereintreten ins Zimmer fröhlich heraussprudelten.

»Mal sehen«, antwortete Franzi leise, müde und nicht gerade motiviert zurück.

»Wenn du etwas brauchst, wir wollen heute aufs Feld. Du findest alles unten in der Küche. Wirst du allein klarkommen?«

»Fahrt ruhig!«

Franzi lugte unter der Decke hervor, als Nele das Zimmer verließ, bis die Tür hinter ihr ins Schloss fiel. Dann bewegte sie sich aus dem Bett und stellte sich seitlich ans Fenster, um den Hof im Blick zu haben.

Wer würde alles mitfahren? War sie wirklich allein?

Ein Lichtblick für einen Versuch. Einen Versuch zu wagen, gegen diese Angst, die sie seit Tagen umgab, anzukämpfen. Dieses Haus zu verlassen, ohne dass jemand sah, wie schwer dieser Schritt für sie war.

Sie sah und hörte, wie die Traktoren vom Hof knatterten.

Franzi trat einen Schritt zur Mitte des Fensters und schaute in beide Richtungen, um sich noch einmal davon zu überzeugen, dass der Hof auch wirklich leer war. Sie spürte die Wärme in ihrem Gesicht, die sie angenehm auf ihrer Haut streichelte. Sie blickte in die Quelle dieser Energie und konnte spüren, wie eine Kraft sich den Weg in ihren Gefühlen eroberte. Ihr Blick ging genau ins Zentrum dieser Strahlen, in die Mitte der Sonne und war gefangen von ihrer positiven Ausstrahlung.

Das Bild, das sie die letzten Tage vor Augen gehabt hatte, veränderte sich und die Farben des Lichts füllten die Gedanken in herrlich leuchtende Bilder.

Sie begann das Positive zu sehen und lief gedanklich die Route entlang, die noch vor kurzem für sie den Weg in die Zukunft bedeutet hatte.

Franzi sah sich vor Wochen am Bankschalter und der Tankstelle. Sie tollte mit Fipse herum und ein Schleier legte sich kurz über ihre Augen, aber ihre Mundwinkel bewegten sich dabei zu einem Lächeln. Die Menschen in ihren Wohnwagen, die ihr mit so viel Freundlichkeit entgegen gekommen waren, obwohl sie mit Misstrauen gefüllt, an ihr Lager getreten war. Dort hatte es Fipse sicher gut. Der Sonnenuntergang an der französischen Küste. Die Natur, die sie hatte erleben dürfen, die Landschaften, die in ihrer Einzigartigkeit ein Spektrum an Energie auf sie übertragen hatten, die sie immer wieder mit wundervollen Momenten verzaubert hatten. All das und ganz viel mehr war jetzt für sie die Sehnsucht, die sie brauchte, um nach vorn zu schauen.

Als hätte sich ein Schalter von einem Moment auf den nächsten umgelegt, ging sie ins Bad um sich für den Tag startklar zu machen. Sie verspürte den innerlichen Drang, dieser Welt wieder zu zeigen, dass sie nicht klein beigab, sondern, dass sie ihr wieder entgegengehen wollte.

Als sie die Holzstiege hinunter trat, knarrten die einzelnen Bohlen etwas und sie schaute sich um, als würde sie etwas Verbotenes tun. Nein, sie wollte jetzt keinen Grund suchen, um wieder in dem Zimmer der Sicherheit verschwinden zu können. Sie wollte hinaus, um die Freiheit zu spüren. Zumindest einen kleinen Teil davon, denn wie sie hier wegkommen würde, dazu musste sie sich später noch Gedanken machen.

Als sie durch die große Stube mit dem Ess- und Küchenbereich in den kleinen Flur trat, war es nur noch ein kleines Stück. Die Lichtstrahlen der Sonne fielen neben der Tür durch ein winziges Fenster und wiesen ihr den Weg. Die Tür knarrte beim Öffnen genau wie die alten Bohlen, auf die sie getreten war. Da das Holz in den Jahren gearbeitet hatte, sträubte es sich gegen das Hineinzwängen eines Türmaßes. Franzi holte einmal tief Luft, dabei hob sich ihr Brustkorb enorm an. Sie blickte sich um, ob ihr auch keiner gefolgt war, um zu schauen, was sie vorhatte. Jetzt nahm sie den Türgriff in die Hand und bewegte ihn langsam nach unten, zog die Tür nach innen auf und stand in einer hineinkommenden Wärme. Die Sonne hatte so eine Kraft, dass der Temperaturunterschied zwischen dem Inneren des Hauses und dem Hofgelände enorm zu spüren war. Franzi trat hinaus auf den Hof. Sie blickte in den Himmel und drehte sich dann um die eigene Achse.

Es war das erste Mal, dass sie sich das Gelände auch im Ganzen betrachten konnte. Hatte sie doch beim ersten Eindruck den brennenden Stall im Kopf und auch beim zweiten Blick nur ihr Auto im Fokus. Als sie die Mitte des Hofplatzes erreichte, drehte sie sich erneut einmal im Kreis und war angetan von der Größe des Anwesens.

Die Familie hatte sehr großes Glück gehabt, dass ihr Heim nicht in den Flammen vernichtet worden war und die Feuerwehr alles daran gesetzt hatte, dass der Brand nicht auf andere Gebäude übergriff. Zwischen den Gebäuden lagen nur ein paar Meter und an das Haupthaus grenzte der Stall, der provisorisch aufgerichtet worden war, um die Tiere fürs Erste versorgen zu können. Es waren dank des schnellen Eingreifens auch die meisten gerettet worden. Die Balken und Reste des Brandes, die nicht mehr zu gebrauchen waren, lagen zu einem Berg aufgeschichtet am Ende des Hofes. Davor stand Franzis blaues Auto mit dem platt gedrückten Heck.

Ihr Magen zog sich bei dem Gedanken zusammen, dass hier ihre Fahrt zu Ende sein sollte, denn es bedeutete für sie das Ende einer ganz großen Freiheit. Fahren wann und wohin sie wollte, das gab es nicht mehr.

Es war wohl an der Zeit, dass sie ihren Mann anrief, der sich um den Schaden kümmerte und sie nach Hause holte. Denn auch wenn sie das wirklich wollte, würde sie kein Auto in der Ferne kaufen, um damit in der Weltgeschichte umherzufahren. So viel Vertrauen hatte sie weder in ihre Autokenntnisse noch in die Technik, die sie anschließend steuern würde. Das Vertrauen, das sie diesem kleinen Auto geschenkt hatte, würde sie so schnell keinem anderen Gefährt mehr entgegen bringen.

Sie verließ mit einem trostlosen Blick diese Ecke des Geländes und drehte sich zu dem großen Scheunenkomplex gegenüber dem Stall um. Ging darauf zu und sah die Sonne, die gerade soweit am Himmel aufgestiegen war, dass auch der Vorplatz seinen Schatten verloren hatte. Die eisernen Tore reflektierten ihre Strahlen und sie spürte die Kraft der Mittagssonne auf ihrer Haut.

Das Tor war geöffnet und ein Förderband stand bereit, um die Ballen der Ernte direkt auf den Dachboden zu befördern. Auch der Trichter für das Korn war platziert, so dass beim Abladen alles schnell untergebracht werden konnte.

Da hörte Franzi einen Traktor die Straße herunterfahren. Beim genaueren Hinschauen erkannte sie das Modell, das vorhin auch den Hof verlassen hatte. Das konnte doch nicht sein, dass sie schon fertig waren. Sie überlegte sogar ins Haus zurückzugehen und so zu tun, als hätte sie nichts mitbekommen.

Es war Angelo und er hatte eine Fuhre Gras auf dem Wagen, das er frisch für die Kühe von einer Wiese geholt hatte. Aber wo waren die anderen?

Angelo rangierte den Anhänger rückwärts auf die

Futterrampe und ließ die Fuhre nach und nach auf der Rampe ab. Die heutige Technik brauchte kaum noch Gabeln. Automatisches Aufsammeln und Abladen waren eine große Erleichterung für die Bauern.

»Wo sind die anderen?«, schrie Franzi zu Angelo.

»Auf Feld, willst mit?«

»Nein, ich bleib hier und pass auf die Hütte auf.«

Er hielt als Antwort den Daumen hoch.

Da musste Franzi lachen.

Als der Lader leer war, wechselte er den Anhänger und fuhr wieder los.

Franzi ging in den Stall, man sah nicht mehr viel von dem Brand. Die Wände waren noch verrußt, aber es war alles schnell wieder betriebsbereit hergerichtet worden, um den Betrieb weiterlaufen zu lassen. Das Dach war komplett mit neuen Balken versehen worden und Wellbleche blinkten darauf. Einige Tiere hatte man auf die Weiden gebracht. So waren im Stall nicht viele der Futterstellen besetzt.

Sie ging wie an dem Tag des Brandes durch die Stallung hindurch und da stand es. Das Kälbchen, genau an der Stelle, an der es Franzi gerettet hatte. Mit der flachen Hand strich sie über sein Fell. Kraulte es am Ohr und griff in das kurze flauschige Fell. Es war, als würde man einen Teddybär streicheln. Als diese kleine schwarz-weiße Mähne sie mit seinen großen dunklen Knopfaugen anschaute, da war Franzi so glücklich, an diesem Tag in dem Wald gestanden zu haben, dass es sie bis ganz tief ins Herz mit Wärme erfüllte und die sichtbaren Spuren liefen ihr am Nasenflügel entlang. Franzi schmiegte ihre Wange an das Fell des Kälbchens.

Eine ganze Weile hielt es auch ganz still, als hätte dieses kleine Kalb bemerkt, wie wichtig dieser Moment für Franzi war. Sie ließ es wieder los, streichelte ihm noch einmal über seine Blesse und setzte sich dann auf die Schrotbox, die nur ein

Stückchen weiter stand.

Ihre Beine baumelten und sie ließ den Oberkörper etwas nach vorn fallen. Stützte ihr Gesicht in die Hände, während die Ellenbogen auf den Oberschenkeln Halt fanden. Dabei versank sie mit dem Blick auf das Kälbchen in eine andere Zeit.

Es war in den 70ern gewesen und im Stall hatten Milchkühe gestanden und Schweine gegrunzt. Die Arbeit auf dem Feld hatte Franzi sehr viel Spaß gemacht. Als Kind hatte sie nie Modell werden wollen, sondern sich eigentlich immer auf einem Hof gesehen.

Die Zeit hatte viel verändert. Nur noch wenige hatten den Mut, sich neben einem normalen Beruf die Arbeit der Landwirtschaft aufzubürden.

Dabei schmeckten die eigenen Kartoffeln doch am besten, und auch das Gemüse aus dem Garten war reines Biogemüse und sehr wertvoll und gesund. Wenn der Roder über das Feld pflügte und die Kartoffeln sich auf dem Acker verteilten, dann hatte sie als Kind schon gewusst, dass sie beim Verbrennen des Krautes eine Lagerfeuerkartoffel bekäme. So etwas hatte keine Einzelhandelskette im Angebot.

Wenn man sich im Sommer einen Sonnenbrand geholt hatte, war die gute Buttermilch aufgetragen worden, dann war es nur noch halb so schlimm gewesen.

Franzi musste an ihre Uroma denken, die mit ihr die Holunderbeeren gesammelt hatte, um Gelee zu machen, oder Hagebutten für eine schöne Tasse Tee.

Besonders gut hatte der Bratapfel aus dem offenen Ofen geschmeckt. Wie einfach es doch gewesen war, Kinder glücklich zu machen, denn sie hatte es geliebt, stundenlang mit einer schönen Tasse voller Haferflocken in einer Knopfkiste die Knöpfe in Tablettenröhrchen zu sortieren.

Das Leben war damals schwer an Arbeit gewesen, aber

einfach in dem, was man hatte. In solchen Augenblicken kamen die Erinnerungen zurück, an einen Moment, den sie bildlich vor Augen hatte. Ihre Urgroßeltern hatten jeden Abend an einem kleinen Fenster in dem Raum, in dem sie schliefen, kochten und lebten, zwei Stühle gegenübergestellt und sich unterhalten. Wo sie doch den ganzen Tag auf engstem Raum zusammen gewesen waren, hatten sie sich trotzdem noch etwas zu sagen gehabt. Berührende Momente, die die meisten mit der heutigen Technik so wahrscheinlich niemals erleben würden.

Franzi hob den Kopf, richtete sich auf und sah auf das Kälbchen.

»Du weißt nicht, wie gern ich mit dir tauschen würde, um einfach nur meine Ruhe zu haben. Nicht mehr kämpfen zu müssen, für einen Platz in dieser Gesellschaft. Glaub mir, ich finde dieses Leben mehr als schwierig.«

Sie rutschte von der Box und kam auf ihren Füßen auf. Ein Blick nach hinten, der beim Abstreichen mit der Hand zeigte, wie sehr der Staub der Kiste sich auf ihrem Hinterteil abzeichnete. Franzi nahm die flache Hand und klopfte ein paar Mal auf ihren Po, um ihn ein wenig zu säubern. Dabei entstand um sie herum eine kleine Staubwolke.

»Mein lieber Schwan, ist hier nicht grad Grundreinigung gewesen?« Wieder drehte sie sich dem Kälbchen zu, ging sogar ein wenig in die Knie, um in seine großen Knopfaugen zu schauen: »Ihr wirbelt einen ganz schönen Staub auf, weißt du das?«

Das Kalb schüttelte wie auf Kommando den Kopf, als hätte es Franzis Worte verstanden.

»Schon gut.« Sie knuffelte ihm noch einmal die Mähne.

Als sie aus dem Stall ins Freie auf den Hof trat, sah sie, dass sich die Wolken verdichtet hatten und die Sonne dahinter verschwunden war. Franzi war klar, dass sie deshalb heute alle aufs Feld raus gefahren waren, da der Wetterbericht wohl Regen angesagt hatte. Sie wusste genau, was das bedeuten konnte, wenn alles nass wurde und man wieder Tage brauchte, um das Stroh trocken zu bekommen.

»Das hätten sie ja auch sagen können!«, schimpfte sie jetzt vor sich hin. Franzi ärgerte sich über sich selbst, dass sie wieder so mit sich selbst beschäftigt gewesen war und nicht erkannt hatte, dass auch für andere ganz wichtige Dinge anstanden, die ihnen Sorgen bereiteten. Da ging es ums Überleben, um die Existenz und gerade nach dem entstandenen Schaden der letzten Wochen sollte jetzt nicht noch zusätzlich Kummer dazu kommen. Also hieß es anpacken und nicht Trübsal blasen.

Nicht ganz eine Stunde später hörte sie wieder einen Traktor auf der Straße. Es war erneut Angelo, und diesmal brachte er die Gerstenkörner, die in den Keller geschaufelt werden sollten, auf dem Anhänger mit.

Langsam rangierte er den Anhänger mit dem Traktor rückwärts an den Trichter, durch den das Korn den Weg in den Keller finden würde.

Als der Platz für den Hänger gefunden war, sprang Franzi heran und koppelte den Wagen ab. Die Stromzufuhr musste unterbrochen werden, denn auch der Anhänger war immer mit der Batterie des Traktors verbunden, damit auch die Lichter funktionstüchtig waren. Als Angelo gerade vom Bock abspringen wollte, sah er Franzi und ließ sein Hinterteil wieder in den schalenhaften Sitz gleiten. Schaute ihr zu, wie geschickt sie die Bremse anzog und die Kupplung löste.

Er fuhr ein kleines Stück vor und die Deichsel, die Franzi festhielt, konnte sie jetzt auf den Boden ablegen.

»Das Korn soll da unten rein?«, schrie Franzi zu Angelo.

»Ja, aber warten – bis andere kommen bald, dann machen wir gemeinsam. Muss los, haben noch Hänger auf Feld. Hoffentlich hält Wetter«, nahm dabei die Arme hoch und wie ein Gebet von ihm blickte er auf die Wolken über sich.

Ein paar Minuten später tuckerte die schwere Maschine mit ihren 40 PS schon wieder die Straße entlang.

Franzi sah sich um und nahm aus der Scheune eine breite Schaufel, wobei sie darauf achtete, dass es eine saubere war. In dem Fall keine, die zum Beispiel im Einsatz mit Mist gewesen war. Ja, und da waren ihre Knochen wieder, was sie an das Fitnessprogramm für reifere Damen erinnerte. Die eingerosteten Gelenke wurden jetzt auf eine Zerreißprobe gestellt, denn das Klettern auf einen Anhänger konnte normalerweise elegant aussehen, aber davon war Franzi weit entfernt. Nachdem sie an dem Anhänger seitlich über die Räder, die ihr als Leiter dienten, mehr oder weniger ihren Körper nach oben gehievt hatte, schaffte sie es aber nicht über den Rand, da die Seitenteile zu hoch waren. Dabei fiel ihr plötzlich ein, dass der Weg über die Deichsel schon als Jugendliche der einfachere Weg gewesen war. Gut, dass keiner gesehen hatte, wie so eine alte Schachtel aussah, wenn sie an einem Wagen hängt.

Die Schüppe hatte sie vorher schon auf den Wagen geworfen und nahm sie jetzt vom Kornberg herunter. Wobei es Spaß machte, in den Körnern zu laufen. Das war wie Sand unter den Füßen. Wenn man einen Tritt machte, passte sich das Korn dem Abdruck an und schob sich an den Seiten heraus. Alles ganz weich, man könnte damit eine Fußmassage machen. Franzi konnte auch nicht wiederstehen und lief ein paar Mal nach vorn und wieder zum hinteren Teil. Dabei verirrten sich ein paar Körnchen in ihre Leinenschuhe und sie musste sie kurz ausziehen, um die Körner wieder zu befreien. Danach schaute sie, ob der Anhänger auch gut über dem Trichter platziert war und öffnete die Luke für das Korn. Da prasselten die ersten Körnchen schon von ganz allein in das Trichterrohr. Sie wuchtete den Berg mit der Schaufel nach hinten und ab und zu drehte sie den Anhänger mit einer Kurbel neben der Deichsel ein Stück nach oben, so dass er nach hinten schräg abfiel und das Korn auch allein nachrutschte. Da der Hänger nicht mehr an der Batterie des Traktors hing, musste sie dafür immer wieder vom Wagen herunterspringen. Das war Sport pur und sie dachte jetzt schon an den Muskelkater, der morgen folgen würde. Dazu triefte sie aus allen Poren, aber es tat verdammt gut, an der frischen Luft anzupacken und helfen zu können.

Sie hatte auch gerade den Wagen wieder herabgelassen, als der Traktor, diesmal der etwas größere, den Hannes der Bauer fuhr, sich dem Hof näherte. Der knurrte nicht ganz so laut wie der von Angelo. Kinderlachen schallte bis zu ihr herüber und auch Anna, die Oma, saß auf einem der Nebensitze.

Die beiden Kinder Richard und Janina hatte man zwischen die Ballen auf den Wagen gesetzt und es schien ihnen eine helle Freude zu bereiten, wenn die Autos sie überholten und die Leute beim Vorbeifahren winkten.

Als sie auf den Hof fuhren, brach Hektik aus. Anna wurde abgesetzt und ging sofort in die Scheune, um Hannes einzuweisen. Der kurbelte und setzte gekonnt den Traktor zurück, so dass der Anhänger nach kurzer Zeit direkt vor dem Förderband parkte. Sprang vom Bock herunter, sah nach oben und jetzt spürte es auch Franzi. Das waren die ersten Regentropfen.

»Verdammter Mist, hoffentlich hat Angelo eine Plane mit«, schrie Hannes zu Anna.

Diese nickte nur und half den Kindern, vom Wagen zu kommen. Franzi sah dem Treiben zu und suchte nach dem Moment, um sich nützlich zu machen. Da sah sie, wie Anna das Laufband anschaltete.

Hannes kam und schrie: »Das schaffen wir nicht, das hältst du nicht durch, wir warten, bis die anderen da sind!« Dann schaltete er das Laufband wieder aus.

»Junge, das Stroh muss rein, wir haben keine Zeit, der andere Wagen muss auch schnell ins Trockene.«

»Hannes, was soll ich machen, auf das Förderband geben oder oben schichten, sag an!«, sagte Franzi, die hinter ihn getreten war und ihre Chance witterte. Ein verdutzter Hannes drehte sich um.

»Du willst helfen?«

»Na klar, was denn sonst, und bevor du jetzt lange Reden schwingst, ich kenn mich aus!«

»Anna, dann deck du das Korn ab, dass wir das später auch trocken ins Gewölbe bekommen.«

»Anna kann am Laufband bleiben und auf die Bunde achten, dass sie nach oben laufen, das Korn ist schon im Keller. Du nach oben, denke du kannst schneller schichten, und ich auf den Wagen?«

Etwas überrascht und überrumpelt sagte Hannes: »Wusste ja nicht, dass Angelo es gleich abgeladen hat, aber gut, wenn das schon erledigt ist. So machen wir das!«

Franzi hievte ihre Knochen erneut auf einen Anhänger. Dass sie eine Übungsrunde hinter sich hatte, war gar nicht so schlecht, denn so sah es nicht mehr ganz so unsportlich aus.

Gebund für Gebund hob Franzi auf das Förderband und Anna richtete sie, wenn sie verrutschten, damit die Strohballen beim steilen Weg nach oben auf den Boden nicht zurückkamen. Dort wurden sie von Hannes erst gegabelt und dann in die Reihen geschichtet.

Als Angelo mit dem zweiten Wagen vorfuhr, schaute Hannes kurz nach unten.

»Gott sei Dank, sie haben die Plane aufgezogen!« Er wirkte sofort eine Spur beruhigter, was sich an seinen Worten abzeichnete.

»Ihr könnt es jetzt etwas langsamer angehen lassen«, rief er nach unten.

Franzi sah, wie Nele zu Anna kam und mit ihr sprach. Verstehen konnte sie es nicht, aber Anna ging und Nele übernahm den Platz.

Genau wie Angelo, der auf den Wagen kletterte und Franzi zu verstehen gab, dass er übernehmen würde.

»Okay«, sagte sie und machte Platz.

Auf der einen Seite war sie dankbar für die Ablösung, denn auch ihr Kreuz meldete sich schon. Das war Knochenarbeit und sie spürte, warum es so genannt wurde. Auf der anderen Seite hätte sie gern noch weiter geholfen und sich nützlich gemacht.

Die ersten kleinen Pfützen hatten sich schon auf dem Hof gebildet und der Regen wurde stärker.

Das war knapp, da werden heute Abend alle froh sein, dass sie es doch noch geschafft haben, die Ernte trocken einzufahren.

Franzi überzeugte sich noch einmal, dass sie nirgends zugreifen konnte, überquerte dann den Hof zum Stall, denn sie hatte das Gefühl, dass sie dort jemanden vorfand, der sich freuen würde, sie zu sehen. Ihre Hand strich beim Vorübergehen durch die flauschige Mähne. Sie beugte sich vor und schaute wie schon am Mittag in die großen dunklen Glubschaugen.

»Na, haste mich vermisst?«

Das Kälbchen schüttelte den Kopf, aber eher um die Fliege am Ohr zu verjagen, als auf die Frage zu antworten.

»Ist schon gut, du kannst auch nichts mit mir anfangen, ist schon klar.«

Franzi setzte sich auf die Futterbox, lehnte den Kopf an die Wand und verschwand in ihren Gedanken über ihre Zukunft.

»Ach, hier bist du, wir haben dich schon gesucht.«

Franzi erschrak, als sie die Worte von Nele so unvorbereitet hörte.

»Oh, das wollte ich nicht.«

»Ich wollte dich nur zum Essen abholen. Anna hat für uns alle etwas Leckeres gekocht. Es gibt Paella.«

»Stimmt ja, ich vergesse immer, da ich hier nur Deutsch höre, dass ich ja doch in Spanien bin.« Sie versuchte, der Situation etwas Belangloses zu geben.

Aber Nele schien zu sehen, dass hier nicht alles in Ordnung war und Franzi sich wieder in ihr Schneckenhaus zurückziehen wollte.

»Was hast du jetzt vor?«

»Ich weiß, ich kann eure Gastfreundschaft nicht ewig in Anspruch nehmen …«

»Nein, so war das nicht gemeint.« Nele setzte sich neben Franzi auf die Kiste.

»Ich meine, du hast doch einen Plan gehabt, wo du hin wolltest, bevor du hier ausgebremst wurdest.«

»Das ist eine lange Geschichte.«

»Ich hab Zeit!«

Franzi schwieg, bis Nele die Stille unterbrach und direkt fragte: »Wieso rufst du deinen Mann nicht an?«

»Dann würde er wohl sofort alles stehen und liegen lassen und morgen hier auf der Matte stehen.«

»Das versteh ich nicht«, sagte Nele und zog die Augenbrauen zusammen, denn sie hatte wohl eher mit einer Flucht aus der Ehe gerechnet.

»Mein Mann trägt mich auf Händen. Er ist das Beste, was mir in meinem Leben passieren konnte. Aber ich habe ihn enttäuscht. Ich habe ihm sein Leben weggenommen, weil er meins dafür mit gelebt hat.«

»Hat er das gesagt?«, fragte Nele.

»Nein, er sagt, er liebt mich. Aber er musste auf so vieles verzichten und ich würde ihm gern zeigen, dass ich mehr kann. Dass er sich auch auf mich verlassen kann und ich es schaffe, mein Leben zu meistern. Mit ihm, nicht er für mich, sondern wir gemeinsam. Das ist mein Wunsch.«

»Warum solltest du es nicht schaffen?«

»Weil ich vor langer Zeit aufgegeben habe, für die tollen Momente im Leben zu kämpfen. Ich habe den Kopf in den Sand gesteckt, mich gehen lassen, nicht mehr gesehen, welchen Sinn ein Leben hat. Was für wunderbare Menschen um mich herum sind und dass ich in einer Familie bin, die füreinander da ist. Auf die man sich immer verlassen kann. Eher habe ich mich verkrochen und mich selbst gesucht oder besser bemitleidet. Irgendwo muss ich mich verloren haben in den Jahren.«

»Und jetzt suchst du dich?«

»Nein, jetzt bin ich auf dem Weg, wieder zu lernen, wie man lebt. Menschen zu begegnen, ohne sofort die Flucht zu ergreifen, weil ich genau das dabei verlernt habe.«

»Wo wolltest du denn hin?«

»Nach Afrika … nach Kapstadt.«

»Da war es aber gut, dass der Balken auf dein Auto gefallen ist … was wolltest du denn da? Das ist doch lebensgefährlich! Da würden mich keine 10 Pferde hinbringen. Viel zu heiß und sandig. Dazu noch diese vielen Echsen und Schlangen. Hättest du dir nicht ein gemütlicheres Plätzchen aussuchen können?«

Für Franzi war es das erste Mal, dass sie ausgesprochen hatte, wohin sie wollte. Wenn sie ehrlich war, wusste sie selbst nicht, warum sie in ihrer Vorstellung immer an diesen Ort dachte – warum sie genau dorthin wollte. Nele hatte Recht, was wollte sie denn da? Sie mochte die Hitze nicht und auch Sand war nicht wirklich ein Element, das sie den ganzen Tag sehen wollte. Sie liebte zwar das Meer, das es dort auch gab, aber tendierte doch eher zu grünen Steppen als sandigen Dünen.

»Irgendwie hast du Recht«, sagte Franzi zögerlich. »Aber dann würde ich ja wieder versagen, wenn ich jetzt alles abbreche. Nicht mein Ziel erreiche. Wieder den Kopf in den Sand stecke. Das wäre für mich selbst die größte Niederlage.«

»Wieso? Du hast doch immer die Möglichkeit, deine Meinung auch zu ändern. Pläne zu verändern. Man kann sich doch auf einem Weg umentscheiden und an einer Kreuzung auch mal die Richtung ändern. Wer sagt dir denn, dass du damit versagt hast? Ist es nicht eher so, dass du den Mut hast, auch neue Wege zu gehen? Was meinst du, warum genau du in der Nähe warst, als der Blitz eingeschlagen hat, um uns zu Hilfe zu kommen? Denk mal darüber nach!«

Franzi bekam bei dem Gedanken ganz große Augen und ihr Puls raste etwas: »Du glaubst doch nicht etwa, hier hat das Schicksal eingegriffen; meinst du nicht, das ist etwas weit hergeholt?«

»Ich meine, wir sollten uns erst einmal frisch machen und dann etwas essen. Wir sollen doch Anna nicht enttäuschen und sie mit dem Essen zu lange warten lassen«, sagte Nele.

Franzi sah zu, wie Nele von der Kiste sprang, aber sie selbst brauchte noch einen Moment. Sie musste erst einmal verdauen, was sie gerade für Erkenntnisse aus dem Gespräch gezogen hatte.

Nele ging auf den Ausgang zu. Sie drehte sich noch einmal kurz um und fragte: »Kommst du?«

»Gleich.«

Franzi sprang auch von der Kiste und es war, als wäre ihr eine zentnerschwere Last von den Schultern genommen worden, weil sich ganz neue Wege öffneten, die sie bisher so nie im Blick gehabt hatte.

Blöd ist nur, dass mein Auto kaputt ist. Ich könnt ja mit einem Fahrrad weiterradeln, bei dieser herrlichen Landschaft, hätte ich sogar richtig Lust darauf.

Sie klopfte sich den Staub von der Hose und krabbelte nebenbei dem Kälbchen die Stirn.

»Du hättest mir das auch schon längst sagen können, dass ich einfach mal umdenken muss.« Sie spürte, wie sich diese neu gewonnene Freiheit mit jedem Schritt einstellte. Sie tänzelte fast zum Stallausgang.

Die Kinder spielten am Küchentisch mit ihrem Besteck. Das Messer war in der Fantasie eine Person und die Gabel nahmen sie als eine weitere und unterhielten sich. Ein Bild, das Franzi aus ihren Kindertagen mit den Geschwistern auch gut kannte. Eine Beschäftigung, um die Zeit, bis das Essen aufgetragen wurde, zu verkürzen. Die Männer hatten sich ein Bier aufgemacht und schauten sich die Tagesereignisse im Fernsehen an. Der Wetterbericht war immer das Wichtigste, um den nächsten Tag planen zu können. Die beiden Frauen standen in der Küche. Das Bad war also frei und so konnte Franzi den Dreck des Tages von der Haut spülen. Aber der Tag war so ereignisreich gewesen, dass sie auch unter dem Wasserstrahl die Gedanken daran nicht losließen.

Nele hat so Recht, was will ich denn in der brütenden Hitze, wo ich ja bei unseren 30 Grad schon in die Knie gehe. Dazu die Sandkörner, die sich in jede Pore bohren. Was wollte ich dort? Irgendwie war es immer ein Traum, dort einmal hinzukommen. Was hab ich mir dabei gedacht? War es wieder einmal nur, dass ich mir in den Kopf gesetzt hatte, etwas für mich Unerreichbares zu erreichen?

Der Plan wäre spätestens in Afrika gescheitert, das wurde ihr jetzt mehr als bewusst, denn auch gesundheitlich plagten sie schon die kleinen Zipperlein, die man um die 50 eben hatte, die es aber nochmals erschweren würden, dieser Hitze standzuhalten. Aber wohin dann? Doch nach Hause? War ihr Weg hier zu Ende und eine Umkehr zu ihrem Mann das Vernünftigste?

Als sie die Treppe herunterkam, sah sie schon alle am Tisch sitzen. Sie warteten nur noch auf Franzi, um mit dem Essen zu beginnen.

»Oh, bin ich zu spät? Ihr hättet nicht warten müssen.«

»Komm setz dich her, ich habe gerade erst alles fertig. Du bist genau richtig«, sagte Anna, die nach der Salatschüssel griff. Nele ließ sich die Teller anreichen und füllte sie mit der Paella.

Als auch Franzi einen Schlag auf ihren Teller bekommen und vor sich stehen hatte, sah sie etwas genauer darauf. Sie war der Meinung gewesen, dass man Paella mit Meeresfrüchten machte. Das war dann doch eher die Bauern-Paella mit Bratwürsten und statt Reis gab es Kartoffeln. Sie musste schmunzeln, das war ihr auch lieber so.

Als bei allen der Teller und die Salatschale gefüllt waren, sagte Hannes: »Dann lasst es euch schmecken.«

Sofort hörte man typische Essgeräusche. Wenn die Gabeln auf die Teller trafen oder das Schneidegeräusch, wenn das Messer über den Teller kratzte. Ansonsten war es eine Weile still, bis alle das erste Hungergefühl besänftigt hatten.

»Das war heute aber richtig knapp, wir hatten so einen Dusel!«, sagte Hannes und schaute in die Runde.

»Papa dürfen wir morgen wieder auf den Wagen?«

»Richard, es wird wohl regnen.«

»Schaaaaaaaaaaade!«

»Dann spielen wir morgen Vater-Mutter-Kind!«, warf Janina ein.

»Och nööööööö!« Richard sah seine Schwester an und schnaubte durch die Nase.

Alle mussten lachen, als sie die beiden hörten und Hannes warf einen Blick zu Angelo.

»Das war ein Timing heute. Gut, dass du das Korn direkt abgeladen hast.«

»Hab ich?« Angelo verzog den Mund. »Hab ich nix gemacht.«

»Wie?« Hannes sah in die Runde und musste wohl kurz überfliegen, wer wann und wo gewesen war.

»Du hast das ganz allein gemacht?« Er sah Franzi mit großen

Augen an. »Wie hast du das geschafft?«

»Mit einer Schüppe und ein bisschen Sport«, antwortete Franzi lächelnd. Sie wurde rot und wäre am liebsten in einem Loch verschwunden. Sie war ertappt.

Hoffentlich hab ich das auch alles richtig gemacht. Ihr wurde etwas mulmig.

Keiner sagte mehr ein Wort. Alle waren sprachlos. Nach den letzten Tagen, wo sie kaum die Bettdecke gehoben bekommen hatte, hätte ihr wohl niemand einen solchen Kraftakt zugetraut.

»Naja, die sind ja fast von allein in den Trichter gesprungen, ich hab ja nur ein bisschen geschubst. Ihr solltet sie nur noch im Keller ausbreiten, da ich nicht wusste, welche Fläche ihr dafür nutzt«, versuchte Franzi, diese Stille, die ihr gar nicht behagte, zu überspielen.

»Nele, ich bin froh, dass ich mit dir verheiratet bin, bei der Frau hätt ich nichts mehr zu melden.« Und schon lachten alle am Tisch laut auf.

Außer Franzi, der sehr heiß wurde und die sich sofort wieder die Frage stellte, was sie falsch gemacht hatte. Sie starrte auf ihren Teller. Anna sah es und stand auf, nahm die Teller zusammen und gab Franzi die Gelegenheit das Thema abzuwenden, wofür ihr Franzi auch sehr dankbar war.

»Ich helf dir!« Sie schob den Stuhl zurück und nahm das Besteck rund um den Tisch auf. Nele brachte die Kinder zu Bett und die Männer sahen nach dem Korn.

Später saßen alle noch bei einem Glas Rotwein zusammen und ließen den Abend ausklingen.

Aber für Franzi war danach noch lange nicht Zapfenstreich, denn was sie erlebt hatte, ließ sie noch einmal Revue passieren, um zu prüfen, wo sie sich falsch verhalten hatte. Was sie besser machen konnte und warum sie es nicht schaffte, sich einfach in eine Runde zu setzen, ohne sich so viele Gedanken zu machen, was, wer, wo, wann wohl denken mochte. So wichtig war sie doch gar nicht. Aber am meisten spukte ihr im Kopf umher, wohin sie jetzt ihre Reise führen würde, wo der Ort ihrer Wahl eindeutig vom Tisch war. Irgendwann schlief sie vom vielen Grübeln einfach ein.

Franzi spürte den Wind auf ihrer Haut und hörte, wie sich die Wellen an den Felsen der Bucht brachen. Die Sonne stand am blauen Firmament und strahlte auf sie hernieder. Sie sah eine Landschaft, die durch ihre prächtigen Farben herausstach. Angehalten von der Weite des Ozeans kletterte sie über eine Felspassage ganz nach oben auf ein Plateau.

Grüne Wiesen, so saftig mit vereinzelten Felsmassiven und eine Aussicht über einen großen Küstenstreifen. Das war die Welt, die ganz tief in ihrem Inneren Wärme entstehen ließ, die von ihren Gefühlen zu diesem Land sprach.

Die Bilder vermischten sich miteinander, mal war es der Strand, mal die Bucht und mal die grüne Landzunge, die sie durch die Tiefe der Nacht begleiteten.

Am nächsten Morgen schlug Franzi die Augen auf und konnte es kaum fassen. Eine Nacht, in der sie nicht gewandert war. Der Regen war zu hören und beim Blick aus dem kleinen Fenster, das im Rahmen aus vier einzelnen Glasscheiben bestand, konnte sie das Tageslicht sehen.

Da war dieser Traum, der sie in ein Gefühl von Hoffnung gepackt hatte. Der ihr Kraft gab, neu zu überdenken, was sie tun sollte. Nele hatte etwas in Gang gebracht, was sich nicht mehr stoppen ließ und mit diesem Elan schlug Franzi die Bettdecke beiseite.

»Autsch!« Sie blies die Luft aus den vollen Wangen heraus.

Gut, dass es regnete, denn sie konnte sich kaum bewegen. Sie brauchte eine Weile, bis sie die gummiartigen Knochen sortiert hatte, und schlich eher ins Bad, als dass man es gehen hätte nennen können.

Wenn ich nach Hause komme, dann melde ich mich als Erstes im Verein zur Senioren-Gymnastik an!

Sie wusste, sie hatte eine Muskel-Schmerz-Salbe im Rucksack, die trug sie ziemlich gleichmäßig auf den ganzen Körper auf und dachte sich, dass in der Tube nicht viel Inhalt war. Aber es half sofort, diese Erfahrungen hatte sie schon vor Reisebeginn gemacht, daher war sie mit ins Gepäck gewandert.

Franzi wartete noch ein paar Minuten, bis die Salbe etwas eingezogen war, bevor sie den Weg nach unten, zum Frühstück, einschlug. Heute sollte sie sich lieber eine leichtere Aufgabe suchen, soviel stand fest.

Als Franzi nach dem Frühstück mit Nele den Tisch abräumte und das Geschirr in den Geschirrspüler wanderte, war die Gelegenheit, das Gespräch von gestern fortzusetzen.

Nele nahm sie auch beim Schopf und begann mit einer sehr deutlichen Frage: »Und wo liegt dein neues Ziel?«

Franzi war erstaunt darüber, dass Nele sich scheinbar auch weitere Gedanken gemacht hatte. Sie war sogar froh, über ihren Traum sprechen zu können.

»Irland«, sagte Franzi, wie aus der Pistole geschossen.

»Irland?«

»Ja, Irland!«

»Warum Irland?«

»Weil es mein Ursprungsland ist.«

»Dein Ursprungsland? Du sprichst in Rätseln.«

»Ich bin mir sehr sicher, dass es das Land ist, in dem meine Seele, wenn es wahr sein sollte, dass wir mehrmals auf diese Welt kommen, das erste Mal beheimatet war. Ich habe oft Träume davon, wie ich in diesem Land gelebt habe, aber ich war noch nie dort. Es faszinieren mich die Küstenstreifen und es ist ein sehr beruhigendes Gefühl, wenn ich an die Wellen denke, wie sie an den Klippen zerschlagen. Das satte Grün der Region ist eine besondere Farbe, die mein Inneres anspricht und die Landschaft magisch erscheinen lässt. Manche Menschen sind lieber an einem Meer, andere lieben das steinige Gebirge und manche brauchen die Hitze, um wirklich frei atmen zu können, was wiederum andere zur Weißglut bringt, da sie diese hohen Temperaturen nicht ertragen. Vielleicht, weil allen auch schon bei der Geburt etwas mitgegeben wurde, das diesen Ursprung in uns wachruft und wir eine Sehnsucht nach diesem einen Ort entwickeln.«

»Okay, ich habe es verstanden, es scheint für dich eine Art Heimat zu sein. Das ging mir damals auch so, als ich ohne zu zögern nach Spanien ausgewandert bin. Ich hatte das Gefühl, die Wurzeln meines Selbst gefunden zu haben. Da frag ich mich aber erst recht, warum du auf dem Weg nach Kapstadt warst.«

»Weil ich glaube, allen anderen wieder mehr beweisen zu wollen, als mein Glück zu suchen. Können wir das für den Moment so stehen lassen?«, fragte Franzi, dabei presste sie die Lippen zusammen.

»Klar, können wir, ich will dich mit meiner Neugier nicht wieder in Bedrängnis bringen.« Nele lächelte. Die Geschirrspülmaschine lief und Nele schenkte den restlichen Kaffee aus der Thermoskanne in zwei Tassen, die sie mit an den Tisch nahmen.

Es war so still, dass man den Löffel an das Porzellan schlagen hörte, als Franzi die Milch einrührte. Sie hielt kurz inne und sah Nele an. »Sag mal, welche Möglichkeit habe ich denn von hier aus, außer mit dem Auto, zu einem Hafen zu kommen?«

»Willst du das Schiff nehmen, du könntest doch von Madrid aus fliegen.«

Franzi schüttelte den Kopf. »Bestimmt nicht!«

»Magst du nicht fliegen?« Nele schaute zu Franzi und sah, dass sie einen Moment brauchte, um die Frage einzuordnen.

Franzi zupfte sich am Ohr, das machte sie immer, wenn sie nachdachte. Eine Angewohnheit, um die Verlegenheit zu überspielen.

»Naja, nicht wirklich. Ich bin zwar schon mal geflogen, war aber froh, wieder festen Boden unter den Füßen zu haben. Dieses Sitzen in einem Flugzeug, wie in einer Sardinenbüchse, das war noch nie meins. Dazu die Aussicht auf einen freien Fall. Es hatte für mich noch nie einen Anreiz überall in der Welt landen zu können.«

»Du hast vor ziemlich vielem Angst, oder?«

»Es gab eine Zeit, da konnte ich so ziemlich alles, da bin ich auch in so eine Sardinenbüchse gekrabbelt und geflogen. Auch da gab es die Angst, aber sie hatte nicht diese Macht über mein Denken. Ich konnte sie gut ausbalancieren. Aber irgendwann hat diese Angst mein Tun bestimmt, alles hatte auf einmal einen ganz anderen Sinn und ich habe aufgegeben, dagegen anzukämpfen. Ich habe ihr eine Zeit lang zu viel Raum gegeben, um sich auszubreiten, und dann hat sie mir viele Türen zugeschlagen und ich musste mich erst wieder neu orientieren, um meinen Weg zu gehen. Heute versuche ich mir mit dieser Reise, einen Weg in die Zukunft zu bahnen.«

»Okay, also das Schiff. Keine Angst, das kriegen wir hin.«

Franzi sah hoch, als hätte sie Nele gar nicht zugehört und fragte: »Gibt es einen Händler in der Nähe, der mein Auto kaufen würde?«

»Bestimmt. Aber wie kommst du jetzt plötzlich darauf?«

»Können wir nachschauen und anrufen?«

»Ja, klar.«

»Ich würde gern alles erledigen und das Geld könnte ich für die Weiterfahrt nutzen. Die Versicherung wird das Geld für den Schaden an meinen Mann überweisen, da er als Besitzer eingetragen ist. Spätestens dann wird er sich auch Sorgen machen.«

»Wird er nicht!«

»Doch wird er, ich kenn ihn!«

»Nein.« Nele druckste herum.

»Du hast ihn nicht angerufen?«, fragte Franzi und ihre Stimme erhob sich.

»Anna hat mit ihm gesprochen, sie fand, dass er wissen sollte, dass es dir gut geht. Es machte nicht den Eindruck, als ob du vor ihm auf der Flucht gewesen wärst. Wir wollten auch nicht indiskret sein, aber dass du weder mit deinem Mann oder deiner Familie Kontakt aufgenommen hast, war schon etwas sonderbar.«

Franzi bekam große Augen und ihr Puls trommelte gegen die Schläfen, als würden sie jeden Moment platzen. Das Gespräch war für sie beendet und sie musste hier weg und brüllte nur noch beim Rauslaufen: »Ihr habt mich die ganze Zeit belogen!«

Sie kam aus dem Haus mitten in den Regen, der ihr das T-Shirt und die Jeans in kurzer Zeit durchnässte. Auch die Sneaker waren eher was für trockene Zeiten.

Sie hatte wieder einmal Recht gehabt mit dem Gefühl, dass Anna ihr die ganze Zeit aus dem Weg ging. Franzi hatte feine Antennen dafür, wenn sich irgendetwas nicht stimmig anfühlte. Aber sie hatte ihrem Gefühl nicht vertrauen wollen, da sie sich hier sonst sehr wohl fühlte und auch mit einer Frage nichts hatte zerstören wollen. Aber jetzt war sie unsicher, denn was hatten sie von Holger erfahren?

Sie merkte gar nicht, wie sie den Weg zum Stall einschlug. Ganz intuitiv stand sie plötzlich vor dem Kälbchen und sah es mit einem traurigen Blick an.

»Irgendwie würde ich dir auch die Freiheit wünschen, aber glaub mir, da wo du jetzt stehst, da bist du gut aufgehoben. Dein Leben ist sicher und behütet. Du möchtest gar nicht mit mir tauschen!«

Das Kälbchen drehte den Kopf ein wenig schief zu Franzi

und schaute sie mit den großen schwarzen Glubschaugen an.

Franzi kraulte es mit den Fingern zwischen den Ohren, bevor sie sich auf der Kiste daneben niederließ.

Sie sagte nichts mehr, sah dem Kälbchen zu und verschwand in ihrer Gedankenwelt. Von einem Moment auf den nächsten war etwas zerbrochen. Sie wollte nicht, dass man immer über ihr Leben bestimmte, als wäre sie unfähig, ein Telefonat zu führen. Es musste doch klar sein, dass es dafür Gründe gab, dass sie es nicht tat. Sie war ja keine 12 mehr, sondern schon knapp über 50 und konnte selbst entscheiden, wann und ob sie sich mit anderen Menschen in Verbindung setzte.

»Jetzt muss ich mich noch einmal einmischen!«

Franzi erschrak und wäre vor Schreck fast von der Kiste gerutscht.

»Sag mal, wie springst du denn mit Nele um? Die macht wirklich alles für dich und du dankst ihr das so, dass du sie stehen lässt und das Gespräch beendest. Sie macht sich Vorwürfe, dabei kann sie am allerwenigsten dafür, sie hat noch versucht, mich davon abzuhalten. Ich war der Meinung, dass man deinen Mann informieren muss, da es auch ein paar Tage nicht gut um dich stand. Du hättest fast dein Leben verloren, und da wir nicht wussten, bisher nicht wissen, warum ihr als Ehepaar über diese Distanz keinen Kontakt miteinander habt, war es für mich etwas ganz Normales, dass wir ihn informieren. Wir hätten dir das sofort sagen können, aber dein Mann bat uns darum, dir nichts zu sagen. Wir haben ihn dann nur noch kurz über deinen Gesundheitszustand in Kenntnis gesetzt und weiter nichts, denn was hätten wir ihm sagen sollen? Auch für mich war es nicht leicht, dir nichts zu sagen, denn ich kam mir vor wie jemand, der etwas Falsches gemacht hat. Aber daran sind nicht wir schuld!«

Franzi saß auf ihrer Kiste und schaute auf den Boden wie ein Kind, das bei etwas ertappt worden war. Sie musste sich selbst eingestehen, dass sie wieder nur an sich gedacht und mit keinem Blick auf ihr Umfeld geschaut hatte.

Anna hatte Recht, denn es konnte ja niemand ahnen, dass es einen Grund dafür gab, dass sie allein in diesem Land unterwegs war.

»Es tut mir leid, aber …«

»Nein, kein aber. Ich denke, es ist für uns alle eine komische Situation und du hättest genauso etwas sagen können wie wir.«

Anna drehte sich um, für sie war das Gespräch beendet, sie hatte gesagt, was ihr auf der Seele lag und ging wieder ihrer Arbeit nach.

Franzi steckte ein dicker Kloß im Hals. Sie ging die Worte von Anna immer und immer wieder durch und je mehr es in ihrem Ohr widerhallte, dass sie es verbockt hatte, desto größer wurde dieser Kloß. Sie hatte versagt! Wieder einmal komplett versagt. Menschen, die nur freundlich sein wollten, vor den Kopf gestoßen und nicht einmal über ihren Tellerrand geschaut. Das hatte sie nicht gewollt.

Ihr stiegen die Tränen in die Augen. Das wollte sie jetzt nicht auch noch, dass jemand sah, wie sehr sie diese Situation traf. Dass sie einen Fehler gemacht hatte und vielen Menschen damit Kummer bereitet hatte. Wie so oft im Leben würde sie jetzt einfach gern nur wegrennen. Den Kopf in den Sand stecken. Das veränderte sich auch nicht. Früher, als sie noch klein gewesen war, bewunderte sie die Erwachsenen, dass sie immer alles richtig machten. Aber sie merkte sehr schnell, dass so vieles sich gar nicht veränderte. Sie wurde älter und sah auch reifer aus, aber im Inneren war sie ein Kind geblieben, das sich freuen konnte wie ein Schneekönig, das weinen konnte und auch bockig war, wenn es nicht so lief, wie sie es gern gehabt hätte.

Genau wie jetzt, aber sie konnte auch erwachsen sein und sah Fehler ein, die sie gemacht hatte. Das war ein schwerer Gang, aber den ging sie. Zwar zögerlich aber mit dem Herzen, denn es tat ihr wirklich sehr leid.

Alle saßen um den Mittagstisch, als Franzi von einem ausgedehnten Gang durch den Wald zurückkam, den sie zur Beruhigung gebraucht hatte. Ihr Teller stand noch ungefüllt und Nele wollte gerade etwas von der Suppe auftun, als sie Franzi sah.

»Lass bitte, ich habe keinen Hunger.«

»Komm setz dich her«, sagte Nele.

»Ich wollte mich nur bei euch entschuldigen, dass ich so viel Unmut verbreitet habe. Ich bin manchmal etwas seltsam, da ich an einer Krankheit leide, die man leider nicht sieht. Das entschuldigt es nicht, aber vielleicht könntet ihr mich besser verstehen, wenn ihr in meine Seele schauen könntet und die vielen aufgeschürften rauen Stellen sehen würdet.«

Alle saßen ganz still, sogar die Kinder sahen sie mit großen Augen an.

»Ich werde nach oben gehen und mich ein wenig hinlegen.« Sie ging zur Treppe und alle sahen ihr schweigend zu, wie sie die Stufen hinaufstieg.

»Ich geh ihr nach, sie darf sich jetzt nicht wieder einigeln«, sagte Nele.

»Lass es, gib ihr doch etwas Zeit.« Anna hielt sie zurück. »Sie ist erwachsen, das hat sie doch von uns erwartet, dass wir das akzeptieren sollen!«

Franzi war von der inneren Zerrissenheit aufgewühlt, die sich auch auf ihren Magen und ihren Kopf übertrug. Oder hätte sie doch einfach etwas essen sollen, da der Hunger diese Anzeichen hervorrief?

Sie entschied sich, jetzt nicht nach unten zu gehen, sondern sich wirklich etwas hinzulegen, um sich zu beruhigen.

Als Franzi am Abend erwachte, hörte sie nichts mehr im Haus. Es musste schon sehr spät sein. Sie trug keine Uhr, um zu schauen, wie spät es war. Aber sie fühlte sich erholt. Die Müdigkeit und auch die Schmerzen waren aus ihrem Körper gewichen.

Sie saß auf dem Bett und schaute sich im Zimmer um. Sie musste wieder einmal an einen Spruch ihrer Oma denken: *Wenn du meinst, es geht nicht mehr …* Sie musste nur darauf vertrauen, dass sich alles von allein lösen würde.

Aber nicht hier und nicht jetzt. Schluss damit! Es dröhnte in ihrem inneren Ohr.

Sie sprach mit sich selbst, aber nur gedanklich, da ja alle im Haus schliefen und sie auch niemanden wecken wollte.

Franzi schlug die Bettdecke zurück und nahm sich frische Sachen aus dem Schrank, die sie anzog. Den Rest der Kleidung verteilte sie auf den Koffer und den Rucksack, die Nele auch auf dem Schrank deponiert hatte, als sie das Auto ausgeräumt und das Zimmer für sie zurecht gemacht hatte. Viel war es ja nicht, aber alles konnte sie nicht mitnehmen.

Auf dem kleinen Tisch vor dem Fenster lag noch das deutsche Rätselheft, das ihr Nele bei einer ihrer Einkaufstouren mitgebracht hatte. Die Deutschen waren scheinbar überall so beliebt, dass ihnen die Quizhefte und die Bergromane überall hin folgten.

Sie hob das Heft hoch und griff den darunter liegenden Block. Setzte sich auf den Stuhl mit einem Korbgeflecht der auch schon ein wenig älter war und unter ihrem Gewicht leicht ächzte. Nahm den Kugelschreiber und schrieb:

Liebe Familie Berger,

es war sehr schön und erholsam für mich. Da ich aber Abschiede nicht mag, wähle ich den einfachen Weg. Ich möchte mich für eure Gastfreundschaft bedanken.

Es war wohl Schicksal, dass es mich hierher verschlagen hat und sich der Weg für mich grundlegend veränderte. Dafür danke ich Nele, die mir die Augen öffnete und mir einen neuen Weg zeigte.

Es fällt mir schwer, euch noch einmal um einen Gefallen, sogar zwei zu bitten, aber ich möchte euch nicht noch länger zur Last fallen.

Würdet ihr für mich das Auto verkaufen? Die Papiere lege ich auf den Tisch. Für meinen Aufenthalt und auch eine Kleinigkeit für die Kinder sollte es reichen. Ihr habt genug Kosten für den Wiederaufbau eures Stalles aufzubringen, dass ich euch nicht auch noch zusätzlich belasten möchte. Es wird nicht viel sein, aber so kann ich etwas für euch tun, wo ihr so viel für mich getan habt.

Meinen Koffer kann ich leider nicht mitnehmen, daher würde ich mich freuen, wenn ihr ihn mit der Post nach Deutschland senden würdet.

Bitte seid mir nicht böse, ich hoffe, wir sehen uns wieder!
Eure Franzi

Sie las den Brief noch einmal durch und überlegte wie immer doppelt und dreifach, ob sie das Richtige tat. Aber wenn sie irgendwann, irgendwo ankommen wollte, dann musste sie jetzt Nägel mit Köpfen machen.

Mit ihrem Rucksack und ein paar Dingen aus der Küche darin hatte Franzi sich wie ein Dieb aus dem Haus geschlichen.

Die paar Kühe, die im Stall standen, muhten bei dem nächtlichen Besucher und Franzi fuhr der Schreck in die Glieder. Hoffentlich hatte sie damit nicht die ganze Familie aufgescheucht.

Als sie das Kälbchen in der Nachtlichtbeleuchtung sah, das sich zur Nachtruhe auf sein Streu gelegt hatte, musste sie an Weihnachten denken. Als sie näher kam, hob es den Kopf noch einmal und da sah sie sich gespiegelt selbst in den schwarzen großen Augen.

»Mach´s gut, mein Kleines.«

Es dauerte eine ganze Weile, bis Franzi sich von dem Platz lösen konnte. Am liebsten hätte sie den Strick abgemacht und das Kälbchen mitgenommen.

Es war kein Regen, der ihr als Tropfen über die Wange lief, als sie die Stalltür schloss. Vielleicht war es bei Mensch und Tier immer so, dass wenn man jemanden gerettet hatte, er einem sehr ans Herz wuchs.

Dabei dachte sie auch an Fipse, wie es ihm wohl ergangen war. Ob er glücklich war in seinem wandernden Zuhause? Hätte sie gewusst, dass sie niemals nach Afrika kommen würde, wäre er wohl noch an ihrer Seite, aber warum das Schicksal diesen Weg für ihn vorgeschlagen hatte, würde ihr wohl für alle Zeit verborgen bleiben.

Franzi musste gerast sein wie der Blitz, der an dem Tag des Unglücks auf dem Hof eingeschlagen hatte. Als sie jetzt an der

Stelle ankam, von der aus sie ihn gesehen hatte, hatte sie bereits eine gute halbe Stunde Fußmarsch zurückgelegt. Sie war unterwegs in die gleiche Richtung, aus der sie gekommen war, nur diesmal war der Weg beschwerlicher, da sie ihr Auto hatte zurücklassen müssen.

Das letzte Mal war sie mit ihren Kindern gewandert, da waren sie noch ziemlich klein gewesen. Es war schon eine Weile her und gut zu Fuß war sie auch noch nie gewesen.

Aber schon jetzt merkte sie, dass es an ihre Grenzen ging. Denn sie hatte weder einen sicheren Rückzugsort, noch wusste sie genau, wohin sie der Weg führen würde. Nur dass sie sich im spanischen Gebirge aufhielt und die Pyrenäen vor ihr lagen. Am liebsten hätte sie jetzt ihren Mann angerufen, dass er sie auf der Stelle abholte. Gut aber, dass sie auf ein Handy verzichtet hatte, denn sonst hätte sie es vielleicht sogar in die Tat umgesetzt. Aber es war auch gefährlich für sie, kein Handy zu haben, weil sie nicht einmal Hilfe rufen könnte, wenn etwas passierte.

Die Sonne ging gerade auf und bestimmt würden sie auf dem Hof bald merken, dass sie nicht mehr da war. Enttäuschung würde bleiben, dass sie sich bei Nacht und Nebel aus dem Staub gemacht hatte. Wieder einmal hatte Franzi den für sie einfacheren Weg gewählt und für andere blieben die Fragen offen.

Es war noch ein ganzes Stück bis zum nächsten Dorf und Franzi hoffte auf einen Bus, der sie mitnehmen würde.

Sie ging auf dem Teerbelag Schritt für Schritt weiter, wobei sie immer die Kante zum Rasen im Blick hatte, dass sie nicht abrutschte und sich den Knöchel verdrehte. So wie ihr Glück gerade bestellt war, rechnete sie mit allem, was ihren Plan komplett zum Scheitern verurteilte.

Hier und da rauschte auch ein Auto vorbei und sie drehte sich zu ihm um, wenn sie es von hinten anfahren hörte, aber bisher hatte niemand auf die Bremse getreten, um sie zu fragen, ob sie mitfahren wollte. Wahrscheinlich wanderten hier viele Touristen und man würde nie vorankommen, wenn man immer anhielt, um zu fragen, ob die Wandersleute ein Stück mitgenommen werden wollten.

Sie überlegte, denn wollte sie überhaupt in einem Auto mitfahren? Die Aussichten waren super, denn die Wahl zwischen den Blasen an den Füßen und einer Panikattacke in einem Auto war nicht berauschend. Sie stellte sich aber eher darauf ein, die nächsten Stunden auf dem Teer zu laufen. Gott Lob hatte der Regen aufgehört und die Sonne war heute auch noch hinter ein paar abziehenden Wolken versteckt, so dass es nicht ganz so heiß war.

Ihre Waden wurden beim Laufen auf dem Belag zu Beton und jeder Schritt tat weh. Teilweise wich sie auf den weicheren Untergrund aus, um dem Schmerz etwas abzudämpfen, aber als es auf die Mittagszeit zuging, wurde jeder Tritt zur Qual.

Da hörte sie, dass hinter ihr ein Auto das Gas wegnahm und sie hielt für einen Moment die Luft an. Würde es anhalten, dann müsste sie sich in Sekunden darüber klar werden, ob sie wirklich mitfahren wollte. Sie traute sich nicht nach hinten zu schauen. Die Aufregung ließ sie ins Schwitzen geraten und sie hoffte sogar, dass ihr der Autofahrer die Entscheidung abnehmen würde und einfach weiterfuhr. Aber um die 17 Kilometer bis zum nächsten Dorf zu überstehen, sollte sie ein solches Angebot nicht ausschlagen. Zumal sie heute auch noch irgendwo übernachten musste.

Das Auto war zu ihr aufgefahren und hielt an. Sie drehte sich um und erschrak. Kochend heißes Blut zirkulierte in ihren Adern, aus Angst.

»Na endlich, Mensch ich dachte schon, ich erwisch dich nicht mehr«, sagte Nele, die aus dem Wagen stieg.

Franzi stand wie eine Steinsäule erstarrt am Straßenrand.

Damit hatte sie überhaupt nicht gerechnet.

Nele kam zu ihr und packte sie an den Oberarmen: »Sag mal, warum läufst du denn weg? Es ist doch gar nichts Schlimmes passiert. Das können wir doch klären!«

»Ich muss doch sowieso irgendwann gehen und meist kann ich das eher in solchen Situationen, wo nicht alles rund läuft, dann schalte ich meinen Geist einfach aus und kann mich eher einer Situation entziehen und losgehen.«

»Du bist doch verrückt, allein hier auf der Landstraße. Wo willst du denn überhaupt so überstürzt hin?«

»Ich wollte zur nächsten Bushaltestelle und dann in eine Hafenstadt. Von da würde ich ein Schiff nach Irland nehmen.«

»Komm steig ein.«

»Ich will aber nicht zurück!«

»Musst du ja auch nicht, aber hier lass ich dich auch nicht stehen!«

»Was hast du denn vor?«

»Das wirst du schon sehen.«

Nele ging zum Auto und stieg ein. Franzi dagegen stand immer noch am selben Fleck und ihr sausten die Gedanken im Kopf herum.

»Ja kommst du jetzt, oder brauchst du noch eine Extraeinladung?«

Franzi nahm den Rucksack ab und ging auf die andere Straßenseite zum Auto. Sie wollte das eigentlich nicht, denn wieder sah sie, dass andere sich mehr Gedanken machten, als sie ihnen zugestand, und es machte sie traurig, dass sie immer so wenig zurückgeben konnte. Sie hatte doch nichts getan, was rechtfertigen würde, dass Nele ihr hinterherfuhr, um zu schauen, dass ihr nichts passierte.

Sie stieg ins Auto und fragte: »Ich versteh es nicht, warum tust du das?«

»Weil du eine doofe Nuss bist! Freu dich doch einfach

darüber, dass es Menschen gibt, denen du nicht egal bist! Denk nicht mehr an das, was war, sondern schau nach vorn und ein kleines Stück begleite ich dich noch.«

Franzi konnte es nicht fassen, dass es wirklich Menschen gab, denen sie wichtig war. Dass sie sie sogar, nachdem sie diese abermals vor den Kopf gestoßen hatte, immer noch mochten und nicht einfach gehen lassen wollten.

»Was sagt denn Hannes dazu, wenn du mit mir hier herumkutschierst, während er die ganze Arbeit auf dem Hof erledigen muss?«

»Du hast bei ihm mächtig Eindruck geschunden mit deiner Kornaktion. Er hat mir frei gegeben und gemeint, ich soll dir mal das Land zeigen.« Nele lachte leise und Franzi war so verdutzt, dass sie keine Fragen mehr stellte. Sie verstand es nicht, dass alle so nett waren, wo sie sich doch wieder voll daneben benommen hatte.

Nele machte in den nächsten Tagen auch für sich einen kleinen Urlaub daraus und zeigte Franzi nicht nur die Landschaft, sondern so einiges mehr.

In der Nähe von Pamplona suchten sie sich in einem kleinen Dorf ein Quartier. Sie einigten sich auf eine Ferienwohnung, nachdem Franzi beschrieben hatte, was sie in der Pension in Frankreich erlebt hatte, und sie nicht wusste, ob sie die vielen fremden Menschen ertrug. Neles Hauptleitsatz bestand fast nur noch aus zwei Worten: »Kein Problem.« Sie passte sich an und gab Franzi damit ein Grundvertrauen zurück, das sie in den vielen Jahren durch Enttäuschungen verloren hatte. Normalerweise hatte sie das bisher nur in der Familie, sie konnte sich immer auf Holger und ihre Kinder verlassen. Sie hätte nie gedacht, dass es auch Menschen außerhalb ihrer Familie geben könnte, die ihr helfen würden, sich in der Gesellschaft zu bewegen. Es war auf einmal so vieles möglich, was noch vor ein paar Wochen unmöglich erschienen war.

Sie wechselten sich ab, das Frühstück zu holen, was für Franzi einer Übung gleichkam. Besuchten nachmittags kleinere Cafés und mischten sich abends in kleineren Bars unter die Touristen. Franzi merkte immer mehr, wie schön es sein konnte, mal nicht schon vorher über das Nachher zu grübeln, denn Nele hielt sie so auf Trab, dass sie dazu gar nicht kam, sondern sich einfach den Situationen stellte.

Pamplona sah an manchen Ecken aus wie die Städte in Deutschland. Der Stil der kleinen Lehmhäuser mit den tollen Balkonen, wie man sie aus Spanien kennt, waren nicht mehr überall zu sehen. Bürohäuser und Einkaufsstraßen machten das Stadtbild aus. Aber die Altstadt war noch da und der Plaza del Castillo hatte dieses Flair, was Franzi total beeindruckte. So reihten sich alte und moderne Bauweise aneinander.

Es waren viele Touristen unterwegs, da die Stadt auf dem Jakobsweg durchlaufen wurde. Das erinnerte Franzi daran, dass sie das auch schon immer gern mal machen wollte.

Aber nicht heute, denn sie war mit Nele in der Stadt unterwegs, um sich etwas zum Anziehen zu kaufen. Sie mochte es nicht, von einem zum anderen Geschäft zu springen und fand es sehr anstrengend. Rein in die Klamotten, raus aus den Klamotten.

»Ja, das macht man bei einer Shoppingtour so«, erklärte Nele, als es Franzi zu viel wurde.

Wegen einer Hose zwanzig anprobieren, das war doch Zeitverschwendung, die erste passte doch schon. Da sehnte sie sich nach ihren Katalogbergen zurück, in denen sie in Ruhe blätterte, bestellte, um dann 14 Tage Zeit zu haben, die fünf Teile, die sie sich zur Auswahl hatte kommen lassen, anzuprobieren.

Auch waren die Umkleiden etwas, was ihr kurzzeitig die

Luft nahm. Dieses Ausgeliefertsein, wenn sie gerade im Wechseln der Kleidung war, da kamen schon leichte Hitzewallungen und der Puls zog zum Spurt an, bei denen ihre Angst sofort wieder aufflackerte und sie Mühe hatte, es zu überspielen. Gut, dass sie kleine Schweißtücher einstecken hatte, mit denen sie sich erfrischte, nicht dass man eine Schnüffelspur ihrer Einkaufstour hätte ziehen können.

Aber für heute Abend sollte es etwas Besonderes sein und so probierte sie nicht nur Hosen an. Am Ende hatte sie ein beigefarbenes Etuikleid und dazu passend eine Bolero Jacke, zudem auch Schuhe gefunden. Der Rest der Tüten war gefüllt mit etlichen Errungenschaften, die sie hier wohl alle gar nicht mehr tragen, sondern auf ihre weitere Reise mitnehmen würde.

Es machte Spaß und sie lachten wie die Teenager, wenn sie sich vor dem Spiegel drehten. Aber dass Shoppen glücklich macht, dem konnte Franzi nicht zustimmen, denn ihre Füße brannten nach drei Stunden wie Feuer, und wie sie damit den Abend überstehen sollte, das war ihr ein Rätsel.

Es war keine Veranstaltung, wo sie umhergehen konnte, sondern sie musste fest auf ihrem Platz sitzen bleiben. Das machte ihr im Vorfeld schon bedenkliche Sorgen und je näher es rückte, desto nervöser wurde sie.

Sie sah in ihre Tasche, es war das erste Mal, dass sie wieder nach den Tabletten griff. Nur eine zur Sicherheit. Sie bestätigte sich selbst mit einem Kopfnicken, dass sie die im Grunde nicht brauchte. Aber der Kopf musste an manchen Tagen ein wenig hinters Licht geführt werden, dass er die Angst gar nicht erst hereinließ. Und heute wollte sie mit einem solchen unguten Gefühl gar nicht erst losspazieren.

Nele klopfte. »Bist du fertig?«

»Komme!« Franzi packte die kleinen Helferlein wieder in die Tasche. Sie wollte nicht, dass Nele etwas davon mitbekam.

Ein Stück fuhren sie ins Landesinnere und kamen dann an ein großes Gut. Pferde standen auf Koppeln und hoben den Kopf, wenn Gäste mit ihren Autos vorbeifuhren. Sie hießen diese wohl willkommen. Es war ein Traum, so ein großes Gelände mit alten Zedernbäumen. Hier hätte Franzi niemals einen Folkloreabend vermutet. Es waren auch keine Plakate oder Schriftzüge angebracht. Aber Nele wusste bestimmt, wohin sie fuhr, dachte Franzi, zumindest hoffte sie es.

Als sie in ein Kellergewölbe geführt wurden und an einen kleinen Tisch kamen, war es um die Selbstsicherheit geschehen. Franzi merkte, wie ihr erste Schweißperlen auf die Stirn traten.

Nicht jetzt, bitte nicht jetzt, war alles, was sich in ihrem Kopf drehte. Sie sah kaum den Raum, allein die dicken Steine des Gewölbes machten ihr eine höllische Angst. Sie fühlte sich eingemauert. Dass es in einem Keller stattfand, war erdrückend und schnürte ihr die Kehle zu. Sie musste hier weg, raus aus dieser Enge, die ihr den Brustkorb zuschnürte. Die Bedrängnis, in der sie sich befand, übertrug sich auf ihren Körper. Ihr wurde schwindelig und sie nahm die Menschen um sich herum wie durch eine Milchglasscheibe wahr. Ihr Versuch, die Gedanken positiv zu beeinflussen, blieb erfolglos. Die Angst übernahm wieder den Kopf. Je mehr sie versuchte dagegen anzugehen, desto größer wurden die Bedenken.

Es gab nur einen Ausweg.

»Ich geh mich eben frisch machen«, sagte Franzi und drehte sich schon zum Gehen um.

Das »Okay« von Nele, die mit dem Kellner noch im Gespräch war, hörte sie kaum noch.

Franzi ging schnellen Schrittes, fast fluchtartig über die massive Rundtreppe nach oben und direkt auf den Ausgang zu. Als sie die Tür öffnete, schnappte sie wie eine Ertrinkende nach Luft. Sie atmete hastig und dann einmal tief durch. Ihr Körper erholte sich auch sofort. Ganz automatisch ging sie die Stufen hinunter und entfernte sich von dem Gutshaus. Für sie gab es nur eine Richtung – weit weg von der Bedrohung.

Eine Weile stand sie schon an der Koppel und sah den Pferden im Abendlicht zu, wie sie gemütlich das Gras von der Weide zupften.

Sie hatte sich doch auf den Abend gefreut. *Wie soll ich das erklären, ich mache alles kaputt. Nele wird bestimmt enttäuscht sein ...*

Sie spürte, wie sich eine Hand auf ihre Schulter legte, und hörte gleichzeitig Neles Worte: »Geht es wieder?«

Franzi drehte sich um und versuchte etwas zu sagen, aber die Enttäuschung über sich selbst hinterließ einen großen Kloß im Hals. Sie konnte sich noch so anstrengen, aber ihre Gefühle ließen sich nicht kontrollieren. Ihre Augen verschleierten sich und auch eine Träne kullerte verstohlen über ihre Wange.

»Möchtest du drüber reden?«

Franzi sah Nele an und schüttelte nur heftig mit dem Kopf. Sie wusste, wenn sie jetzt versuchte, etwas zu sagen, würde ein Sturzbach aus ihr herausströmen.

»Okay, lass uns ein bisschen laufen.«

Jetzt nickte Franzi und war für das Verständnis wieder einmal unendlich dankbar.

Sie waren an den Koppeln vorbei und auf einem kleinen Weg um das Gut unterwegs, als Franzi plötzlich sagte: »Ich wollte zu viel. Es fühlte sich so gut an und alles war die letzten Tage so einfach. Damit habe ich nicht gerechnet, dass es mich so einholt.«

»Dass dich was einholt?«

»Die Angst vor Situationen, in denen ich die Kontrolle verliere. Da übernimmt die Angst meinen Kopf und spielt mir die schlimmsten Streiche. Das macht das Leben mit mir nicht einfach und ich wollte mit dieser Reise zeigen, dass ich es schaffe. Schaffe, mich in diesem Leben auch auf mich selbst zu verlassen. Wie jeder andere Mensch, frei zu sein in den Entscheidungen und im Leben. Dass die Angst nicht für mich entscheidet. So wie heute Abend, sie beraubt mich eines schönen Abends. Sie beraubt mich, mit meinem Mann zu öffentlichen Veranstaltungen zu gehen, mit Freunden zu feiern. Sie nimmt mir, einfach gesagt, mein Leben in Gesellschaft weg!«

Franzi sah zu Nele.

»Nicht das, was du erwartet hast, auch dir mach ich den Abend kaputt. Du könntest jetzt da drinnen sitzen und dir von den Tänzern den Abend gestalten lassen.«

»Wieso glaubst du, dass mir das wichtig wäre?«

»Weil du dir diesen Abend so gewünscht hast.«

»Damit du eine schöne Erinnerung an dieses Land mitnimmst. Wenn es dir nicht gut geht, ist es nicht wichtig, dort zu bleiben.«

»Genau, meine Angst macht diesen Abend kaputt, genau, wie es immer auch das Leben meines Mannes bestimmt und ihm vieles nimmt.«

»Und deshalb bist du ohne ihn gefahren?«

»Ja, ich wollte es lernen. Lernen, der Angst die Stirn zu bieten.«

»Hast du doch auch, lass dich doch von so kleinen Rückschlägen nicht wieder komplett aus der Bahn werfen. Schau mal, was wir heute alles gemacht haben und was es für ein toller Tag war. Sieh dir doch die Erfolge an. Gib der Angst nicht so viel Platz, sondern schau auf das, was dich nach vorn bringt.«

»Das ist leider nicht so einfach.«

»Na komm mal her.« Sie zog Franzi am Ärmel zu sich und nahm sie in den Arm.

Jetzt war Franzi wieder Kind, damit konnte sie gar nicht

umgehen und es war ein unbehagliches Gefühl dabei, so dass sie sich nach kurzer Zeit wieder aus der Umarmung löste.

»Bitte lass uns zurückfahren, ich bin extrem müde.« Franzi wollte auch einem weiteren Gespräch aus dem Weg gehen.

Es war Franzis letzter Tag in Spanien, an dem sie und Nele etwas unternehmen konnten. Morgen würden sie unterwegs auf dem Weg zum Hafen sein, so dass sie das Schiff betreten konnte, welches sie ins Land ihrer Träume bringen sollte.

Es sollte ein besonderer Tag werden und Nele übernahm wieder die Führung. Sie fuhren nach Sare und standen an der Talstation der Bahn. Es war eine Zahnradbahn, die sie zum Gipfel bringen könnte.

»Da soll ich mitfahren?«, fragte Franzi ungläubig. »Du wolltest mir nur die Bahn zeigen, oder?

»Ich wollte schon damit fahren, aber …«

»Okay«, platzte ihr Franzi hektisch ins Wort. Dabei sausten wieder die Gedanken wie in einem Zeitraffervideo durch ihre Gehirnwindungen.

Nach dem Desaster gestern wird das gut gehen? Wie lange wird das dauern? Hoffentlich nicht zu viele Menschen! Wird es voll sein? Werde ich das schaffen …

Neles Handy summte und sie sagte: »Es ist Hannes - kleinen Moment.«

Franzi nickte und ging schon in die Richtung des Zuges, um ihn sich etwas genauer anzuschauen. Die ersten Waggons waren mit Passagieren schon gut gefüllt. Franzi sah den Schaffner. Er wedelte mit seinem Abreißblock.

»Wollen Sie auch noch mit?«

Franzi schüttelte den Kopf und sagte: »Eher nicht. Wie lange dauert denn eine Fahrt auf den Gipfel?«

»Ungefähr 40 Minuten«, sagte der Schaffner, der gleichzeitig anderen Passagieren die Karten für die Fahrt aushändigte.

Franzi erschrak und atmete einmal tief durch. 40 Minuten gefangen und in einem Zug sitzend mit den vielen Menschen, das konnte sie nicht. *Niemals, nicht nach dem gestrigen Abend.*

»Nein, dann eher nicht, danke«, sagte sie zu dem Zugbegleiter.

Sie ging auf Nele zu, die gerade ihr Handy in die Tasche steckte und in ihre Richtung sah. »Wie geht es Hannes und den Kindern?«

»Gut, sie freuen sich, dass ich morgen zurückkomme. Hast du schon Karten gekauft?«, fragte Nele und drehte sich in Richtung des Zuges um.

»Da kann ich nicht mitfahren, das dauert 40 Minuten, ohne aussteigen zu können und das Ganze auch noch mal zurück. Da wackeln mir jetzt schon die Knie. Ich möchte es nicht ausprobieren und wieder mit einer negativen Erfahrung den Tag beenden.« Franzi sah zu Nele, die ein wenig enttäuscht wirkte. »Was hältst du denn davon, wenn du fährst und ich mache im Tal währenddessen einen Spaziergang. Du würdest den Berg und die Aussicht doch gern sehen.«

Franzi sah, wie Nele unschlüssig zwischen ihr und der Bahn hin und her schaute. »Bitte fahr!«, sagte sie deshalb noch einmal eindringlich zu ihr.

»Nein, wenn du nicht mitkommst, dann möchte ich auch nicht, ich hab nicht nachgedacht und es ist eine Schnapsidee gewesen.«

»Und wieder nimmst du dir etwas weg, weil ich es nicht kann. Wann kommst du noch einmal dazu, mit dieser Bahn zu fahren? Du möchtest es doch. Dann fahr doch bitte auch. Du hast so viel für mich getan, gönn dir doch dieses eine Mal etwas, was auch dir Freude macht. Bitte fahr!«

Sie hörten den Schaffner rufen: »In 5 Minuten ist Abfahrt.«

Nele atmete tief durch und dann sagte sie: »Ich würde wirklich gern einmal rauf fahren, aber das kann ich ja auch mal mit Hannes und den Kindern machen.«

Franzi erfasste eine Traurigkeit, weil sie erneut einem Menschen etwas wegnahm, nur weil sie selbst es nicht schaffte.

Weiter kam sie nicht in ihren Gedanken, denn Nele fasste sie am Arm und lachte. »Komm, ich hab eine bessere Idee.«

Franzi fragte nur, während sie sich mitziehen ließ: »Was hast du denn vor?«

Nele blieb stehen und sah Franzi an. »Die letzten Tage hat das doch auch ganz gut geklappt. Nur weil du jetzt etwas erlebt hast, was dich einen Schritt rückwärts laufen lässt, musst du doch nicht gleich alles wieder in Frage stellen. Ich zeig dir noch ein bisschen die Küste, wir gehen nachher in einem kleinen Terrassenlokal etwas essen und am Ende darfst du entscheiden, ob das, was ich noch im Angebot habe, etwas für dich ist. Mehr verrate ich noch nicht.«

Franzi sah sie mit großen Augen an und plötzlich musste sie lachen. »Solltest du in deinem Leben noch einmal überlegen, einen neuen Beruf zu erlernen, ich wüsste einen und könnte dich bestimmt beraten.«

Die Strecke an der Küste entlang war sehr schön. Immer wieder stoppte Nele den Wagen an kleinen Parkbuchten, damit sie aufs Meer blicken konnten. Die Buchten waren voller Segelschiffe, einige sah man gerade aufs Meer hinaus steuern. Nele erzählte von den Katamaranen, die man für Delfin- und Walbeobachtungen buchen konnte, aber auch von den Landschaften und Sehenswürdigkeiten im Baskenland, und Franzi bekam eine Geschichtsstunde gratis.

Nach der versprochenen Mahlzeit in einem kleinen Lokal, das zu Franzis Erleichterung eine kleine Außenterrasse hatte und nicht überlaufen war, fuhren sie nach San Sebastián.

Als Franzi die kleinen Gassen und die vielen Touristen sah, wurde sie unruhig. *Komm schon, jetzt nicht schon wieder, du kannst das!*

Nele schien es zu bemerken und sagte: »Ich parke gleich unten am Hafen, da ist bestimmt weniger los. Ich hab es mir vorhin noch auf dem Handy angesehen, von da aus ist es auch nur ein kleines Stück zu Fuß.«

Franzi nickte. »Ich bin gespannt, was du vorhast.«

Nele fand schnell einen Parkplatz und sie stiegen aus. Einige Touristen gingen mit ihnen in die gleiche Richtung. Franzi merkte, je weiter sie sich vom Auto entfernten, da es auch ein sehr übersichtlicher Bereich war, desto mehr reagierte ihr Körper. Am unangenehmsten war der Drang eine Toilette aufzusuchen und da sie hörte, wie das Wasser wiederholt am Kai anschlug, verstärkte sich das Gefühl auch noch. Ihr Puls schlug schneller und die Atmung erhöhte sich merklich. Sie ging etwas zügiger, als sie an ein paar Touristen vorbeiliefen, so fiel es weniger auf.

In ihrer sich steigernden Panik hörte sie Nele, der auch diese Aktion wohl nicht verborgen geblieben war, neben sich sagen: »Schau, da vorn möchte ich rein, ins Aquarium.«

Franzi sah auf das Gebäude und dann zu Nele, die sich sichtlich freute und sagte: »Okay, also rein da.«

Nele konnte ja nicht ahnen, wie dringend sie eine Toilette suchte und dass sie keine Zeit mehr hatte, darüber nachzudenken, ob es möglich war oder nicht.

Als sie am Kassenschalter ankamen, löste Nele die Karten. Franzi hatte ihr einen Geldschein in die Hand gedrückt, dass sie ihr eine mitbrachte. Gleich darauf tippte sie Nele auf die Schulter und zeigte auf das Hinweisschild der Toiletten, wobei sie sagte: »Bin gleich wieder da.«

Einige Minuten später kam sie zurück und ging auf Nele zu, die mit den Karten in der Hand am Eingang stand.

»Dann mal los, auf in die Höhle der Fische!« Franzi lachte.

Die Gänge waren mit gedimmten Licht ausgestrahlt, so dass

man die eingelassenen Becken in den Wänden besser betrachten konnte. Die ganze Farbenpracht in kleinen viereckigen Behältern und in jedem Einzelnen tummelten sich unzählige verschiedene Meerestiere. Sie sahen sogar Seepferdchen und Seeigel, auch Korallen in den verschiedensten Formen. Ihre Begeisterung fand keine Grenzen.

»Toll, hast du die gesehen?«, fragte Franzi, als sie die Seepferdchen betrachtete.

Nele kam näher und sagte: »Man kommt sich vor wie in einer Traumwelt. So farbenprächtig, wie es hier leuchtet.«

»Wunderschön!«

»Und du kommst klar?«, fragte Nele.

»Ja, alles gut. Hier habe ich gar keine Zeit über mich selbst nachzudenken. Das ist so schön, ich glaub, hier bleib ich. Danke, dass du nicht aufgegeben hast!«

Nele lächelte.

Sie hatte über die App auf ihrem Handy auch ein kleines Hotel etwas außerhalb der Stadt gefunden, wo sie Zimmer mit Balkon bekamen und bei einer schönen Flasche Rotwein ließen die beiden Frauen den Abend ausklingen.

Schiff ahoi!

Am nächsten Morgen standen beide Frauen am Schalter, um die Schiffspassage, die sie telefonisch bestellt hatten, abzuholen.

»Jetzt ist es soweit«, sagte Nele mit einem Seufzer.

»Ja, sehr schade, aber ich kann ja nicht ewig bleiben.«

»Aber du kommst mal wieder, vielleicht mit deinem Mann?«

»Das wird die Zukunft zeigen. Wir bleiben auf jeden Fall in Kontakt.«

Schleppend verging die Zeit. Franzi mochte keine Abschiede, da es immer so war, als würde man etwas verlieren. Aber sie mochte nicht darüber nachdenken und schob es weg, wie so vieles in ihrem Leben. Nachdem sie sich ein paar Mal in die Arme genommen hatten, Nele die Grüße an die daheim Gebliebenen mit auf den Weg bekommen hatte, stand Franzi nun an der Reling und winkte, als das Schiff Fahrt aufnahm und den Hafen langsam verließ.

Erst als sie sah, dass Nele sich umdrehte und zu ihrem Auto ging, rollten die Tränen und sie hatte ein beklemmendes Gefühl in sich, dass es wohl ein sehr langer Abschied sein würde. Vielleicht sogar für immer.

Sie stand sehr lange dort, die Arme auf der Reling verschränkt und ihren Kopf darauf gebettet, schaute sie zu, wie der Hafen immer kleiner wurde. Sie sah auf die Wellen, wie sie am Horizont auf und nieder gingen. Auf die Schaumkronen, die sich bildeten und wieder im Wasser auflösten. Ein Naturschauspiel, dem sie stundenlang hätte folgen können, wenn sich das Deck nicht urplötzlich mit Menschen gefüllt hätte.

»Was ist denn los?«, sprach sie eher zu sich selbst.

Sie war noch nicht einmal in ihrer Kabine angekommen und

schon ging das Schiff unter? Zumindest sah das nach Panik aus.

»Wo wollen sie denn alle hin?«, fragte sie jetzt, etwas lauter, einfach in die Menge.

»Have not heard the announcement of the captain«, sagte ein junger Mann.

»Whot?« Franzi stand noch unsicherer da als vor der Frage, denn sie verstand nur Bahnhof.

Da mischte sich ein Herr mit einem Spazierstock ein. Er blieb stehen und ließ den Strom der Passanten erst ein wenig abebben, bevor er etwas sagte. Aber er fuchtelte mit dem Stecken herum, dass Franzi Angst hatte, es würde gleich Verletzte geben.

Der Mann wies mit seinem Stock nach oben zu einem Lautsprecher: »Haben Sie die Ansage des Kapitäns nicht gehört?«

»Doch, aber die habe ich nicht verstanden.« dabei senkte sie ihre Augen verlegen nach unten.

»Sie müssen zur Seenotrettungsübung!«

»Seenotrettungsübung?«

Die wollen aber doch nicht, dass ich mich jetzt mit so einem kleinen Beiboot in den Ozean begebe. Bei dem Gedanken wurde ihr siedend heiß, ihr Kreislauf schlug sofort wieder Alarm.

»Ja, wir proben den Ernstfall. Das steht aber auch alles in ihrer Kabine auf dem Hinweisschild auf Deutsch und die Weste liegt im Schrank. Sie waren wohl noch nie auf einem Kreuzfahrtschiff?«

Schild? Weste? Franzi verstand wieder nur Bahnhof und kannte noch nicht einmal ihre Kabine.

Sie bewegte sich nicht vom Fleck und wartete einfach ab. Die Menschen hatten alle ein bestimmtes Ziel. Ein paar Nachzügler sah sie noch über das Deck laufen. Scheinbar wollten sie auch rechtzeitig bei der Übung dabei sein. Danach war das Deck wie leergefegt.

Irgendwo schien die Veranstaltung zu laufen, da sie immer etwas aus einem Lautsprecher vernahm, aber natürlich nichts verstand. Auch aus den Bruchstücken hörte sie nicht wirklich etwas heraus, dafür reichte ihr Schulenglisch nicht aus.

Sie machte sich auf den Weg, um ihre Kabine zu finden. Da alle gerade mit der Rettungsaktion beschäftigt waren, konnte sie in Ruhe suchen.

Franzi fand den Gang zu ihrer Kabine. Ihr Koffer, den Nele vom Hof mitgebracht hatte und ihr Rucksack standen geparkt vor der Tür.

Sie wollte gerade danach greifen, als den Gang entlang eine Schiffsstewardess mit einem Klappboard in der Hand auftauchte und aufgebracht rief: »Are you Franziska Sommer?«

Franzis Nackenhaare standen bei dem Kommandoton sofort kerzengerade in der Luft. Ein eiskalter Schauer schlich ihren Rücken entlang und ihre Ohren machten die Schotten dicht.

Was will die denn? Sie sah mit vom Schreck weit aufgerissenen Augen den Gang entlang.

»Come on!«, hörte sie die Frau rufen.

Das verstand sie und jetzt antwortete Franzi sehr bestimmend: »Stop, please!«

Eine kurze Pause entstand zwischen ihnen und die Blicke, die sie hin und her warfen, hätten, wenn eine Papierwand zwischen ihnen gespannt gewesen wäre, Schnipsel auf dem Boden verteilt.

»Ich spreche Deutsch und verstehe kein Englisch«, sagte Franzi.

»Okay, Sie müssen mitkommen und an der Übung teilnehmen. Das ist Pflicht.«

»Kann ich …«, dabei wollte Franzi nach dem Koffer greifen, als ein »No«, erklang.

»Dann los.« Sie drehte sich der Stewardess zu und wusste, dass sie dieser Frau bestimmt nichts von ihren Problemen erzählen würde.

Als sie an dem Deck ankamen, entstand dort eine mystische Stille. Einer der Offiziere, zu erkennen am weißen Hemd mit den Streifen und der Kappe, sagte etwas in ein Megaphon.

»Franziska Sommer, Kabine 671, is now also here.«

Alle lachten nur Franzi nicht, sie zitterte innerlich und ihr stieß der Schweiß aus allen Poren, denn das war das Schlimmste, was hätte passieren können. Sie wurde auf einem Silbertablett vorgeführt, jetzt kannten sie alle.

»Ich hätte doch fliegen sollen«, brummelte sie zu sich selbst.

Als sie später, total erschlagen von dieser Veranstaltung, an der Kabine ankam und ihr Gepäck endlich mit hineinnehmen konnte, stellte sie dieses im Innenraum ab. Die leichte Jacke warf sie noch auf einen Stuhl und legte sich angezogen aufs Bett. Beim Schaukeln des Schiffs dauerte es auch nicht lange, da fielen ihr die Augen zu.

Franzi hörte ein Klopfen, aber konnte es nicht wirklich zuordnen. Es passte nicht zu den Bildern, die sie gerade vor sich sah. Wer sollte auch an einem Strand, an dem sie durch den Sand lief, an eine Tür klopfen können.

Erneut drang dieses Klopfen an ihr Ohr. Sie machte die Augen auf und versuchte, sich zu orientieren.

»Komme!«, rief sie, als sie endlich begriff, dass es wieder Mal ein Traum gewesen war und sie sich noch in der Schiffskabine befand.

Franzi fuhr sich einmal mit den Fingern durchs Haar, wobei sie an sich herunter sah und dabei auch ihr Outfit ein wenig zu ordnen versuchte. Sie hatte darin tief und fest geschlafen, da wirkte es natürlich nicht mehr frisch, aber es musste gehen, um den Besucher an der Tür in Empfang zu nehmen.

Bitte nicht wieder eine Rettungsübung!

Sie öffnete.

Davor stand ein lächelnder Angestellter, mit einem Feudel und Putzeimer in der Hand.

Franzi schaute einmal kurz auf ihr Bett und war jetzt doch sehr überrascht. Sie musste wieder einmal in einen Tiefschlaf über mehr als 12 Stunden gefallen sein. Das Schaukeln des Schiffes hatte sie wohl so umschlungen, dass sie noch nicht einmal die Bettdecke zurückgeschlagen hatte. Was würde dieser Mann jetzt von ihr denken, wenn er es sah?

Egal, sie wollte jetzt keinen Menschen in ihrer Kabine, der putzte, denn sie musste aufs Klo und auch eine Dusche hätte was.

»You go to the ander Kabine. Here is all ready!«

Er lächelte, aber ging nicht weiter.

»Wait.«

Franzi schlug die Tür zu und öffnete den Badbereich. Eine kleine Ecke, in dem auf kleinsten Raum eine Dusche und eine Toilette angebracht waren. Sie versuchte, in der Kürze der Zeit zumindest das Nötigste zu erledigen. Was gar nicht so einfach war, da man auch das Gefühl hatte, das Klobecken würde schaukeln.

Beim Waschen der Hände sah sie in den Spiegel und erkannte, dass sie so nicht unter Leute konnte. Da brauchte es auf diesem Luxusliner erst ein wenig Farbe und auch ansonsten eine kleine Restauration, bevor sie sich ohne Gefahr, dass sie jemanden erschrecken könnte, aus der Kabine trauen würde. Es wäre ihr peinlich, wenn sie durch ihr unangepasstes Outfit wieder auffallen würde.

Franzi öffnete erneut die Tür und der Mann mit dem Feudel hatte sich nicht wegbewegt. *Oh je, jetzt stehle ich ihm auch noch seine Zeit.*

»Come on«, sagte sie.

Er sagte nichts, kam herein und stellte seinen Eimer ab. Sie hatte kurz das Gefühl, dass er stutzte, bevor er das Bett einmal komplett aufschlug, um es danach in seinen Urzustand zu bringen.

Sie griff nach ihrer leichten Jacke, denn auch im Sommer war der Wind auf einem Schiff sehr frisch und trat durch die kleine Glaswand auf den Balkon.

Franzi hatte Glück, dass auf dem Schiff noch Kabinen für die Überfahrt frei gewesen waren. Solche Clubschiffe waren meist über Monate ausgebucht. Sogar eine mit Balkon hatte es noch gegeben, was ihr entgegen kam, da sie sich nicht eingeschlossen fühlte und wie jetzt eine Fluchtmöglichkeit hatte, ohne ihr Reich für kurze Zeit hergeben zu müssen.

Dieses Schiff war ein Urlaubsschiff, das die Passagiere an den Küsten in verschiedene Städte brachte und dann in seinen Heimathafen zurückkehrte, um dieselbe oder eine andere Route zu fahren.

Sie würde auf der Hälfte der Strecke, in Dublin, das Schiff verlassen. Das hatte sie bei der Buchung angegeben und eine Ermäßigung des Fahrpreises bekommen. Hätte sie den Flug genommen, wäre sie wohl mit viel weniger Geld ausgekommen, dafür aber gestorben vor Angst.

Franzi versuchte nicht in Richtung des Zimmers zu schauen, denn es war bestimmt auch für den jungen Mann ungewöhnlich, dass jemand auf der Kabine blieb, wo doch von morgens bis abends eine Veranstaltung nach der anderen auf dem Schiff angeboten wurde und man sich die Zeit vertreiben konnte.

Sie hatte einen ganzen Tag verschlafen, was ihr jetzt noch mehr bewusst wurde, da sie bemerkte, dass das Schiff in einem Hafen vor Anker lag. Sie hätte nicht gedacht, dass es sie so anstrengen und förmlich ausknocken würde. Weder die Ansage des Kapitäns noch das Anlaufen des Hafens hatte sie mitbekommen. Erst gegen Abend würde die Überfahrt nach Irland weitergehen, bis dahin war noch viel Zeit, sich auf dem

Schiff umzusehen. Die Passagiere nahmen die Gelegenheit wahr, um ein wenig in der Hafenstadt zu bummeln. Den Stress wollte sie sich nicht antun. Franzi schaute lieber zu, wie kleine Boote an dem riesigen Schiff, auf dem sie stand, vorbeischipperten. Sie beobachtete, wie die Containerschiffe ihre Ladungen löschten, und auch das Treiben in der Hafenstadt beeindruckte sie.

Da hörte Franzi, wie ein »Bye« aus dem Innenraum erklang, und sah beim Blick in die Richtung nur noch, wie die Tür der Kabine zugezogen wurde.

Ein Aufatmen ging durch ihren ganzen Körper und sie entspannte sich. Nahm die Gelegenheit wahr, sich für den Tag herzurichten, bevor die nächste Überraschung vor der Tür stehen würde.

Die Lichter des Hafens wurden immer kleiner, als sie aus dem englischen Hafen ausliefen und Kurs Richtung Irland aufnahmen. Der Kapitän grüßte noch einmal ein Partnerschiff mit einem langgezogenen, sehr dumpfen Ton aus dem Schiffshorn. Am Horizont sah Franzi andere Schiffe fahren, mal kleinere, mal größere und der Mond war fast voll und gab dem Meer ein besonderes Licht. Die See war unruhiger als gestern Mittag. Die Wellen waren noch höher und es war ein tolles Gefühl mit dem Schaukeln des Schiffes mitzugehen, wenn es eine Welle brach.

Sie musste immer längs des Schiffes stehen. Wenn sie quer zum Schiff stand, dann merkte sie, dass ihr Magen doch ein wenig unruhig wurde. Weil er seit gestern früh nichts mehr gesehen hatte, meckerte er und die Luft in ihrem Bauch fabrizierte brummende bis quietschende Töne. Sie traute sich nicht, in der Masse ein Buffet zu stürmen. Mit Menschen in einem Raum essen zu müssen, kam mehr einer Qual gleich. Da versagte ihr Magen komplett und machte schon vor dem ersten

Bissen dicht. Bis morgen Mittag, wenn das Schiff in Dublin anlegen würde, hielt sie es auch ohne eine richtige Mahlzeit aus. Leider hatte sie keine Kleinigkeit mit an Bord nehmen dürfen, sonst hätte sie jetzt ein Brötchen als Notration gehabt.

Bei einem kleinen Bordspaziergang, den sie unternommen hatte, da die meisten Passagiere in der Stadt waren, war sie an einem Kiosk vorbeigekommen. Die dort erstandenen Schokoriegel würden den größten Hunger stillen. Zumindest war damit der Zuckerhaushalt abgedeckt.

Das alles ging ihr auf dem kleinen Schiffsbalkon durch den Kopf und sie hörte, wenn der Wind es ihr zutrug, die Musik vom Oberdeck, auf dem gefeiert wurde. Es waren Discoklänge aus vergangenen Zeiten. Sie weckten viele Erinnerungen in ihr und am liebsten hätte sie sich jetzt in ein Glitzerkleid geworfen und zu »Puttin' on the Ritz« von Taco getanzt.

Ihre Gedanken waren hin und her geworfen, ob sie sich nicht doch trauen sollte, nur einmal zu schauen, was da oben los war. Aber die innere Stimme hielt sie davon ab, jetzt noch ein paar Abenteuer anzustreben, die am Ende wieder komplett schiefliefen. Lieber bis morgen warten und dieses Schiff in Ruhe verlassen.

Sie stand bis spät in die Nacht an dem Balkon und sah aufs Wasser. Träumte von den Jahren, die sie verpasst hatte und die dennoch im Kreise ihrer Familie nicht hätten schöner sein können. Verpasst hatte sie nur die vielen Gelegenheiten mit Freunden zu feiern oder sich einen Kinofilm anzuschauen. Das Wichtigste hatte sie aber im Herzen. Die Liebe zu ihren Kindern und ihrem Mann, den sie jetzt gern an ihrer Seite gehabt hätte, um mit ihm in die Sterne zu schauen. Wie würde es werden, wenn sie wieder nach Hause zurückkam? Würde es die Gemeinsamkeit noch geben, oder aber hatte sie alles, was ihnen in den Jahren wichtig geworden war, zerstört? Sie sah in die Dunkelheit und es wurde für sie eine Nacht des Grübelns. Wie sie den Weg nach Hause finden würde. Was ihre Familie von ihrem Ausflug hielt und wie alle anderen, die sich in ihrem Umfeld bewegten, darauf reagieren würden, was sie getan hatte.

Franzi stand auf diesem Schiff mit dem schlechten Gewissen, das zementklotzartig auf ihr lastete. *Ich habe alle enttäuscht. Wird mich irgendwer verstehen und mir zugestehen, dass ich auch einmal glücklich sein wollte? Nur ein einziges Mal etwas von dem sehen wollte, wovon andere immer erzählten. Mich in dieser Welt behaupten zu können. Wer hatte es denn mitbekommen, dass ich weg war? Vielleicht kann ich mich, so wie ich gegangen bin, einfach wieder in meine Räume verziehen und niemand, außer der Familie, würde je davon erfahren.* Sie seufzte aus tiefstem Herzen. Die Nacht war lang und Franzi kam sie endlos vor.

Gegen Morgen wollte sie doch noch einmal über das Schiff laufen, da es sehr ruhig war und alle anderen bestimmt schliefen. Da war sie sich sicher, dass ihr kaum jemand begegnen würde und sie das eine oder andere Bild als Erinnerung an diese Fahrt noch mitnehmen konnte.

Es waren nur ein paar Nachtschwärmer unterwegs und ganz leise kam dann auch ein »Guten Morgen«, wenn man sich begegnete.

Die letzten Besucher der Disco waren auf dem Weg ins Bett und wankten eher übers Deck. Andere machten wie sie einen Rundgang über die Decks im Sonnenaufgang.

Ein herrlicher Morgen. Die Sonne krabbelte gerade langsam am Horizont über den Kamm der Wellen und die Reflexionen spiegelten sich im Wasser.

Als sie im Mitteldeck über den Gang schlenderte, an dem links und rechts Restaurants über den Tag verteilt geöffnet hatten, sah sie ein Schild, das sie neugierig werden ließ: Frühaufsteher-Frühstück von 5.00 bis 7.00 Uhr.

Das kam ihr gerade Recht. So früh konnte es nicht so voll sein und eine kleine Grundlage, nach den zwei Fastentagen, hätte schon was. Ihr Magen beschwerte sich auch schon eine Weile und das Ziehen, als würde er mit einem Kneifen daran erinnern, dass er etwas zu tun haben wollte, war auch nicht prickelnd. Dazu knurrte er sie an. Ein weiterer Punkt, der irgendwo peinlich werden könnte, wenn sie statt einer Antwort, ein Knurren von sich gab, als würde ein Löwe jeden Moment aus einem Gebüsch springen.

Sie zog die Tür auf und betrat den Bereich. Rechts an der Bordwand war alles mit Fenstern verglast und kleine Tische für jeweils vier Personen standen davor. Hier konnte man bei einer Tasse Kaffee, wenn das Schiff in der richtigen Position fuhr, einen Sonnenaufgang herrlich beobachten, genau wie heute Morgen.

Franzi und die Besucher des Bereiches sahen, wie sich eine kleine Barkasse dem Schiff näherte. Das musste das Boot sein, das den Lotsen brachte, der fast in jedem Hafen, der angelaufen wurde, an Bord der großen Schiffe kam, um sie in den Hafen einzuweisen. Sie sah kurz dem Lotsenboot nach und wusste, dass die Hafeneinfahrt nicht mehr weit weg war, so musste sie sich beeilen, um rechtzeitig zurück in der Kabine zu sein. Es gab belegte Brötchen und kleine Gebäckstückchen, wovon sie sich eine Brötchenhälfte mit Wurst und zwei kleine Plunderstückchen wegnahm. Dazu zapfte sie sich aus einem Behälter einen Humpen Kaffee und griff nach den kleinen Milchkapseln, die sie auf den Teller mit dem Brötchen legte. Beladen mit Teller und Tasse schaute sie sich um. Nur zwei Tische waren besetzt und sie steuerte den ersten Tisch an, so hatte sie eine Wand im Rücken und eine gute Sicht auf den Raum und die See.

Die Hafeneinfahrt war schon zu erkennen und dieser große Kasten schlich ganz langsam hinein. Das Land zog Stück für Stück an ihm vorbei. Jetzt wollte auch Franzi schnell auf ihren Balkon, um das Anlegen nicht zu verpassen. Sie platzierte Tasse und Teller auf einen kleinen Servierwagen, auf dem auch andere schon ihr benutztes Geschirr abgestellt hatten, und verließ den Bereich.

Es dauerte etwas, bis sie die Orientierung wiederfand, um zu ihrer Kabine zu gelangen. Das Schiff bestand aus vielen Decks und am Treppenaufgang stand zu jedem ein kleines Schild mit Hinweisen, was sich auf dem jeweiligen Deck befand. Das erleichterte die Suche etwas.

Angekommen nahm sie ihre Kamera aus der Tasche, auf der sich mittlerweile schon dutzende Bilder von ihrem Ausflug angesammelt hatten. Sie positionierte sich so, dass sie alles gut sehen konnte, und hielt die Kamera für ein gutes Bild bereit. Die Seile wurden an Land geworfen, woran sich die Taue befanden, die von mehreren Arbeitern gezogen und dann über den Poller gehievt wurden, um das Schiff festzulegen. Diese Ausmaße waren beeindruckend. Als die kleine Brücke zwischen Schiff und Kai angelegt wurde, um ein- und aussteigen zu können, war der Anlegevorgang beendet. So langsam musste auch Franzi sich auf den Weg machen, um das Schiff zu verlassen. Es graute ihr davor, wieder durch eine Maschinerie geschleust zu werden. Aber sie musste hier auschecken und das ging nun einmal nur über ein gewisses Sicherheitssystem, um immer nachvollziehen zu können, wer sich noch auf dem Schiff befand.

Franzi stand mit der Schiffskarte wie im Schwimmbad in der Schlange vor dem Drehkreuz und wartete, bis sie an der Reihe war. Sie wurde unruhig, da es so lange dauerte. Sie war wieder in einer Situation, in der sie nicht vor und nicht zurück konnte. Sie spürte, wie ihr der blanke Schweiß an den Innenflächen der Arme herunterlief und das Gefühl von einer Kreislaufschwäche, denn sie schwankte etwas und das war ein Zeichen, dass sie sich besser setzen sollte. Sie versuchte durchzuhalten und tippelte auf der Stelle, um ihrem Körper zu zeigen, dass Bewegung da war. Manchmal klappte es und sie war mit dieser Übung von den Angstgedanken abgelenkt.

Normalerweise würde es auch viel schneller gehen, aber da standen Fotografen auf der anderen Seite, die von den Besuchern der Stadt zur Erinnerung noch Bilder schossen. Eben Tourismus, diese konnte man später an Bord sichten und als Andenken mitnehmen.

Als sie an der Reihe war und der Mann sie für ein gutes Foto platzieren wollte, lehnte sie ab.

»No«, sagte Franzi, die kurz den Koffer hochhob, um anzudeuten, dass ihre Fahrt an dieser Stelle endete, um sich dann durch den Parcours zu schlängeln, der dafür eigens aufgebaut worden war, um ja keinen Passagier zu verpassen.

Irland

Ihre Reise würde in diesem Land zu Ende gehen, aber jetzt freute Franzi sich erst einmal auf diese Insel. Auf ihre Geschichte, die Musik, die vielen grünen Hügel und auf ihre einzigartigen Klippen. Für sie war es der Beginn eines Traums, der endlich auch der ihre war. Entweder wurde sie noch einmal in ihrem Leben komplett enttäuscht oder sie hätte etwas, das beim Gedanken daran immer ein Lächeln in ihr Gesicht zaubern würde.

Aber erst einmal stand Franzi verloren am Kai und musste darüber nachdenken, welchen Plan sie verfolgten sollte, da sie keinen hatte.

Ein Auto mieten, ein Taxi nehmen, oder zu Fuß laufen? Aber wohin will ich denn überhaupt? Sie sah sich um.

Eine Menschenmenge strömte nach und nach aus dem Schiff und sie hatte das Gefühl, alle starrten nur auf sie. Hier gab es nirgendwo einen Baum oder eine Brücke, wo sie sich hätte verstecken können. Sie fühlte sich in der Masse der Menschen nicht wohl, schon deshalb, da wahrscheinlich alle wussten, dass sie die Letzte bei der Rettungsübung gewesen war, und sich noch darüber lustig machten.

Ihr zitterten immer noch die Knie vom Auschecken und unter den Achseln entstand so langsam ein Swimmingpool. Aber als würde das nicht schon genug sein, meldete sich jetzt auch noch ihre Blase zu Wort und es war kein Herzhäuschen in Sicht. Typisch für solche Situationen, immer dann, wenn sie es am wenigsten gebrauchen konnte.

Irgendwo war dieser Turm, die Nadel, wie sie die Iren nannten, denn sie war mit ihren 121 Metern von überall zu sehen. Franzi hatte in dem Reiseführer vom Schiff gelesen, dass bei dem Wahrzeichen von Dublin das Leben stattfand. Also machte sie sich zu Fuß auf den Weg, diesen Turm zu finden. Sie lief am Liffey, dem Fluss der Stadt, entlang und es zog sich. Da sie an unzähligen Parkhäusern und Industriehallen vorbei musste, und außer, dass mal ein Bötchen auf dem Fluss fuhr, gab es hier nichts zu sehen. Keine Gärten oder Geschäfte, die einen Fußmarsch verkürzten, sondern eine hohe Mauer nach der anderen. Vor und hinter ihr die Menschen, die nach und nach aus dem Schiff zur Stadt wollten. Sie kam sich unter diesen vielen Fremden verloren und einsam vor und sie nahmen ihr die Luft zum Atmen, da sie nicht weg konnte. Franzi zog ihren Koffer hinter sich her und versuchte alle zu ignorieren, um nicht in Panik zu geraten, was bei dem Lautstärkepegel gar nicht so einfach war.

Einige hatten den Bus genommen, der sie zur Stadt brachte und auch später wieder einsammeln würde. Das Angebot war verlockend, aber da sie nicht abschätzen konnte, wie lang diese Fahrt dauern würde und ob sie der Busfahrer auch außerhalb der Haltestellen aussteigen lassen würde, wenn es ihr zu stickig und eng wurde, bevorzugte sie den Fußweg. Die Strecke zog sich aber so ungemein, da war jeder Meter doppelt so lang und jeder Schritt schwer wie Blei, wenn man nur seine Gedanken hatte und nichts, was einen ablenkte.

Nur eins war interessant und da schaute sie auch immer wieder genauer hin, denn das hatte sie bisher nur in Filmen gesehen, wie die Autos falsch herum die Straße befuhren. Linksverkehr, genau deshalb würde sie sich kein Auto mieten und selbst fahren, da war der Unfall schon beim Mieten mit inbegriffen. Die Vorfahrtsregeln in Deutschland waren ja schon nicht einfach, wenn man eine Rechts-Links-Schwäche hatte, aber hier müsste sie vor jeder Kreuzung rechts ran fahren, um zu überlegen, wer, wann und wo die Fahrbahn benutzen dürfte.

Da näherte sie sich einem Parkhaus und sie wollte die Gelegenheit, eine öffentliche Toilette benutzen zu können, auch wahrnehmen, also verschwand sie darin. Sie konnte zum einen trotz der Abgase durchatmen, kam aus der Masse heraus und den Kaffee vom Frühaufsteher-Frühstück konnte sie hier auch loswerden.

Als Franzi wieder herauskam, war es auf dem Gehweg doch erheblich ruhiger geworden und sie sah die Straße entlang, in einem schon erheblichen Abstand, den Rest der Gruppe, die vor kurzem noch hinter ihr gegangen war. Anscheinend war der Großteil der Passagiere mit ihr gemeinsam ausgestiegen. So zog sie etwas erleichterter ihren Koffer diese endlos wirkende Straße entlang.

Sie konnte es kaum glauben, als sie endlich die Straße erreicht hatte, deren Mittelpunkt der Turm mit der Spitze war. Sie war mitten in Dublin, dem Zentrum des Lebens. Schaute sich um, sah ein kleines Office für Touristen, worauf sie auch direkt zusteuerte.

Die Tür ließ sich nur schwer öffnen und quietschte beim Eintreten. So wurde sie aber auch gleich angekündigt.

Eine Frau mittleren Alters in einem dunkelblauen Kostüm drehte sich zu ihr um, als sie den Laden betrat. Sie lächelte und sagte: »Hello«.

»Hello, can you speak German?«, fragte darauf Franzi.

»Oh no, one moment please.« Die Frau verschwand durch eine Tür am Ende des kleinen Ladens. Zurück kam ein junger Mann im Anzug. Er überragte Franzi um einen ganzen Kopf.

»Hallo, wie kann ich Ihnen helfen«, sprach er Deutsch mit englischem Akzent.

»Ich möchte gern in Irland an einem schönen Strandplatz Urlaub machen, kann ich das hier buchen?«

»Haben Sie schon etwas im Blick?«

»Nein, gar nichts. Hauptsache Traumurlaub!«

»Da schauen wir mal«.

Er bot Franzi einen Stuhl an dem Schreibtisch an. Am liebsten wäre sie auf und ab gelaufen, da ihr Kreislauf es gar nicht mochte, wenn sie sich bei einem Gespräch setzte. Aber heute hatte sie schon einiges wegstecken müssen, also setzte sie sich hin. Koffer und Rucksack hatte sie neben ihren Stuhl gestellt und statt zu laufen, hatte sie jetzt viel darin zu suchen, das lenkte auch ab. Der Mann wusste ja nicht, dass nichts Interessantes darin war und es eigentlich dazu diente, ihm nicht in die Augen schauen zu müssen, damit er ihre Unsicherheit nicht sah.

Er legte ein paar Bilder mit wunderschönen kleinen Häuschen und dem Meer im Hintergrund auf den Tisch, dabei stach eines besonders hervor. Ein kleines Haus aus dunklen Klinkern mit weißen Rahmen um Tür und Fenster. Eine Dachterrasse mit einer Treppe zum Strand; an dem nicht nur Sand, sondern auch Felsgesteine sichtbar waren. Ein Idyll, das sie gern nehmen würde.

»Was würde das denn kosten?« Sie zeigte mit dem Finger darauf.

»499,- Euro pro Woche. Ich kann für Sie anrufen und nachfragen, ob es noch frei ist.«

»Das wäre toll! Ja, machen Sie das bitte.« Sie strahlte wie ein Kind, dem man eine ganz besonders große Freude bereitet hatte und war so aufgeregt, dass sie sich insgesamt gestärkt fühlte, auch einen Weg zu finden, dort hinzukommen.

Er brauchte nicht lange, und als er sein Telefongespräch beendet hatte und sich Franzi wieder zuwandte, sagte er: »Das klappt, da haben Sie aber Glück gehabt.«

»Glück ist in letzter Zeit anscheinend mein 2. Vorname.« Dabei schmunzelte sie zu ihm herüber.

»Brauchen Sie einen Mietwagen?«

»Um Himmels Willen, dann können Sie die Buchung gleich wieder streichen. Ich würde gern den Zug nehmen und von da ein Taxi.«

Sogar den Witz hatte er wohl verstanden, denn er lachte, dabei schlug er den Zugplan auf.

»In einer halben Stunde würde der nächste Zug abfahren, das wird eng, wenn sie zu Fuß zum Bahnhof wollen, da Sie die Karte noch lösen müssen. Aber wenn ich Ihnen ein Taxi rufe, dann sollte es zu schaffen sein.«

»Ja, bevor ich in Dublin übernachten muss, besser ist es. Rufen Sie!«

Franzi bedankte sich noch und war froh, dass sie hier nicht einsam und verlassen nach etwas suchen musste, sondern die Weichen sich wieder automatisch stellten.

Als sie auf dem Weg zum Zug in dem Taxi saß, ließ sie ein Gedanke nicht mehr los und lenkte sie auch von der Fahrt ab. Seit sie mit Nele in der Gegend herumgefahren war, machte es ihr auch nicht mehr viel aus, mit Fremden in einem Auto zu sitzen. Zumindest war sie um einiges entspannter als zuvor.

Um die ersten Tage zu überbrücken, hatte sie den Taxifahrer auch gebeten, kurz an einer Bank zu halten. Sie hatte sich an einem Bankautomaten noch Geld auszahlen lassen. Franzi war sich sicher, dass es auf dem Land schwieriger war, mit Karte zu bezahlen, deshalb sorgte sie vor.

Sogar in der Ferne hatte sie das Gefühl, dass sie immer jemand begleitete, denn egal, was es kostete, die Karte wurde nie leer. Ein Zeichen dafür, dass nicht alles verloren war, und es verstärkte die Hoffnung, dass sie bald wieder von den Armen gehalten werden würde, die sie durch ihr Leben trugen.

Weil sie dem Gedanken, der ihr seit der Taxifahrt nicht mehr aus dem Kopf ging, weiter nachhing, hatte sie am Bahnhof einen kleinen Kiosk aufgesucht und schnell noch einen Schreibblock und einen Stift besorgt, um ihn umzusetzen. Die

Zeit reichte aus, da sie nicht lang überlegen musste, was sie haben wollte, um es noch pünktlich zum Zug zu schaffen.

In diesem saß Franzi dann etwas später auch und hatte ein ganzes Abteil für sich allein. Drei Stunden würde die Fahrt dauern, und nachdem sie ihren Platz am Fenster eingenommen hatte, legte sie den Koffer auf ihre Knie. So hatte sie eine Ablage für den Block, um schreiben zu können.

Es dauerte etwas, bis sie einen Anfang fand und beim Überlegen sah sie aus dem Fenster, wo diese tolle Landschaft an ihr vorüberzog. Sie hatte schon oft von der grünen Insel gehört, aber dass sie sich in so vielen verschiedenen Grüntönen zeigen würde, war faszinierend anzusehen. Irgendwann verlor sich ihr Blick und sie war fern dieser Hügel, denn ihre Gedanken gingen auf Wanderschaft und sie begann zu schreiben:

Lieber Holger,

es ist so ein herrlicher Moment und ich wünschte mir, du wärst hier und könntest diesen Weg mit mir zusammen zu Ende gehen. So wie du in den Jahren mit der Angst unendlich viele Wege mit mir gemeinsam gegangen bist.

Ich habe mich auf dieser Reise selbst kennenlernen dürfen und möchte keinen Moment davon missen. Weder die Momente, in denen die Panik sich meiner bemächtigte, noch die Phasen, in denen ich selbst darüber entscheiden durfte, wie mein Weg aussieht.

Ich habe Menschen getroffen, wenn auch nicht viele,

aber die, denen ich begegnet bin, waren eine Bereicherung für mein Leben und ich durfte die Natur in ihrer Einzigartigkeit wahrnehmen, so wie auch ihren Gewalten begegnen.

Aber all das und noch vieles mehr hat mir gezeigt, dass ich lebe. Dass ich jeden Tag zu etwas Besonderem machen kann, wenn ich nur den Mut dazu habe.

Nur eins kann mir all das, was ich erleben durfte, nicht geben und das vermisse ich seit dem Tag, an dem ich die Tür hinter mir geschlossen habe.

Den Halt meines Lebens, den Menschen, der mir Tage in Sonnenstrahlen gemalt hat. Der die Regentage weggepustet hat und in der Nacht die Sterne leuchten ließ.

Ich würde gern zu dir zurückkommen, aber die Angst, dass du den Weg ohne mich weiter gehen möchtest, da ich dich zu sehr enttäuscht habe, lässt mich nur hoffen, dass ein Fenster für mich offen geblieben ist. Aber die Gewissheit werde ich erst finden, wenn wir uns wiedersehen.

In Liebe

deine Franzi

Sie hatte auch gar keine Zeit, weiter über den Inhalt nachzudenken, ob sie nicht einen Fehler machte, denn es waren weitere Personen eingestiegen, die Tür zum Abteil öffnete sich und die Schaffnerin stand davor.

»Here are still places available.« Sie winkte den Flur entlang.

Schnell wischte Franzi die Tränen mit dem Handrücken weg und faltete den Brief zusammen, da ihr klar war, dass neue Passagiere ins Abteil kamen. Sie verstaute Brief, Block und Stift im Rucksack und hob den Koffer über sich ins Netz.

Sie hätte ihn gern gleich wieder heruntergeholt, um eine Schutzwand zwischen sich und die neuen Personen im Abteil zu bringen. Es gab sie immer wieder, die Momente, in denen sie, auch wenn gerade keine Angst vorhanden war, immer die Überlegung kam, was wäre, wenn …

Die Angst vor der Angst. Da alle Menschen mit einer Angst lebten und es ein ganz normales Warnsignal des Körpers war, musste Franzi nur lernen zu unterscheiden, wann es eine normale, alltägliche Angst und wann es eine panische Angst war. Der Koffer diente eben nur erst einmal als Sicherheit, sich hinter etwas verbergen zu können. Da er jetzt im Gepäcknetz lag, konnte sie diese Sicherheit nicht aufbauen und aus der anfänglichen Unsicherheit, wer jetzt wohl das Abteil belagern würde, wurde Panik und ihr Herzschlag wurde schneller. Sie nahm die heiße Welle wahr, die sich langsam durch ihren Körper zog. Ihr Kreislauf geriet wieder ins Wanken und zeigte, wie angespannt sie auf die jeden Moment hereinkommenden Fahrgäste wartete.

Die Zugbegleiterin trat einen Schritt weiter den Gang entlang und ließ eine ältere Frau mit einem grünen Strickrock, die ihren Mann am Arm stützte, vorbei.

»Good Day«, sagte die Frau, als sie das Abteil betrat.

Worauf Franzi antwortete: »Hallo!«

Ihr Mann, der ihr direkt folgte, sah Franzi an und zog die Stirn kraus, wobei sich eine Augenbraue anhob.

So unsympathisch sehe ich aber nun auch wieder nicht aus. Oder mag er keine deutsch sprechenden Frauen?

Sofort wurde ihr mulmig und ihr Magen verkrampfte sich. Sie hielt sich ungern mit Menschen in einem Raum auf, die sofort, ohne sie zu kennen, eine negative Bilanz zogen. Zumindest meinte sie das in seinem Blick zu lesen.

»Sit down, Henry.« Die ältere Frau half ihrem Mann dabei, den Sitz zu finden.

»My husband can not see so well«, sagte sie in Franzis Richtung.

Jetzt musste Franzi die Schubladen finden, in der das ganze gespeicherte Englisch aus der Schulzeit eingetütet war. Gar nicht so einfach nach mehr als dreißig Jahren und sie errötete, als ihr klar wurde, dass sie wieder einmal falsche Schlüsse gezogen hatte.

Wortfetzen in der Inselsprache, vermutlich Gälisch, schwappten von dem Gespräch, das die Frau mit ihrem Mann führte, zu ihr herüber und zwischendurch schaute sie auch in Franzis Richtung, was diese mit einem Lächeln quittierte.

Sie blickte aus dem Fenster und fand bei dem gleichmäßigen Rattern des Zuges auch ein wenig Schlaf. Auf diese Weise konnte sie auch verhindern, sich in einer für sie fremden Sprache unterhalten zu müssen.

Ein »Bye« und ein schleifendes Geräusch, das vom Zuziehen der Abteiltür stammte, vernahm sie noch mit geschlossenen Augen. Das Ehepaar hatte das Abteil wieder verlassen, Franzi machte die Augen auf, hob die Arme weit nach oben und streckte die Beine aus. Sie streckte ihre Knochen einmal richtig lang, denn sie spürte die Verspannungen und es knackte auch an der einen oder anderen Stelle gewaltig. Es tat aber sehr gut, wenn man so lange auf dem Hinterteil in einem Zug hockte und von der einen auf die andere Seite einer Insel rollte.

Sie musste lachen und dachte an eine frühere Begebenheit, als ihr die Pobacke während eines Kinofilms eingeschlafen war. Es war ein sehr komisches Gefühl, wenn man aufstand und das

Mittelteil noch schlief.

Gleich würden sie im Bahnhof einlaufen, auch diese Wegstrecke hatte Franzi bravourös gemeistert. Der Zug wurde langsamer und sie erhob sich, nahm den Koffer aus der Ablage, packte den Rucksack, um sich für das Aussteigen bereitzuhalten. Ein Quietschen der Räder auf den Schienen machte hörbar, dass der Bahnhof gleich erreicht war und so trat Franzi auf den Gang vor den Abteilen, um die Tür zum Bahnsteig zu erreichen.

Auf dem Bahnhof herrschte reger Betrieb. Auch eine irische Gruppe spielte und sie wäre gern bei der Menschentraube, die sich um die Spieler versammelt hatte, stehen geblieben. Es war aber nicht die Zeit dafür, denn sie hatte ein klares Ziel vor Augen und war verabredet. Pünktlichkeit war für sie schon immer etwas im Leben sehr Wichtiges gewesen. Daher wollte sie Mrs. McCabe, die Vermieterin ihres Strandhauses, nicht warten lassen und ging weiter zum Taxistand.

Als sie aus dem Hauptgebäude des Bahnhofs heraustrat, sah sie die Autos in einer Reihe stehen und auf die Reisenden warten. Franzi wäre gern einmal in einem Old Car gefahren, aber die Minis, die sich hier aneinanderreihten, waren bei den engen Straßen wohl geeigneter. Auf jeden Fall würde sie heil an ihrem Bestimmungsort ankommen. Sie musste nur noch den Schlüssel für ihr Cottage abholen und die erste Woche bezahlen.

Als Franzi bei Mrs. McCape ankam und die Rechnung beglich, war diese so freundlich, ihr den Weg zu beschreiben. Sie stellte ihr sogar ein Fahrrad für den Aufenthalt zur Verfügung. Da sie sich eh eins hatte mieten wollen, kam Franzi das sehr entgegen. Mit dem Koffer auf dem Gepäckträger und dem Rucksack auf dem Buckel kutschierte sie auf der

Küstenstraße entlang, um zu ihrem Domizil zu gelangen.

Der Wind wehte ihr um die Nase, und wenn sie es nicht besser gewusst hätte, dann würde sie jetzt behaupten, dass es ihr nie im Leben besser gegangen wäre. Aber das entsprach nicht der Wahrheit, es fühlte sich in diesem Moment nur genau so an.

Sie stieg von ihrem Rad und packte dieses samt dem Koffer, um es die paar Stufen hinunter zum Cottage zu tragen. Das Haus war auf einem felsigen Vorsprung gebaut und über wenige Stufen von der Straße aus zu erreichen. Ein bisschen mulmig war ihr schon, wenn sie daran dachte, dass der Untergrund nachgeben könnte und das Haus abrutschen würde. Aber sie beruhigte sich, dass es ja nicht gerade in ihrem Urlaub dazu kommen musste.

Beim ersten Erkunden der Zimmer sah sie, dass das Innere des Hauses in warmen Holztönen und im Stil einer alten Epoche gestaltet war. Sie betrat ein modernes Bad und es war eine Atmosphäre, in der sie sich sofort zu Hause fühlte. Als sie die großen Fenster im Wohnbereich öffnete, traute sie ihren Augen kaum. Es sah aus, als würde sie das Tor zur Welt vor sich sehen. Eine lange Holztreppe führte von einem Freisitz aus direkt zum Strand und die Wellen wüteten so heftig, als würden sie ihr zuwinken.

Als sie ihre Utensilien alle verstaut hatte, nahm sie erneut das Fahrrad, trug es die Stufen wieder hinauf, um den Brief abzuschicken und auf dem Markt ein paar Lebensmittel einzukaufen. Den Tipp hatte ihr Mrs. McCorb noch mit auf den Weg gegeben.

Es war nicht weit, aber sie war ganz schön aus der Puste, als sie die ersten Stände sah und abstieg. Gemüse, Obst, Wurst, Fleisch, Körbe, Brot und allerlei Stände mit Küchenutensilien und Handwerkszeug, Strickwaren. Es war fast alles zu finden, sogar Trödel und Kunst hatten ihren Platz auf diesem Markt.

Wenn sie bedachte, dass sie noch vor Wochen keinem Menschen auf der Straße hatte begegnen können, ohne gleich in Panik zu geraten, dann ging sie jetzt doch sehr gelassen durch die Stände. Sie drehte sich nicht mehr automatisch um, damit sie schauen konnte, wie weit der Weg für die eventuelle Flucht entfernt war. Das Gefühl kam überhaupt nicht auf. Franzi brauchte nicht viel, und wenn es aufgebraucht war, konnte sie es ja immer wieder frisch besorgen. Sie freute sich sogar auf den nächsten Einkaufsbummel. Motiviert von den Bildern auf dem Markt, besorgte sie sich in einem kleinen Geschäft für Touristen eine Staffelei, Leinwand und Farben, denn malen in der Natur, das wollte sie schon immer einmal ausprobieren.

So saß sie an einem der nächsten Nachmittage auf ihrem Freisitz mit der aufgebauten Staffelei und versuchte, das Bild, das sich ihr zeigte, mit Farben einzufangen. Vielleicht hätte sie es erst mit Buntstiften versuchen sollen, denn nach einer halben Stunde waren alle Farben so ineinander vermischt, dass die Grautöne hervorstachen und es eher ein Winterbild geben würde als ein Strandgemälde im Sonnenschein. Da musste sie wohl noch viel üben, aber wie sagt man so schön: Es ist noch kein Meister …
Franzi hatte heute aber keine Lust mehr und machte lieber noch einen schönen Strandspaziergang. Nachdem die meisten Touristen oder Einheimische ihre Handtücher eingepackt hatten, verwandelte sich der Strand auch wieder in ein Paradies und sie konnte die Wellen um ihre Füße spülen lassen, ohne von dutzenden Menschen beobachtet zu werden.

Doch der Traum hatte eine gewaltige Kehrseite. Denn nach ein paar Tagen kam das, was kommen musste. Sie war allein und drohte in der Fremde ohne Liebe und Geborgenheit zu ersticken. Sie hatte zwar aus der Mauer ein paar Stücke herausreißen können, aber sie war verloren in diesem fremden Land. Sie musste aufpassen, dass sie in dem Nebel, der sich um sie herum bildete, nicht den Abgrund übersah. Im Grunde fiel sie schon und es war niemand da, der sie auffangen würde. Denn sie hatte alle vor den Kopf gestoßen. Auch der Brief war unbeantwortet geblieben. Als sie die Adresse des Cottage auf dem Umschlag vermerkt hatte, hatte sie gehofft, Holger würde ihr auch einige Zeilen schreiben, aber der kleine rote Briefkasten an der Pforte war jeden Tag leer, und je mehr Zeit verging, desto trauriger wurde sie.

So fiel es ihr von Tag zu Tag schwerer aufzustehen und sich zu motivieren. Sie musste sich auch Gedanken machen, den Rückweg anzutreten, denn auf Dauer konnte sie ja nicht bleiben. Egal wie sie es drehte und wendete, sie wusste, wie schwer es werden würde, diese Prozedur noch einmal auf sich zu nehmen. Sie musste aber doch zurück. An den Ort, an dem sie vor einigen Wochen losgefahren war. Zurück in eine unsichere Zukunft.

Franzi musste heute auch nach draußen, um die Miete für eine weitere Woche zu begleichen. Dazu ging sie am Strand entlang und verband es mit einem ausgedehnten Spaziergang. Der Wind war rau und höhere Wellen als die letzten Tage schwappten über die Steine.

Da sah sie einen Hund und sofort stieg Panik in ihr auf, denn er rannte auf sie zu. Er schien allein zu sein, zumindest hielt sie vergeblich nach einer Person Ausschau, die ihn zurückpfeifen würde. Gut, dass es an diesem Strand einige Felsen gab, einen von diesen bestieg sie jetzt in Windeseile. Ihr Herz schlug schneller. Sie rutschte mehrmals auf den glitschigen Steinen ab. Ihr fehlte die gelbe Telefonzelle von damals, in die sie jetzt hätte flüchten können. Keinen Augenblick zu früh war sie gerade weit genug auf einen Absatz geklettert, denn fast hätte er sie noch am Hosenbein erwischt.

Aber was war das?

Er benahm sich so komisch. Machte immer wieder Sitz, stellte sich auf zwei Beine und sein Schwanz wedelte. Dabei sang er, zumindest hörte es sich so an. Das passte gar nicht zu einem aggressiven Hund.

Als Franzi den Hund genauer betrachtete, hätte es ein zweiter Fipse sein können. Sie wurde mutiger.

»Na, mein Kleiner«, sprach sie ihn an, als sie den Felsen wieder herabkletterte und hielt ihm die Hand zum Schnuppern hin.

»Fipse?«

Da machte er einen Satz, sprang sie an, so dass sie das Gleichgewicht verlor. Franzi schrie vor Schreck auf. Fiel aber weich auf den Boden, da der Sand das meiste abgefedert hatte. Als sie die Augen öffnete, sah sie, wie ein großes rosafarbenes Teil direkt auf sie zukam. Ihr Gesicht wurde abgeschleckt.

»Könntest du jetzt mal von mir runter gehen?«

»Wuff!«

Er hatte es irgendwie falsch verstanden, denn aus der stehenden Position legte er sich jetzt in Platzstellung auf ihren Bauch. Ein komisches Gefühl beschlich sie, denn es machte ihr keine Angst. Irgendwie war es sehr vertraut und wieder dachte sie an Fipse, denn auch er hatte sich nach einem ausgedehnten Spaziergang gern mal auf ihren Bauch gelegt.

»Bist du mir nachgelaufen?«

»Kann das sein?«

»Fipse?«

Da riss er die Augen auf und sie sah ein Leuchten darin.

»Das kann nicht sein«, schüttelte sie den Kopf im Sand.

Als sie den Oberkörper hob, sprang er von ihr herunter. Sie klopfte sich den Sand ab und streichelte den kleinen Kerl noch einmal.

»Na, lauf nach Hause. Dein Herrchen wartet bestimmt schon auf dich.«

Aber der Hund machte keine Anstalten zu gehen, sondern blieb treu an ihrer Seite. Den kleinen Spaziergang über, bis zu McCorbs Haus, und auch den Rückweg. Hatte sie jetzt eine Begleitung? Auch als sie die Stufen zum Cottage hochstieg, folgte er ihr. Es waren die letzten zwei Stufen, die sie noch vor sich hatte, als Franzi abrupt stehen blieb.

Sie konnte es kaum glauben, aber er war da.

Für einen Moment sahen sie sich nur an. Ihr Puls fing an zu rasen und in ihrem Inneren wurde es warm, aber nicht, weil die Angst sie wieder um den Verstand brachte, sondern weil es die Wärme der Geborgenheit widerspiegelte. Man konnte fast meinen, dass es die Sonne im Herzen war, die es zum Leuchten brachte.

»Holger!« Ihre Augen strahlten.

Er gab ihr die Hand und holte sie zu sich auf das Plateau. Dann nahm er ihren Kopf in seine Hände, strich ihr mit dem Daumen über die Wange und wischte die sichtbaren Spuren der Freude weg, bevor er sagte: »Mach das bitte nie wieder mit mir! – Du hast mir gefehlt. - Die Tage waren einsam ohne dich. Du bist so viel mehr wert, als du ermessen kannst. - Ich hatte Angst um dich. Ich hatte Angst um uns, denn du bist mein Leben.«

Sie sah ihn an und es war, als würde wieder eine große Last von ihr genommen. Die Zukunft hatte ihren Weg gefunden. An dieser Kreuzung würde sie nicht allein abbiegen.

»Eins habe ich in den Wochen der Reise gelernt. Die ganze Welt kann nicht so schön sein wie ein paar Quadratmeter, in denen sich Liebe und Geborgenheit widerspiegeln. Du bist auf dem größten Kontinent einsam, wenn dir die Menschen fehlen, die dein Leben ausmachen. Ich habe nur noch einen Wunsch. Bringst du mich bitte nach Hause?«

Sie vergaßen ganz, dass ja noch einer im Bunde war, denn bei dem Kuss, der nicht enden wollte, machte sich der kleine Streuner bemerkbar, und Holger sprach ihn an: »Räuber, gut jetzt, Frauchen ist ja wieder da.«

Noch einmal sah sie ihn freudig, aber auch fragend an.

»Er ist dir scheinbar weggelaufen, oder?«

»Nein, ich habe ihn bei einer sehr netten Familie gelassen, die ich unterwegs kennenlernen durfte, da er es da besser hatte als im Auto.«

»Dann ist er von dort fortgelaufen. Ich bekam einen Anruf, dass ich unseren Hund in Saarbrücken abholen soll.«

»Oh, wenn ich das gewusst hätte, dann hätte ich ihn doch mitgenommen. Hat er sich doch mich als Frauchen ausgesucht und ich war keine Zwischenstation?«

Sie ging in die Hocke und jetzt knuddelte sie ihren Fipse. Sein Schwanz war kaum zu bremsen vor Freude und er quietschte vor Vergnügen, denn auch er spürte, dass gerade etwas Wunderbares passierte.

In den folgenden für immer unvergesslich bleibenden Tagen zeigte Holger Franzi Irland von einer ganz besonderen Seite. An den Abenden besuchten sie die Pubs und hörten den Klang der Geige, die den irischen Liedern einen zauberhaften Ausdruck verlieh, wenn die Bands spielten. Die Musik, der sie lauschten, erzählte auf eine ganz eigene Weise die Geschichten des Landes.

Es war herrlich in Irland, und Holger wollte sich, wenn er schon einmal die Möglichkeit hatte, viel vom Land ansehen. Auch jetzt flackerte die Angst immer wieder einmal auf, aber die vielen neuen Eindrücke ließen Franzi kaum Raum, ihr nachzugeben. In Holgers Nähe und nach allem, was sie während ihrer Reise gemeistert hatte, spürte sie, dass die Welt wieder viel bunter und schöner geworden war. Es machte Spaß, mit ihrem Mann über die Felsen zu laufen und die Weite des Horizonts im Sonnenuntergang zu erahnen. Fipse nicht zu vergessen, denn er war immer treu an ihrer Seite. Auch Hunde konnten lächeln, dazu brauchte man ihm nur in die Augen zu schauen. Seine Augen glänzten, genau wie die von Franzi. Es war, als läge die Sonne in ihrem Blick und sie strahlte von innen heraus.

Franzi, Holger und Fipse mussten die Insel aber wieder verlassen. Sie buchten eine Kabine auf einem Schiff von Dublin über England nach Deutschland.

Fipse durfte nicht mit dem Schiff reisen, daher hatte Holger ihn zum Flughafen gebracht.

In Deutschland nahm ihn dann einer ihrer Söhne in Empfang.

Diesmal trödelte Franzi nicht, als sie den Luxusliner betraten. Sie ging mit ihrem Mann direkt in die Kabine, um für die Rettungsübung vorbereitet zu sein. Noch so eine peinliche Situation wollte sie nicht erleben.

Zwei Tage später fuhr das Schiff in der deutschen Hafenstadt ein. Von Hamburg aus fuhren sie mit dem ICE Richtung Kassel und ein Taxi brachte sie direkt bis vor ihre Haustür.

Zurück im eigenen Heim

Als Franzi die Tür öffnete, konnte sie den Geruch des trauten Heimes einatmen. Sie holte einmal tief Luft und ein warmes Band durchzog ihren Magen. Heimat, sie war zu Hause. Alles, was sie sich vorgenommen hatte, hatte sie leider nicht umsetzen können, aber der Anfang war gemacht und darauf würde sie aufbauen.

Franzi stand an dem Fenster, das eine Zeit lang ihre kleine Welt bedeutet hatte, und sah auf die vom Wind fallenden Blätter in ihrem Vorgarten. Es beschlich sie kein Gefühl der Wehmut, sondern eine Hoffnung, dass es nicht der letzte Sommer gewesen war, in dem sie versuchen würde, sich Stück für Stück ihre Freiheit weiter zurückzuholen.

Sie verließ den Raum und ging leichtfüßig durch den Flur. Dabei kam sie an dem Körbchen vorbei, in dem Fipse lag und ein Schläfchen hielt. Er hob kurz den Kopf und wedelte mit dem Schwanz. Franzi ging in die Knie und streichelte sein Köpfchen. Wie gern würde sie auch dem Kälbchen noch einmal über die Mähne streicheln. Bei dem Gedanken schloss sie die Augen und sah es vor sich. Sie konnte noch immer nicht glauben, dass vieles im Leben Schicksal sein sollte. Auch mit Nele hatte sie telefoniert und wusste, dass es der Familie gut ging. Sie freute sich schon darauf, ihren Kindern von ihrer Reise, den eindrucksvollen Momenten und den tollen Menschen, denen sie begegnet war, zu erzählen.

Während sie die schönen Erinnerungen noch genoss, betrat Franzi ihr Schlafzimmer. Ihren Koffer hatte sie wieder auf dem Schrank platziert und die Kleidungsstücke, die sie gewaschen hatte, verstaute sie jetzt im Schrank.

Franzi strich mit der Hand über den Ärmel des Kleides und sagte: »Hier kommen bestimmt noch ganz viele Erinnerungsstücke hinzu.«

Holger, der gerade das Schlafzimmer betrat, hörte Franzis Worte. »Wo möchtest du denn als Nächstes hin?«

»Vielleicht doch einmal nach Kapstadt?«, gab sie ihm zur Antwort, klimperte übertrieben mit den Augen und legte dabei den Kopf etwas schräg in den Nacken.

»Sagst du mir vorher Bescheid?« Er grinste, fasste seine Frau bei der Hüfte und zog sie zu sich hin.

»Wenn du magst, nehme ich dich sogar mit.« Franzi sah ihm tief in die Augen und ein warmes Gefühl durchzog ihren kompletten Körper.

»Wenn du möchtest«, sagte Holger und berührte ganz sacht ihre Lippen, »dann reise ich mit dir sogar einmal um die ganze Welt!«

»Ich liebe dich«, hauchte Franzi noch, bevor sich ihre Lippen vereinten und sie die ganze Welt um sich herum vergaßen.

Danksagung

An dieser Stelle möchte ich allen danken, die nicht erwähnt werden und dennoch dazu beigetragen haben, dass dieser Roman entstehen durfte.

Danken möchte ich meinem Mann, dem Baum in meinem Leben. Meinen Kindern und Schwiegerkindern, die mir Freude ins Leben streuen, und meinem Enkelkind, das der Oma noch einmal zeigt, wie schön das Leben ist.

Manchmal bin ich auch als Autorin aufgeschmissen, wenn es um die richtige Sprache in meinen Büchern geht. Doch ich habe eine gute Fee, die mir dabei hilft, dem Buch einen zauberhaften Klang zu verleihen. Vielen lieben Dank meiner Lektorin Tanja für die wunderbare Zusammenarbeit.

Was er aus meinen wenigen, zum Buch erzählten Worten zaubert, überrascht mich immer wieder aufs Neue. Ein großes Dankeschön geht an meinen Coverdesigner Ronny.

Ein besonderer Dank geht an die beiden Testleserinnen Kerstin und Steffi. Diesen beiden möchte ich für ihre hilfreiche konstruktive Kritik danken.

Die Erinnerung ist das, was uns beide alt werden lässt. Du gingst viel zu früh, aber ich gehe den Weg für uns beide weiter. Ein besonderes Dankeschön an meine verstorbene Schwester Claudia.

.